DATE DUE

Demco

Tantas razones para decirte que no

SARA TESSA

TANTAS RAZONES PARA DECIRTE QUE NO

Título original: *L'uragano di un batter d'ali*

Primera edición: febrero de 2015

© 2014, Sara Tessa
© 2015, de la presente edición en castellano para todo el mundo:
Penguin Random House Grupo Editorial, S.A.U.
Travessera de Gràcia, 47-49. 08021 Barcelona
© 2015, Patricia Orts

Printed in Spain – Impreso en España

ISBN: 978-84-8365-401-9
Depósito legal: B-25.511-2014

Impreso en Liberdúplex, Sant Llorenç d'Hortons (Barcelona)

S L 5 4 0 1 9

Penguin
Random House
Grupo Editorial

A Thomas,
siempre y en cualquier caso.

Y a ti, papá, he logrado hacer algo...
Y, por suerte, no puedes leerlo ☺

Volver a empezar

Próxima estación, ciudad de Nueva York», anunció la voz metálica del altavoz.

Cerré el libro y lo metí en el bolso. Las cinco cuarenta. En menos de un cuarto de hora iba a volver a ver a mi hermano después de un año y ya me atormentaba la idea de tener que enfrentarme de nuevo a su sonrisa franca y al consabido «Te lo dije» impreso en su frente.

Como cualquier hermano mayor, tenía la capacidad de saber en todo momento qué era lo mejor para mí y siempre había tenido razón sobre mis elecciones. Equivocadas, desde la época de la guardería. Por suerte, y pese a mi testarudez, aún estaba dispuesto a ayudarme. También en esa ocasión, la enésima.

Se había ofrecido a alojarme en el garaje de su propiedad y para el gran regreso había preparado la habitación que hacía las veces de almacén en la parte posterior de su oficina. El pacto era que debía terminar la universidad, y yo había aceptado. Tener un objetivo que alcanzar me había parecido una buena forma de volver a empezar. Una vez más.

Habíamos decidido de común acuerdo que no le diríamos nada a nuestra madre sobre el precario camastro en el que iba a dormir a partir de ahora. Si hubiese sabido dónde me alojaba, se habría disgustado. Así pues, me había limitado a decirle que volvía a Nueva York y que viviría en casa de una antigua compañera de la universidad. Ni mi hermano ni yo habíamos considerado ni por un momento que yo volviera a casa de mi antigua compañera. Habría sido una agonía para las dos y nos habríamos peleado a diario.

Leí el último mensaje de Paul en el móvil. «Que te den por culo», escrito con mayúsculas.

Sencillo y directo. Las palabras que ponían punto final a la enésima relación fallida.

Por él había dejado la universidad cuando me faltaban pocos exámenes para terminar y me había mudado a un remoto pueblo de mil habitantes de Nevada, donde la sequía y la aridez de la tierra habían horadado mi piel y mi alma. Había pasado los dos últimos años en la granja de su familia ordeñando vacas, cuidando cerdos y, sobre todo, soportando su rudeza y la de su raza. Lo había conocido en Nueva York en el curso de una cena en casa de unos amigos. Enseguida me había parecido un chico sencillo, diría incluso que puro, sin pájaros en la cabeza e introvertido en ciertos momentos. Quizá me había conquistado porque no participaba de las costumbres de la ciudad. Me enamoré de él al instante, pero, al igual que el resto de los hombres que había conocido hasta entonces, también este formaba parte de la categoría de los «hechiceros»; me refiero a los que en un principio te embrujan con la dulzura y la galantería y luego se transforman en unos carceleros obsesivos. En el último año no hubo una sola noche en que sus manos no marcaran mi piel ni en la que su aliento a alcohol no infectara el aire que yo respiraba. El problema no era él, sino yo. Yo, que no me adaptaba, que nunca hacía lo que correspondía, que no limpiaba bien, que no respondía como se debía, que lo sacaba de quicio.

Había tomado la decisión de marcharme después de la enésima bronca. No le había dicho nada, me había limitado a dejar una nota en la cama con un contenido idéntico al del mensaje que acababa de recibir. Después, con la bolsa de la lavandería y los moratones a cuestas, me había apresurado a coger el tren. Y ahora estaba allí, de nuevo en mi ciudad natal.

Al apearme del tren, el frenesí de la multitud, que mostraba la típica indiferencia neoyorquina, me aturdió. Tras un viaje de ocho horas me veía catapultada una vez más al ombligo del mundo. Demasiadas personas. Ya no estaba acostumbrada.

Entre la muchedumbre de la Grand Central divisé a Fred, que estaba delante de la tienda de *souvenirs,* un poco más gordo de como lo recordaba. En cuanto me vio, se acercó a mí esbozando su habitual sonrisa radiante.

—Hola, Sophie —dijo estrechándome entre sus brazos y levantándome del suelo.

Apreté los dientes para ahogar el dolor que sentía en la espalda, aún marcada por los últimos correazos de Paul.

—Hola, Fred.

—¿Has tenido un buen viaje? —preguntó cogiéndome la bolsa que llevaba al hombro.

—Sí, perfecto.

—He dejado el coche en el aparcamiento, vamos.

Lo seguí taciturna hasta su vieja camioneta Nissan y, allí, solos, en la intimidad de la cabina, expresó en voz alta lo que yo había percibido en su mirada nada más verle:

—¡Estás fatal! ¿Cuántos kilos has perdido?

Me encogí de hombros.

—Puede que dos.

—A primera vista diría que al menos ocho —murmuró arrancando la camioneta.

—Puede ser —respondí lacónica—. Por lo que veo, los mismos que has engordado tú.

Fred cabeceó tragándose el habitual «Te lo dije». Se lo agradecí. De mi hermano me gustaba su talante generoso, pero, sobre todo, que fuera un hombre de pocas palabras, aunque buenas, y su innato optimismo. Justo lo contrario de la que suscribe.

Según avanzábamos entre el tráfico caótico me puso al corriente de su vida. Vivía con Miranda desde hacía cinco meses y tenían un perro desde hacía tres, un boyero de Berna que en ese momento pesaba la maravilla de veinte kilos y que comía más que sus dos dueños juntos. También estaba a punto de expandirse en el mundo de los negocios. Había echado el ojo a un segundo garaje que estaba a una manzana del suyo y, por lo visto, mi regreso no podía ser más oportuno: debía vigilar el viejo Parking Lether cuando él se ausentara para seguir las obras del nuevo.

Mientras hablaba, yo miraba fluir el tráfico caótico sintiéndome ya angustiada. Cuando vives aislada durante varios años en un lugar donde el tiempo pasa con lentitud y donde el sentido de la vida consiste en observar la naturaleza desnuda y seca, la ciudad te humilla al instante. En especial esta ciudad, donde si no eres alguien no eres nadie. Tenía la impresión de que todos los transeúntes sabían qué hacer y adónde ir. Al contrario que yo, que me limitaba a sobrevivir sin saber nunca qué hacer ni adónde ir.

—No veo la hora de presentarte a Miranda —dijo Fred.

—¿Cuánto tiempo lleváis juntos?

—Ocho meses —contestó ufano— y diría que es una buena meta.

—¿Estás pensando en volver a casarte? —pregunté sarcástica.

—Quizá.

No podía evitarlo, aún creía en el matrimonio y en la familia, a pesar de todo. A pesar de los dos intentos fallidos, de las pensiones alimenticias que lo desangraban y de teñer una hermana marcada de nacimiento.

—Mamá nos espera mañana para comer, le he dicho que volvías mañana por la mañana. Te lo ruego, Sophie, anímate, porque menuda cara pondrá cuando te vea.

Solté una risa forzada. Hacía varios días que no me podía quitar a mi madre de la cabeza.

—Creo que está acostumbrada a mis regresos *dramáticos*, habrá preparado comida para un regimiento —murmuré.

—Seguro que la lasaña de la abuela, como siempre.

—Ya —resoplé. Me esperaba una indigestión.

Al cabo de cuarenta minutos entramos en el Parking Lether. El garaje seguía siendo tal como lo recordaba, oprimente e impregnado de olor a aceite y a grasa. Hacía varios meses mi hermano había hecho instalar un sistema automático de acceso que le permitía disponer de más tiempo libre y reducir el número de empleados. Debido a la crisis, había preferido invertir diez mil dólares y quitarse de encima la carga del personal. Solo quedaba Gustav, un puertorriqueño de un metro treinta de estatura e idéntica anchura, pero todo un experto en motores. Capaz de arreglar con un trozo de cinta adhesiva un motor de antes de la guerra. Fred lo llamaba «el MacGyver de los motores». Además de Gustav, dos veces por semana acudía también James, un joven del barrio un poco bobo que, sin embargo, lavaba los coches de maravilla.

Nada más entrar en la oficina de Fred los ojos de mi padre me atravesaron el corazón. En la pared destacaba la fotografía que le había sacado mi hermano delante del garaje hacía unos años, cuando aún estaba bien. Bajé la mirada, desconsolada.

—Ven, quiero enseñarte cómo he arreglado el almacén —dijo dejando la bolsa de la lavandería encima del fichero.

Lo seguí a la parte trasera de su oficina. Me sentía una nulidad, como siempre. Había visto la habitación-almacén dos veces en mi vida. La primera, cuando había sustituido a mi padre en la gestión del garaje y la segunda, cuando se había inundado, así que siempre había sido en unas condiciones pésimas. No recordaba muy bien si era amplia o no, pero sí que tenía una ventana en forma de ojo de buey. Pensaba que iba a dormir rodeada de detergentes, aceites, limpiaparabrisas, alfombrillas, esponjas y todo lo necesario para los vehículos, pero al abrir la puerta me quedé pasmada. Estaba decorada hasta el mínimo detalle y el material de taller había desaparecido por completo.

—Lo he puesto todo en el garaje —me explicó Fred invitándome a seguirlo—; compré unos estantes y ahora es más cómodo, porque Gustav y James ya no se ven obligados a pasar por la oficina.

Nadie habría podido imaginar que detrás de esa puerta se escondía un dormitorio con todas las de la ley.

—No deberías haberlo hecho —dije observando todos los detalles.

Encima del alféizar de la ventana en forma de ojo de buey había un pequeño jarrón con unos ciclámenes morados; la luz que se filtraba desde el exterior lamía las flores resaltando sus diferentes tonalidades. Los muebles, de típico diseño sueco, conferían al ambiente un aspecto de elegante modernidad.

—¿Te gusta? —preguntó Fred con las manos apoyadas en los costados. Rebosaba orgullo.

—Muchísimo —contesté.

En el estante que había encima de un pequeño escritorio encontré todos mis libros de la universidad, y no solo. Los rocé con los dedos uno a uno a la vez que recordaba tiempos mejores.

—Los saqué del sótano de mamá. Por lo demás, Miranda me ha ayudado, lo ha elegido todo ella; si lo hubiese hecho yo, te habrías encontrado un catre y, como mucho, una silla.

—Es perfecto, Fred. —Me arrojé de forma instintiva entre sus brazos—. Lo siento, soy despreciable.

—Vamos, déjalo ya; lo único que pasa es que eliges siempre caminos muy complicados, eres así.

—Ya —murmuré—, estoy mal hecha.

Se apartó lentamente de mí y me miró a los ojos.

—No digas tonterías. Si somos hermanos, tendrás algo bueno.

«Sí, debajo de los talones», pensé.

—Ven, te enseñaré el baño —dijo arrastrándome al pasillo.

Un espejo redondo nuevo, un armario pequeño, de abedul también, una cortina para la ducha con un estampado de peces verdes y amarillos, una alfombra para los pies y varias toallas de color verde.

—Lo siento, pero tendrás que compartirlo con Gustav y James —señaló—. Te aconsejo que no entres después de comer, especialmente, después de que MacGyver haya pasado por aquí.

—Lo tendré en cuenta —dije estremeciéndome solo de pensarlo.

—Vamos, coge tus cosas e instálate.

Recuperé la bolsa, que se había quedado en la oficina, y volví a mi nueva habitación; Fred se había sentado en la cama para comprobar la dureza del colchón.

—Me parece bueno; yo habría comprado uno más blando, pero Miranda pensó que era mejor uno semirrígido.

Realmente no sabía qué decir, me sentía una inútil, alguien incapaz de cuidar de sí misma. Esbocé una leve sonrisa.

—Todo irá bien —murmuré.

Fred intuyó los oscuros pensamientos que estaban pasando por mi mente y en un santiamén se plantó delante de mí.

—No es un problema, Sophie —dijo apoyando las manos en mis hombros—. ¿Me has entendido? Lo importante es que salgas de esto lo antes posible; no debes sentirte en deuda conmigo, no debes, nunca.

Asentí a duras penas gruñendo y esbozando una sonrisa esquiva. Sabía que era sincero, formaba parte de su ADN, pero la vergüenza que sentía era desgarradora.

—Vamos, te enseñaré cómo funcionan las cámaras y luego te dejaré sola para que guardes tus cosas —dijo dirigiéndose a la consola de los vídeos.

—De acuerdo.

Los vídeos de vigilancia de los que debía ocuparme durante la noche estaban colocados en la cómoda que había delante de la cama, al lado del televisor LED. Se ponían en funcionamiento a las ocho de la tarde y permanecían encendidos hasta las siete de la mañana del día siguiente; se apagaban cuando él llegaba.

A cambio de la matrícula de la universidad mi tarea consistía en vigilar el garaje por la noche y, de tanto en tanto, durante el día, cuando Fred debía ausentarse para seguir las obras del nuevo. Según me había dicho, no tendría que hacer mucho y no sería necesario que trabajase toda la noche. Era raro que alguien saliese, y aún menos que entrase, después de medianoche entre semana. En ese caso una señal acústica advertía de la entrada en el garaje y en el ordenador portátil al que estaba conectado el monitor de vigilancia aparecía de inmediato la tarjeta del cliente. Los fines de semana, sin embargo, el trajín era incesante. En todo caso, según decía él, dado que el garaje estaba completamente automatizado, lo único que debía hacer era ayudar a la gente en casos especiales.

—¿De qué tipo?

—Te lo explicaré después; ahora refréscate un poco, que yo tengo que terminar un par de cosas con Gustav. Reúnete conmigo cuando acabes.

Tras quedarme, por fin, sola en mi nuevo y perfumado refugio, me tumbé en la cama. En efecto, el colchón era un poco rígido, pero pensé que, de todas formas, le iría bien a mi espalda. Releí el mensaje de Paul en el móvil y decidí responderle.

Que te den por culo a ti, hipócrita perturbado.

Activé la desviación de llamada y con ello di por cerrado el capítulo «humillación».

Cuando acabé de refrescarme y de colocar mis cuatro trapos en los cajones, me reuní con Fred en su despacho. Estaba con un cliente que, por el traje, parecía más bien acomodado.

Gruñí un «Buenas tardes» a la vez que me sentaba en la silla de la sala de espera para hojear una revista de coches.

—Tenga —le dijo Fred—, he fotocopiado la libreta y el cupón de garantía. Ya he pasado todo a mi seguro, a partir de ahora está protegido en caso de infracción o daños en el interior del Parking Lether.

—Perfecto. ¿La tarjeta sigue siendo la misma? —preguntó el hombre.

—Por supuesto, solo he puesto al día los datos en nuestra ficha interna, no cambia nada. Además, el Audi vale más o menos como su viejo Mercedes, así que la tarifa es la misma.

—Estupendo. Muy amable, Fred, como siempre. Nos vemos mañana. Buenas noches.

—Igualmente, señor Scott.

Antes de salir, el hombre me lanzó una mirada de perplejidad, casi recelosa.

—Adiós, señorita —dijo.

No soportaba a los ejecutivos ricos que vestían de marca, sobre todo cuando apenas tenían unos años más que yo y se dirigían a mí con ese aire de superioridad.

Nada más cerrarse la puerta, Fred metió todos los papeles en la carpeta de asuntos pendientes que había heredado de nuestro padre y la guardó en el cajón con la etiqueta «Pendiente». Apagó el ordenador y luego llamó a Miranda para decirle que iba camino de casa.

Tal y como me había prometido, antes de marcharse me enseñó todas las cámaras, el funcionamiento del sistema anti-incendios y me explicó lo que debía hacer en caso de que un cliente se quedase bloqueado entre las barras. Para empezar, debía averiguar quién era. Cada tarjeta tenía un número de identificación. Con la tableta en la mano me explicó la forma de acceder a la tarjeta del servidor para verificar la identidad.

Planteó posibles problemas que, por lo demás, nunca se habían presentado. En primer lugar, que la tarjeta se desmagnetizase. En ese caso, había unas tarjetas provisionales para entregar al cliente hasta que se hubiese sustituido la nominal, que estaban en la caja fuerte que había detrás de la fotografía de mi padre. El segundo quebradero de cabeza concernía a la entrada. Después de las siete de la tarde, los sábados por la tarde y todo el domingo, se accedía al garaje de dos formas: por el cierre metálico, que se accionaba introduciendo la tarjeta en el correspondiente lector, y por la puerta de al lado, que también estaba conectada al sistema automático. En caso de que el cierre metálico funcionase mal, existía un sistema manual, una manivela que me costó mover. En cualquier caso, mi hermano me aseguró que no la iba a necesitar. En cambio, si se producía un apagón, la única manera de hacer funcionar las dos puertas era el generador de corriente alternativo. Una vez encendido, la corriente estaba garantizada durante una hora. Solo en caso de que el apagón superase los sesenta minutos se podía aparcar el coche en los espacios autorizados, un total de cinco, que estaban señalados por las líneas colocadas delante del garaje. Pero esta posibilidad era, a decir poco, remota.

—Con la mala suerte que tengo seguro que pasa esta noche —dije riéndome.

Fred me rodeó el cuello con un brazo simulando que me ahogaba.

—Siempre tan optimista —masculló.

Tras volver a la oficina y cerrar la puerta con llave, bajó las persianas para que pudieran dormir los coches.

—En resumen —dijo tendiéndome las llaves—, la roja abre la puerta del garaje; la verde, la que da a la calle; la azul es la de tu habitación.

—Vale: rojo, puerta acristalada; verde, calle; azul, prisión.

—¡Exacto! —corroboró cabeceando divertido—. Espero que no te aburras. He instalado televisión por cable para que puedas ver alguna película.

—Perfecto, veo que has pensado en todo.

—Por favor, llámame por cualquier motivo, aunque solo sea porque tienes miedo.

—Nunca tengo miedo —respondí contrariada.

—Lo sé, era un decir —sonrió bonachón—. A propósito, para las comidas he hablado con Wu y con la charcutería de al lado. Te he dejado sus teléfonos en el escritorio, pide lo que quieras.

—Vale, gracias.

—Venga, hasta mañana; yo te despertaré.

Una vez sola, llamé al restaurante chino que había en la esquina y pedí un plato de espaguetis de soja con verdura, una cerveza y un rollito de primavera. Y sola me puse a ver la televisión sentada en la cama. De cuando en cuando lanzaba una ojeada a los vídeos del garaje. Era bastante inquietante ver el centenar de coches pulcros, silenciosos e inermes. Ojalá no ocurriese nada.

A eso de las nueve y media oí la señal acústica. Miré los vídeos y espié a un hombre que subía a un coche y salía con absoluta autonomía. Mientras todo esto sucedía, en el ordenador había aparecido su tarjeta de cliente.

Adam Scott – 97 Duane Street – Nueva York
Tarjeta n.º 754 267 221
Nacido en Filadelfia el 16/11/1982
Vehículo: Audi Q7 – Matrícula 6DXA123
Permiso de conducir n.º 013 213 561 Clase D
Póliza de seguro Nationwide n.º 718 265472 10/15
Número de seguridad social 725 88 5758F
Número de teléfono 212 275 2667

En cuanto se cerró la puerta metálica, la tarjeta del cliente desapareció. «Eso es todo», pensé. Así pues, era cierto que no debía hacer nada. Aburrida, me puse a navegar en Internet. Recuperé la contraseña de Facebook. Hacía años que no accedía a mi cuenta. Paul había destrozado el ordenador durante uno de sus arrebatos y en ese lugar intemporal la red social estaba considerada como el diablo tentador. Teorías campesinas de cerebros hibernados por el credo del Dios al que me había tenido que adecuar a la fuerza.

Curioseé en los perfiles de mis viejos amigos y noté que la vida había cambiado para unos cuantos.

Algunos se habían mudado y otros se habían repetido. Actualicé mi estado de «Novia de Paul Rider» a nada. Vacilante, envié un *e-mail* a aquellos a los que, según recordaba, me unía una amistad más estrecha. De un total de ochenta amigos solo contacté con cinco.

«Hola, soy Sophie, he vuelto a Nueva York. ¿Cómo estás? He visto que te has casado… He visto que tienes un hijo… ¿Cómo te va la vida? Me gustaría volver a verte, ¿qué te parece si organizamos un aperitivo?…», y cosas por el estilo.

No esperaba que nadie me respondiese.

Cuando iba por el quinto *e-mail*, volvió a aparecer la ventana emergente de la tarjeta de cliente de Scott. Observé el vídeo y lo espié mientras dejaba el coche en su plaza y se dirigía a la salida acompañado de una mujer. Por la cámara externa lo vi cruzar la calle y desaparecer.

Durante el resto de la noche ningún coche se puso en marcha, así que me quedé dormida. Al día siguiente Fred me despertó a las siete en punto.

—¡Buenos días!

—Buenos días —refunfuñé bajo la manta.

Me aseé y fui a la oficina.

—¿Cómo te ha ido esta noche?

—Bien, ningún movimiento sospechoso, solo el señor Scott.

Mi hermano masculló algo que no pude entender, ni me esforcé en hacerlo.

—Mamá nos espera antes de la una.

Exhalé un suspiro y mordí una de las rosquillas que había traído.

—No tengo ningunas ganas de ir —respondí.

—Ídem —murmuró.

La llegada de un cliente me obligó a desaparecer del garaje. Paseé por el barrio mirando los escaparates. Las tiendas seguían siendo las mismas, salvo el barbero, que había sido sustituido por una tienda de cómics de la que se ocupaba un muchachote pelirrojo. Paso a paso llegué delante del viejo bar Lucas, que me pareció igual que siempre; como Ben, que estaba detrás de la barra. Después de los saludos de rigor, me contó unas cuantas novedades sobre la gente que yo recordaba. Me sorprendió ver también a Ester. Aún trabajaba allí, hacía dos meses que había obtenido la ciudadanía estadounidense y acababa de iniciar los trámites para traerse a su hijo y su marido, que seguían viviendo en Guatemala. Confiaba en poder celebrar la Navidad con ellos. Los dos se guardaron muy mucho de pedirme detalles sobre mi repentino regreso. Seguro que mi hermano les había contado ya todo, pese a que no sabía la verdadera razón por la que había escapado de Paul.

Poco antes de comer Fred pasó a recogerme y fuimos a casa de nuestra madre.

—¿Estás preparada? —me preguntó mi hermano.

Exhalé un gran suspiro y dejé que los pies se arrastrasen tras mi cuerpo vacilante. Mi madre nos esperaba en la puerta. En cuanto me vio, bajó la mirada, apesadumbrada por la imagen de su hija de veinticinco años deteriorada y deprimida.

—¡¿Qué te había dicho?! —susurró Fred empujándome hacia ella.

—Solo he perdido unos cuantos kilos, mamá —resoplé arrojándome en sus brazos.

—Demasiados, Sophie, estás hecha un esqueleto. Mira aquí, tienes todas las costillas fuera.

Ahogué un gemido de dolor.

—Vamos, mamá —terció mi hermano—, con un plato de la lasaña que preparas se recuperará.

—Tres platos abundantes —dijo ella.

Se precipitó a la cocina. Me habría gustado seguir abrazada a ella para siempre e inundarla de lágrimas. Dejar que me acariciase la cabeza como solo sabe hacer una madre y escuchar sus palabras de consuelo. Pero no podía. Le había causado ya demasiado dolor con la historia de Albert, mi anterior novio. Solo le faltaba esta.

Mi madre sacó del horno una bandeja grande de lasaña. Tras poner una buena ración en mi plato, me ordenó que me sentase en el sitio de siempre. La habitual señal de la cruz y las palabras de agradecimiento al Dios que se obstinaba en mantenernos con vida, y el brindis con el vaso del fantasma de mi padre.

Mi padre había muerto hacía tres años: un cáncer de estómago se lo había llevado en menos de seis meses. Demasiado pocos para decirle adiós y demasiado largos para la agonía que había supuesto el tratamiento al que había tenido que someterse. Desde que había fallecido, cada vez que nos sentábamos a la mesa mi madre le servía también una porción. Según decía, era una manera de estar en familia. Mi hermano y yo nunca nos habíamos opuesto a esa obsesión, al contrario, a mí me gustaba y creo que también a él. La nostalgia de su recuerdo era consoladora, porque me transportaba a los recuerdos infantiles, hechos de momentos serenos. Cuando él se preocupaba por mí, me cuidaba, me ayudaba a levantarme si me caía al suelo y me soplaba en las heridas.

Al tercer bocado inició el interrogatorio.

—Dime, ¿qué ha ocurrido esta vez? —preguntó.

—Nada, las cosas no funcionaban desde hacía un tiempo... Incompatibilidades... —contesté lacónica.

—Pero ¿habéis roto de común acuerdo?

—Más o menos.

—¿Qué quieres decir?

—Quiero decir que hemos roto, mamá, que se ha acabado —contesté irritada.

—Te dije que terminaría mal desde el primer día que lo vi —intervino mi hermano, complacido. Por fin había expresado en voz alta lo que pensaba.

—Ya —murmuré y me llené la boca de lasaña.

—Bueno, al menos esta vez no te ha destrozado —dijo mi madre añadiendo otra ración al plato, en el que aún quedaban restos de la primera. Alcé los ojos apenas lo suficiente para fulminarla con la mirada—. Espero que no aparezca por aquí como el otro —prosiguió. Abrí desmesuradamente los ojos, la mera idea me estremecía.

—No, espero que no, mamá.

—Mamá, Sophie quiere terminar la universidad —dijo Fred saliendo en mi auxilio.

La expresión de mi madre se iluminó al instante.

—Esa sí que es una buena noticia; me alegro, es lo que quería tu padre.

—Sí, es verdad.

—Si mal no recuerdo, te faltaban cinco exámenes, ¿no? —preguntó Fred.

—Sí, más o menos.

Por suerte, la conversación se centró en la universidad y nos olvidamos de Paul. Los dos sabían que no iban a poder sonsacarme. Era la mejor simuladora del universo, siempre ponía buena cara al mal tiempo, más o menos. No solía hablar de mí misma; cuando lo hacía, entonces había que preocuparse.

Cené también en casa de mi madre y luego volví al garaje para pasar mi segunda noche de encargada de emergencias.

El fin de semana fue más bien movido, pero Fred me lo había advertido. Hasta las seis de la mañana fue una sucesión constante de señales de aviso y de clientes bien vestidos que iban y venían con sus bonitos coches resplandecientes. No pude dormir hasta el amanecer y el timbre del teléfono me despertó a las dos de la tarde.

—¿Dígame? —gruñí.

—¿Estabas durmiendo?

—Sí, Fred, dormía —rezongué—, esta noche ha habido un trasiego incesante.

—Supongo; en cualquier caso, te llamo para invitarte a cenar esta noche. Miranda quiere conocerte.

—De acuerdo. ¿A qué hora?

—¿A las ocho?

—Hum, de acuerdo, pero ¿qué hacemos con el garaje? —pregunté echando un vistazo a los vídeos.

—No te preocupes, veo todo desde el ordenador de casa.

—Ah, vaya —contesté asombrada.

—¿Quieres que pase a recogerte?

—No, prefiero dar un paseo; nos vemos a las ocho.

—De acuerdo, hasta luego.

Colgué y me hundí de nuevo en el sueño hasta media tarde, después fui al bar a comer algo.

Ese domingo Ben y Ester libraban, de forma que me senté a una mesa para beber un café y leer un poco de crónica neoyorquina. Al cabo de unos minutos dos hombres se sentaron a la mesa contigua. Hablaban en voz alta, de forma que oí su conversación sin querer.

—Estás envejeciendo, Seth, jamás me habría imaginado que te ganaría así, cuarenta minutos, nunca se ha visto tanta diferencia.

—Cállate, es la paternidad —dijo el segundo hombre—. Jason no me deja dormir por la noche. Solo tienes la ventaja de ser un maldito soltero.

—Si es por eso, yo también duermo poco por la noche —replicó el otro soltando una risotada tribal.

—Claro, claro, ya verás cómo me recupero la semana que viene. Annabelle va a casa de sus padres con el niño a pasar el fin de semana, puedes estar seguro de que volveré a dejarte atrás, como siempre.

Siguió un brindis.

—Oye, Adam, ¿qué ocurrió al final con la azafata de la semana pasada?

En ese momento alcé los ojos del periódico y miré con indiferencia la mesa de al lado.

—Buenos días —dijo Adam Scott fulminándome con la mirada.

Aturdida, le respondí vacilante y me volví a concentrar de inmediato en el problema del asfalto de la Broadway Road.

—No la he llamado —contestó.

—¿Cómo que no la has llamado? Pero si te dio su número de teléfono sin que hubieses hecho nada. Si me lo hubiera dado a mí, no habría dejado escapar una ocasión como esa, estaba buenísima.

—No la he llamado, porque me llamó ella. —Oí cómo
se reía—. Consiguió que una azafata de tierra le diera mi
número.

—¡Ja, ja! —se rio su amigo—. Estaba claro que te la tira-
rías. A propósito, Denise, la amiga de Annabelle, la de las tetas
enormes, pregunta siempre por ti.

Oí que Adam Scott se reía.

—Deja que pregunte.

«Fanfarrón, ejecutivo de mierda, tú y tus marcas», pensé.
Asqueada por la arrogancia de la conversación, decidí marcharme. Cerré el periódico y me levanté.

—Adiós —dijo Scott mientras yo movía la silla.

—Adiós —respondí desganada.

Mientras me dirigía a la salida, oí que su amigo le preguntaba quién era yo.

—Es del garaje donde guardo el coche —contestó.

«Traidor, cabronazo», pensé.

Una vez en la calle, eché a andar sin rumbo fijo. Lo que
mejor sabía hacer era caminar. Me ayudaba a liberar la mente.
Había empezado a hacerlo en Nevada, el día en que Paul me
había pegado por primera vez. Había trotado treinta kilómetros
bajo el sol ardiente hasta llegar a la ciudad vecina y luego le había
pedido que viniese a recogerme. Se sentía desesperadamente culpable. Desde entonces se repetía siempre lo mismo. Él me pegaba y yo salía a caminar durante horas; luego, sin necesidad de
que le dijera nada, me recogía en la consabida gasolinera y me
llevaba a casa. Entre llantos y regalos lograba que lo perdonase
y todo volvía a la normalidad, al menos por unos días.

Llegué puntual a casa de mi hermano. Me recibió una
masa peluda de veinte kilos.

—Se llama Miga —dijo Fred sujetándolo por el collar.

—¿Miga porque no deja una sola miga? —pregunté sarcástica acariciando al perro, que se hizo pis de alegría.

Miranda se acercó corriendo a la entrada con el papel absorbente.

—Hola, soy Miranda —dijo inclinándose sobre el charco.

—Sophie, la hermana desgraciada.

—¡Dios mío, qué coñazo que eres! —gritó mi hermano—. Vamos, entra, tonta.

La casa era totalmente distinta a como la recordaba, estaba más ordenada y se notaba cierto toque femenino.

Miranda era realmente guapa, tenía una melena larga y voluminosa de color castaño oscuro. Y dos pechos que saltaban a la vista. A pesar de sus formas pronunciadas, era esbelta y delicada.

Trabajaba en la tienda de comestibles de su familia y él la había conocido cuando había entrado para comprar una botella de vino italiano y le había pedido que lo ayudase a elegir una. Ella le había aconsejado un Chianti de 2008 y a partir de ese día todas las tardes, durante quince días seguidos, mi hermano había entrado en el establecimiento para comprar una botella del mismo vino. Hasta que se declaró. Suspiré. Esas historias eran de un romanticismo disparatado. Siempre tenía la impresión de que las parejas, cuando recordaban los primeros momentos de su relación, pretendían reforzar su amor. La atmósfera sosegada se desintegró cuando mi hermano soltó la bomba:

—¿Te pegaba, Sophie?

Lo miré atónita.

—¿Qué dices, Fred?

—No sabes esconder los cardenales —dijo.

Me mordí los labios y bajé la mirada hacia el plato vacío, con la respiración bloqueada en la garganta.

—¿Durante cuánto tiempo? —preguntó.

Miranda se levantó y fue a trajinar con la cafetera dejándome a solas con Fred, que me miraba fijamente. Estaba segura, a pesar de que no me atrevía a levantar la mirada.

—¿Desde hace cuánto tiempo? —preguntó más agitado.

—Un año —respondí quedamente.

—¿Y por qué demonios no me lo dijiste?

Busqué sus ojos con dificultad.

—¿Tú qué crees, Fred?

Fred apretó los puños, nervioso.

—¡Debes pedir cita al doctor Richardson! Debes reiniciar la terapia —sentenció.

—No, Fred, no lo necesito.

—Vaya que lo necesitas, debes hablar con alguien; no cometas el error de callarte, como siempre.

Alcé la mirada al techo e inspiré profundamente.

—Dame tiempo, ahora estoy aquí, hace dos días que volví y... —Me esforzaba por hablar, mientras el malestar aumentaba impidiéndome respirar, hasta que, por fin, lo solté—: No estoy bien, Fred, nunca estoy bien, no sé qué es lo que no va bien en mí. Además, lo último que pensaba era que volvería a caer en eso, así que no sabes cómo me siento.

Unos segundos después era un río desbordado.

—Vamos, ven al sofá. —Me levantó en brazos, solícito.

—Perdona, Miranda —me disculpé sollozando.

—No te preocupes, Sophie —dijo ella con una mezcla de desconcierto y embarazo.

—Soy rara —murmuré entre un sollozo y otro—, ¿por qué no encuentro uno normal?

—No eres rara, Sophie, lo único que pasa es que atraes a los cabrones como un imán.

—¡Fred! —exclamó Miranda molesta.

—Perdona, Sophie, no sé qué te pasa. —Me cogió la cara con las manos—. Te aseguro que eres normal, la persona más dulce que conozco.

Sorbí por la nariz y me eché de nuevo a llorar.

—Si quieres, puedes dormir aquí esta noche —dijo Miranda—, te prepararé el sofá.

—Sí —corroboró Fred terminante—, dormirás aquí y mañana por la mañana lo primero que haremos será llamar al doctor Richardson.

Asentí con la cabeza e inspiré llenando los pulmones para tratar de aplacar la emoción.

—¿Has ido a un médico? —preguntó Miranda.

Negué con la cabeza tristemente, sintiendo una profunda vergüenza y disgusto por mí misma.

—¿Quieres que llame a Mark? —preguntó Fred—. ¿Te acuerdas de Mark Cameron, nuestro vecino de casa? Ahora trabaja en el hospital Mount Sinai.

Sacudí de nuevo la cabeza.

—Desaparecerán, Fred, tardan un poco en hacerlo.

—Pero ¿te das algo? —preguntó Miranda—. Si quieres, te ayudo, tengo una pomada.

—Vamos, deja que te ayudemos, Sophie, por favor —dijo mi hermano apretando los dientes.

Taciturna, seguí a Miranda al cuarto de baño.

Mientras me quitaba el jersey, esquivé sus ojos. No quería ver ninguna mueca de disgusto. Tras sentarse en el borde de la bañera, Miranda empezó a aplicarme la pomada, con delicadeza y en silencio.

Cerré los ojos e hice acopio de valor para poder hablar.

—Miranda —murmuré ahogando el dolor—, dile que solo tengo un par de cardenales.

—No te preocupes —contestó acariciándome una mejilla.

Cuando volví al salón, mi hermano estaba en la terraza hablando por teléfono y por la forma en que movía los brazos comprendí enseguida quién era el interlocutor. Inmóvil, escuché cómo gritaba encolerizado todo tipo de maldiciones. Cuando entró de nuevo en el salón, apenas me miró.

—Disculpa, Sophie, tenía que hacerlo —dijo antes de desaparecer en su habitación.

Tras hacerme la cama en el sofá, Miranda se puso de nuevo a recoger la cocina.

—Yo lo haré, Miranda, te lo ruego, ve con mi hermano e intenta calmarlo —le pedí desarmada.

Una vez sola, quité la mesa y metí las cosas en el lavavajillas, después me metí entre las sábanas. Miga vino a hacerme compañía, a mimarme y a consolarme.

Dormí poco y mal, pero aun así fue suficiente para darme la energía que necesitaba para reaccionar. El hecho de haber dicho la verdad me había aligerado del peso del silencio. Así pues, después de levantarme y de recoger el sofá, dejé una nota a mi hermano avisándole de que pasaría por el garaje a coger los documentos que necesitaba para matricularme en la universidad. Y así lo hice. A las nueve y media volvía a ser oficialmente una estudiante. Cuando volví al garaje, Fred me dio un pósit en el que había escrito la hora en que debía ir a la consulta del doctor Richardson.

Me esperaba a las dos y media. No tenía ningunas ganas de volver a verlo, ni a él ni su *chaise-longue,* ni su librería abarrotada de libros, ni el cuadro colgado detrás del sillón. Ni de tener que soportar la sesión de terapia, la agonía de verme obligada a hablar.

Con estos pensamientos en la cabeza, me volví a dormir, como de costumbre. Era lo que mejor sabía hacer, cerrar los ojos y no pensar.

A las dos mi hermano me sacó de la cama y me escoltó hasta la puerta de la consulta del doctor Richardson. Volvía a estar allí como si nada hubiera cambiado.

Fred insistió en entrar a hablar con Richardson y yo acepté. Puede que en ese momento fuera él el que más lo necesitaba. Lo escuché enumerar los episodios de mi vida preguntándome si tendría un cuaderno secreto en el que anotaba mis desgracias desde que había nacido. Cuando se hubo desahogado de todo lo que llevaba dentro, me dejó en manos de mi querido y viejo psicoterapeuta, no sin antes haberme preguntado, diligente, si quería que me esperase.

—No, si no te importa volveré al garaje sola —respondí lanzando una mirada de complicidad a Richardson.

De esta forma se iniciaron mis sesiones silenciosas, compuestas de «Mum», «Bah» y «No lo sé». Y entre las clases y las sesiones de terapia fui entrando de nuevo poco a poco en los parámetros propios de una persona normal. Herida, pero, a fin de cuentas, normal.

Obsesión previa

Al cabo de un mes me había vuelto a ambientar y Nevada era un recuerdo remoto, al igual que los cardenales. Había fijado el primer examen para principios de octubre. Sociología. En mi opinión, la ciencia de lo inútil.

Estudiar el fenómeno social me parecía aburrido, al final se catalogaba generalizando, cuando, en cambio, yo siempre había pensado que cada persona era única. Cada uno vive según criterios diferentes, dictados por las propias experiencias personales.

Fred me concedió un poco más de libertad. Solo el miércoles por la tarde, y solo por unas horas, justo hasta medianoche, después saltaba la hora X. Entonces tenía que volver para iniciar mi turno y él se iba a casa.

En un principio había intentado contactar con los viejos conocidos de forma más directa, pero todos estaban demasiado ocupados con sus obligaciones laborales y familiares, de forma que ni siquiera tenían tiempo para salir a tomar una copa. El único que se había mostrado disponible era Steven, un chico homosexual que había conocido hacía ya muchos años. Era fácil llevarse bien con él, nunca juzgaba a los demás y era expansivo y abierto. No obstante, a la larga me aburrí de salir con él. Me llevaba siempre a locales reservados a homosexuales donde solo me abordaban las lesbianas o, como mucho, hombres misteriosos, interesados en hacer un *ménage*.

Una noche le rogué que fuésemos a un local heterosexual. De mala gana me llevó al bar *lounge* en el que trabajaba su hermano Bob. Nada más sentarnos a la barra Steven conoció a un tipo con el que desapareció después del segundo cóctel. De manera que, mientras me bebía el tercero, al que me habían invitado amablemente, me dediqué a contemplar la fauna local. Si bien la gente hablaba con agitación, los ojos saltaban de una parte a otra, buscando a todas luces algo, pero ¿qué? Con toda probabilidad un polvo o el encuentro de su vida. Recordé las palabras con las que había concluido la sesión Richardson esa misma mañana: «Sophie, debes hacer un esfuerzo para evitar las relaciones, al menos hasta que hayas recuperado el equilibrio».

«Equilibrio —pensé—. Sensatez, sentido de la medida en las elecciones y en los comportamientos».

—¿Te aburres? —preguntó Bob mientras mezclaba líquidos en una copa.

—No —contesté sonriendo—, estaba pensando.

—¿En qué?

—En la sensatez.

—Ah, entonces está claro. —Sonrió—. Nada de relaciones durante cierto tiempo.

—Exacto.

Entre un cóctel y otro hablamos de música, de cine y de nada, hasta que volví a mi porción de mundo, donde encontré a Fred tumbado en la cama mirando la televisión.

—¿Te has divertido? —me preguntó apenas crucé el umbral de mi refugio.

—Sí —contesté.

—Por la cara no me lo parece.

—¿Y qué cara debería tener si me hubiera divertido? —pregunté curiosa.

—La que tienes no, desde luego.

Me encogí de hombros y sonreí mostrando todos los dientes.

—Esa sí —dijo.

Los días sucesivos pasaron marcados por la habitual rutina: la universidad durante el día, las visitas a la consulta de Richardson, la siesta a media tarde y las noches con los vídeos de vigilancia, que alternaba con las lecturas o la televisión. A las diez Ben y Ester pasaban regularmente a saludarme. Nos bebíamos una cerveza sentados en la escalera del portal contiguo al garaje y esperábamos a que llegase su autobús.

Había estudiado todo el día para el examen del día siguiente y necesitaba su visita vespertina. Mientras hablábamos vi que Scott entraba con el coche y que luego volvía a salir del garaje acompañado de la inevitable mujer atractiva, sostenida por unos tacones vertiginosos. Me pregunté si no sería la azafata de la que había oído hablar en el bar. No había vuelto a verlo en persona desde entonces o, mejor dicho, no lo espiaba por las cámaras. Al cerrar la puerta me saludó con una sonrisa amable. Apenas cruzaron la calle, Ben no pudo contenerse.

—Siempre va con unas chicas guapísimas —dijo.

—Sí, ya —replicó Ester—, yo diría más bien con unas prostitutas increíbles.

—¿Prostitutas? —pregunté desconcertada.

—Pero ¿en qué mundo vives, Sophie? No existen mujeres como esas en la vida real, son prostitutas de lujo, de superlujo diría, se ve a la legua, además siempre va con una distinta.

—Puede que sean prostitutas, pero aun así están muy buenas —terció Ben brindando con mi botella.

Intrigada y asombrada por la posibilidad, observé a Scott mientras entraba en el edificio de enfrente. Jamás se me había ocurrido, en parte porque al ver a todas esas mujeres por las cámaras no distinguía bien sus rasgos.

—Bueno, quizá no sea así, con el dinero que tiene seguro que frecuenta ambientes de cierto nivel.

Ester negó con la cabeza, convencida.

—Te lo digo yo, son prostitutas; además, es metódico, el lunes, el miércoles y el viernes —prosiguió—, y las hace volver a casa en taxi.

—¡Yo también vuelvo en taxi! —comenté irónica—. Además, ¿cómo sabes todas esas cosas? Tu marido llegará de un momento a otro, Ester…

—Bueno —dijo vacilante—, mi oficio me empuja a observar a la gente; además conozco al portero, me lo dijo él, son prostitutas —insistió resuelta.

—Mañana deberías hacer tú el examen en mi lugar —murmuré, divertida por su perspicacia.

—Te das cuenta enseguida de cómo es un hombre por el café que toma, si deja o no propina y sobre todo por las manos.

—¿Por las manos? —preguntó Ben.

—Sí, exacto, por las manos.

—Me intriga, Ester, sigue —dije divertida.

Ester se puso de pie delante de nosotros, que estábamos sentados como unos estudiantes aplicados.

—Primero: si los anulares son más largos que los índices, significa que tiene un nivel alto de testosterona; así pues, es muy masculino, agresivo y dotado para ganar dinero. Segundo: enseguida sabes si está casado, siempre y cuando lleve la alianza, aunque eso no es seguro. Si además la mano es bonita y, sobre todo, estrecha la tuya de cierta manera…, para entendernos, si la aprieta de forma enérgica, entonces sabes cómo lo usa —dijo guiñando un ojo.

—¿Usa el qué? —preguntó Ben.

—¡Vamos! ¿A qué crees que me refiero?

Con el rabillo del ojo vi que se miraba la mano y que la apretaba enseguida en un puño.

—Caramba, Ester —dijo Ben riéndose entre dientes—, ¿qué es esto, un tratado de psicología?

Esbocé una sonrisa imperceptible. El criterio de Ester para catalogar a los hombres eran las manos; el mío, la lengua. No había mucha diferencia, pensé.

—Y las manos de él ¿cómo son? —pregunté curiosa.

—Peligrosas, Sophie —aseveró con firmeza—. Cada vez que coge la taza de café pienso que podría estrangular a alguien.

—¡Dios mío, qué exagerada! —comentó Ben—. En cualquier caso, trataré de observarlo —dijo mirándome divertido.

—Luego me lo cuentas.

—Ya verás como tengo razón, tiene *las manos del diablo**
—sentenció Ester.

—Está llegando el autobús, vamos —dijo Ben cogiendo el bolso de Ester para llevársela de allí—. Nos vemos mañana.

Sentada en los peldaños, los miré mientras subían al autobús, luego alcé los ojos al edificio de apartamentos que tenía enfrente y escruté las luces encendidas del duodécimo piso preguntándome qué estaría haciendo el señor Scott. Era bastante fácil de imaginar.

Y al día siguiente me lo encontré en el despacho de mi hermano...

—Buenos días —dijo resuelto pillándome por sorpresa.

—Buenos días —contesté y, turbada, le pregunté si estaba esperando a Fred.

—Sí, está ayudando a un cliente a arrancar el coche.

---

* En español en el original. *[N. de la T.]*

—¿Puedo ayudarlo yo?

—No creo, tengo que renovar el abono, por lo general se ocupa él. —Su tono, compuesto y profesional, no incitaba a la charla.

—Sí, entonces lo necesita a él, yo no le sirvo de mucho. Adiós.

—Adiós.

Mi hermano entró mientras nos despedíamos.

—Disculpe si le he hecho esperar —dijo Fred a Scott. Luego se dirigió a mí—: ¿Vas al bar, Sophie? ¿Puedes traerme unas rosquillas?

—Esto... —dije titubeando—. Tengo un poco de prisa, hoy me examino.

—No importa, mandaré después a Gustav. Nos vemos esta noche —dijo limpiándose las manos antes de ponerse a teclear en el ordenador—. Veamos, este mes son cuatrocientos cincuenta dólares, pero le cobraré cuatrocientos.

Me puse la chaqueta y cogí la mochila del suelo.

—Se lo ruego, Fred, no quiero aprovecharme... —Salí mientras pronunciaba estas palabras.

Cuando llevaba diez minutos en la parada del autobús, empecé a impacientarme, al igual que una señora con el pelo celeste, que se puso a echar pestes de la empresa de transportes. Irritada, me aparté de ella unos metros. Odiaba a los que protestaban apelando a lugares comunes. Era evidente que había algún problema, un accidente, una avería, el fin del mundo.

Hasta que...

—¿Sophie Lether? —Oí mi nombre fluyendo veloz en el viento y miré alrededor. Vi un coche con la ventanilla bajada a dos metros de mí. Dentro de él estaba Adam Scott y me sonreía.

—Buenos días —dije acercándome a él.

—¿Se dirige a la Universidad de Nueva York? —me preguntó.

—Sí —contesté sorprendida.

—Acabo de oír en la radio que ha habido un accidente en la Broadway, así que el tráfico de la línea M6 seguro que lleva retraso. ¿Quiere que la acerque?

Me rasqué la frente, irritada por la lana del gorro, luego miré el reloj.

—Pero ¿le pilla de paso?

Scott asintió con la cabeza sin abandonar su sonrisa resplandeciente.

—Si lo prefiere, puede dejarme en la parada de metro más próxima.

—Suba, por favor. —Hizo saltar el cierre centralizado y abrió la puerta.

La cantilena rabiosa de la anciana que estaba a mi espalda llamó mi atención. Me miraba con envidia y también con una pizca de rencor. Para alejarme de esa energía negativa repetí mentalmente: «Espejo reflejo, espejo reflejo,» y me acomodé vacilante en el interior del coche, bonito y perfumado.

—De verdad no quiero molestarle, señor Scott.

—No me molesta. Póngase el cinturón, por favor —dijo.

En cuanto obedecí esa orden terminante nos sumergimos en el tráfico.

—¿De verdad le pilla de paso? —repetí.

—Sí, no se preocupe —respondió con calma.

En ese habitáculo de *miles* de dólares y, sobre todo, sentada al lado de él, que iba vestido con un traje que debía de haberle costado también *miles* de dólares, me sentí realmente espantosa con mi ropa de mercadillo de segunda mano. Tiré de la falda para tapar las medias, que estaban desgastadas en las rodillas.

Me parecía extraño que me hablara de usted, pero, a fin de cuentas, era un cliente de mi hermano. Cuando nos paramos en el semáforo, Scott cogió el vaso de café del compartimento para bebidas y dio un sorbo. En ese momento me fijé en su mano y me vino a la mente la teoría de Ester. Era ahusada, y no me parecía tan peligrosa; tenía el anular más largo que el índice, así pues era «macho», pero no parecía coger el vaso con la intención de triturarlo.

—¿Qué estudia? —preguntó.

—Artes y Ciencias —respondí.

—¿No es un poco mayor?

La pregunta hizo que me sintiese una fracasada, como siempre.

—Sí, he retomado los estudios que interrumpí hace dos años —contesté lacónica.

Puso el café en el compartimento, cogió el móvil, tecleó el código de seguridad, miró fugazmente la pantalla y luego dejó caer el teléfono en el portaobjetos.

—Disculpe la pregunta, pero ¿vive usted en la parte de arriba del garaje? —preguntó mirándome con cierto desconcierto. De mal en peor.

—Sí, de momento sí —contesté un poco molesta.

Era evidente: no había nada que hacer con él, yo era una especie inferior que, quizá, lo intrigaba, al igual que les sucede a los seres humanos cuando observan el oso polar en su jaula del zoo del Bronx. Así pues, decidí pasarle de nuevo la pelota.

—Usted, en cambio, ¿a qué se dedica? —pregunté con tono de aburrimiento.

—¿Yo? —dijo casi sorprendido—. Dirijo una sociedad financiera, me ocupo de fusiones y adquisiciones.

Por una decena de segundos me quedé callada tratando de componer el cuadro. ¿Un *trader*, quizá? ¿Un *broker*?

—¿Y vive delante del garaje? —pregunté ligeramente irritada.

Tuve la impresión de que la pregunta le había gustado, porque esbozó una sonrisa espontánea.

—Sí, de momento sí.

Me pareció que me estaba tomando el pelo y, en parte, lo aprecié.

Al cabo de diez minutos estábamos atrapados en el consabido atasco. Iba a llegar muy tarde, incluso en coche. Pero podía acercarme al metro a pie en cinco minutos y llegar justo a tiempo para inscribirme al examen.

—Escuche, se lo agradezco mucho, pero si no le importa me apeo aquí. Si voy a pie, puedo coger el metro, la parada está a dos manzanas de aquí. Hoy no puedo llegar tarde, tengo el primer examen.

Noté en su expresión una mezcla de sorpresa y decepción, además de algo que no alcancé a comprender.

—Por supuesto, Sophie —dijo enigmático—, me parece una buena idea.

—Bien, en ese caso, gracias de nuevo. —Me apeé del coche y antes de cerrar la puerta le deseé que pasase un buen día.

Scott sonrió ladeando la cabeza y deslumbrándome con una mirada decididamente provocadora.

—Adiós, Sophie.

Al oír mi nombre pronunciado por esa voz aterciopelada, me estremecí. Eché a andar, aturdida.

Jadeando, logré llegar justo a tiempo para inscribirme al examen. Mientras esperaba a que fuera la hora, me senté en las escaleras para repasar, pero estaba demasiado nerviosa, así que me dediqué a mirar por la ventana a los estudiantes que estaban en el campus.

El ambiente universitario solo me gustaba en parte. Podía leer la promesa de un futuro brillante en los ojos de los estudiantes, libres y esperanzados. Era agradable ver cómo se confrontaban y vivían pensando que todo era posible, que bastaba con creer en ello. Por un lado, esa actitud alentaba de nuevo en mí la esperanza de que en un futuro no muy lejano podría hacer algo bueno. Por otro, me causaba desasosiego, porque fuera del campus el mundo era duro, hostil, y yo estaba totalmente desencantada.

Las puertas del aula se abrieron. Había llegado el momento. Entré en ella con paso incierto. Siempre había odiado ese momento. Cuando el estómago se revuelve, la respiración se entrecorta, los temblores te acompañan un paso tras otro y todo lo que has estudiado se condensa en tres palabras. Cuando esperas la hoja con las preguntas y lo único que deseas es poner pies en polvorosa.

Me senté bien erguida en la silla y miré el cuestionario. Adelante. Como si el tiempo se hubiese quedado suspendido, hilvané una respuesta tras otra.

A pesar de los dos años de ausencia, respondí a todas las preguntas. Estaba satisfecha y sabía que había hecho un buen trabajo y que, sobre todo, había mantenido la media. Cuando volví al garaje, mi hermano me esperaba con un ramo de flores en las manos.

—¿Qué es eso? —pregunté—. ¿Qué pasa? ¿Vas a volver a casarte?

—Tonta, son para ti. ¿Cómo ha ido el examen?

—Bien. Esta mañana pensé que no te habías enterado de que lo tenía hoy.

—Lo sabía de sobra, pero no quería ponerte nerviosa, así que preferí no decirte nada.

Era el mejor hermano del mundo.

—Gracias, Fred —dije abrazándolo. ¿Qué otra cosa podía decir?

Dada la ocasión, me dejó salir el sábado por la noche unas horas. En la universidad ese mes había hecho unos cuantos amigos, en especial una chica de Oregón, una tal Susan, y su compañera de habitación, Silvy, originaria de Beatty (Nevada). Eran muy jóvenes y provincianas, pero la vida en Nueva York las estaba espabilando mucho, sobre todo las fiestas del campus. A menudo me quedaba en la biblioteca y algunas veces comíamos juntas. Las llevaba a pasear por Nueva York para que conociesen bien la ciudad y sus bellezas ocultas. Para festejar decidimos ir a una *rave party* que se celebraba en un local del Upper West Side. Después de muchos años me dejé transportar por la música. Cerré los ojos y seguí el ritmo. Cuando volví a abrirlos, me di cuenta de que tenía un chico a mi lado. Estaba despeinado. Tenía el pelo típico del joven atractivo y maldito. Noté su sonrisa afable: ángeles en la primera cita, demonios durante el resto de la vida, pensé enseguida. Tras lanzarnos varias miradas de complicidad y un contacto más que próximo salimos del local a tomar un poco de aire. El tiempo de encontrar un rincón apartado y su lengua estaba ya en mi boca. El simple roce de sus labios abrió de par en par las puertas de mi deseo, cerradas desde hacía varios meses. En el pasado nunca me lo había pensado dos veces. Por lo general, cuando alguien se insinuaba, le pedía siempre que me besara. Había aprendido que si uno no sabe besar como Dios manda, entonces el resto es simple palabrería. Si, en cambio, un desconocido es capaz de besarte en un local abarrotado bajo la mirada de extraños y amigos, puedes estar segura de que no te fallará. Pero lo que de verdad me interesaba era el test de la lengua. Si era blanda o seca, no había nada de qué hablar; si, por el contrario, era vertiginosa, una serpiente dura, entonces sí. Y su lengua prometía. El ímpetu de sus besos y de sus manos, que rodeaban espasmódicas mi cintura, me reclamaba, así que me encadené a él en un abrir y cerrar de ojos. Mandé un mensaje a Silvy y a Susan para informarlas de que había hecho una conquista y luego seguí a mi sexy desconocido a su casa. Se llamaba Ryan y era informático. En el trayecto en coche odié cada palabra que salió de su boca. Tenía una idea fija en la cabeza y la mezcla de excitación, sustancias o alcohol era letal. Una vez en su casa, nos precipitamos a la cama; las sábanas eran las típicas de un soltero, llenas de migas de patatas y manchas de dudoso origen. Pero, una vez desnudos, mi excitación se apagó de inmediato al ver su microscópico pene. «¡Noooo!», grité para mis adentros sin remedio, porque ya estaba allí. La última esperanza era su lengua, los besos que me había dado fuera del local no me habían decepcionado. Tras unos cuantos preliminares le pedí que me lo lamiera y por primera vez en mi vida mi teoría se vino abajo. Estaba perdido, no sabía lo que hacía, aunque yo moviera las caderas para centrar sus pinceladas en un punto preciso. Agitaba la lengua con determinación, pero yo no sentía nada. Entibiada y decepcionada a más no poder, opté por la posición de la cuchara con la esperanza de que pudiese darme un poco de placer con la mano; en vano. Duró el tiempo de un sorbo de agua. Después de bebernos un té me despedí de él agradeciendo en mi fuero interno a mi hermano que me hubiese encomendado una obligación inderogable: el garaje y su noche. Volví para relevarle, presa de un sutil deseo. No me había quedado satisfecha y no veía la hora de que se marchase para poder hacerlo sola y calmar el desasosiego. Apenas el cierre metálico se cerró, corrí a darme una ducha para quitarme de encima la saliva de Ryan y regalarme un poco de placer, pero cuando estaba justo en lo mejor, se fue la luz. Maldiciendo, recuperé a tientas la toalla y volví envuelta en la oscuridad a mi habitación para buscar algo con lo que iluminarme. Desenchufé el ordenador portátil y, aprovechando el resplandor de la pantalla, fui al despacho de mi hermano para coger una linterna. Mientras hurgaba en los cajones y en el armarito, alguien llamó al cristal de la oficina dándome un susto de muerte.

—¿Hay alguien ahí? —La voz era masculina.

—¿Quién es? —pregunté sorprendida.

—Soy Adam Scott, tarjeta 754 267 221. Me he quedado bloqueado. ¿Puede ayudarme a salir? —preguntó.

Cuando alcé la persiana de la cristalera, una luz me deslumbró.

—¿Es usted, Sophie?

—Sí, soy yo. ¿Puede bajar la linterna, por favor? —pregunté tapándome los ojos con el brazo.

—Sí, claro, perdone.

Después de cerciorarme de que era realmente Scott, lo dejé entrar. Por la forma en que me miró, caí en la cuenta de que iba envuelta en una toalla minúscula. Retrocedí unos pasos para esconderme detrás del fichero.

—Disculpe, pero estaba duchándome. —Reí, apurada por la situación—. Si espera un segundo, me visto, cojo las llaves y le abro por la puerta principal... Oiga..., ¿podría prestarme la linterna? A cambio le dejo mi ordenador.

Me pareció ver que sonreía en la penumbra. Era evidente que la situación, como mínimo inusual, le divertía.

—Faltaría más. Tome, se lo ruego —dijo tendiéndome la linterna.

Regresé a mi habitación, me puse el chándal a toda prisa y volví al lado de Scott, quien entretanto se había sentado en el escritorio con el ordenador apoyado en las piernas.

—Disculpe de nuevo. Le acompañaré; venga conmigo, por favor —dije dirigiéndome a la parte posterior. Scott me siguió.

—Pero ¿no tiene miedo de estar aquí sola? —me preguntó a mitad del pasillo.

—No —contesté.

Trajiné con la cerradura alumbrándome con la linterna y abrí la puerta. El barrio estaba a oscuras, sumido en un silencio sepulcral.

—Ya está libre —dije, soltando una risita estúpida.

Scott me sonrió perplejo; luego, justo cuando iba a cruzar el umbral, se plantó delante de mí y yo me eché a un lado, sorprendida.

—¿Quiere que me quede a hacerle compañía hasta que vuelva la luz? —preguntó.

Estupefacta y confundida por la amabilidad de su ofrecimiento, apenas podía respirar.

—Esto..., no, estoy bien.

—¿Segura? —preguntó mirándome con sus ojos seductores y diabólicos—. Supongo que no tardará mucho en volver. Creo que el corte solo ha afectado a esta zona.

—No, de verdad, es usted muy amable.

—Como quiera. En ese caso, hasta pronto, Sophie.

Una descarga eléctrica me recorrió de nuevo la espina dorsal. Nadie pronunciaba mi nombre como él. Al cerrar la puerta me di cuenta de que tenía la linterna en las manos.

—Señor Scott, ¡la linterna! —grité.

Scott se paró en medio de la calle.

—Quédesela —contestó sin volverse.

—Pero ¿en qué piso vive? —le pregunté.

—¿Qué? —Se volvió para mirarme con una lentitud impresionante.

—Seguro que el ascensor no funciona y tendrá que subir la escalera a pie y a oscuras. ¿Vive muy arriba?

—La verdad es que sí, en el duodécimo piso —dijo—. No lo había pensado.

Por curiosidad y porque lo deseaba de forma sutil y malsana, me aventuré a decir:

—Oiga, si quiere esperar aquí, le invito a una taza de café.

Esbozó una sonrisa radiante, tanto que casi me dejó maravillada.

—Me parece una buena idea —dijo acercándose a mí.

Nos sentamos al escritorio de mi hermano en un silencio algo incómodo. Para exorcizar la espera le ofrecí, como le había prometido, un café con unas cuantas galletas rotas.

—¿Cómo van los estudios? ¿Qué tal el examen del otro día? —preguntó después de haber bebido un buen sorbo.

—Bien, hacía siglos que no me presentaba a un examen y me salió redondo, he mantenido la media.

—¿Cuántos le quedan?

—Cuatro —contesté—. Oiga, señor Scott, puede tutearme.

—De acuerdo, Sophie, con la condición de que tú me llames Adam y no señor Scott —dijo sonriendo.

Bebió otro sorbo de café y después se humedeció los labios. Pese a que el resplandor de la linterna era leve, por un instante tuve la sensación de que ese gesto, en cierta medida involuntario, ocultaba un deseo. Rechacé la idea con un movimiento de cabeza. Debía de tratarse más bien de mi deseo, a estas alturas echado a perder tras mi encuentro con Ryan y el apagón.

—Entonces, ¿cómo van las cosas? ¿Te has acostumbrado ya a la ciudad?

Me encogí de hombros y mordí una galleta.

—Nada.

Adam Scott sacudió la cabeza, divertido.

—Veo que eres de pocas palabras. Vamos, Sophie, háblame de ti.

Pues sí… No era lo que se dice una charlatana, y esa conversación me hacían sentirme como si estuviera en la consulta de Richardson y este tratara de sonsacarme acribillándome a preguntas.

—Nunca sé qué contar.

—Bueno, en ese caso si quieres empiezo yo. Veamos, me llamo Adam Scott, algo que ya sabes, tengo treinta años, vengo de Filadelfia, tengo dos hermanas pequeñas, mi padre era directivo en la empresa Carrier y mi madre un ama de casa que se desvivía por nosotros, sus tres criaturas. Mi hermana mediana es cirujana neonatal en The Children's Hospital de Filadelfia, en

tanto que la otra enseña en un colegio de primaria. Yo me licen-
cié… —Se interrumpió frunciendo el ceño—. La verdad es que
resulta banal hablar de uno mismo. —Un resplandor iluminó la
habitación unos segundos, pero enseguida volvimos a sumirnos
en la oscuridad—. Me parece que están trabajando para resta-
blecer la corriente, creo que la luz no tardará en volver —dijo.

—Sí, eso creo —asentí bostezando.

—Oye, Sophie, perdona si te lo pregunto otra vez, pero
¿no te da miedo estar aquí?

—No, ¿por qué debería darme miedo? —contesté—.
Me encierro en mi habitación y observo a los clientes que
van y vienen.

Adam abrió de repente los ojos, como si hubiese dicho
una obscenidad.

—¿Me estás diciendo que nos observas a través de las
cámaras? —preguntó.

—Sí. En realidad no miro siempre, solo cuando entra o
sale algún cliente. Mi hermano puso las cámaras cuando auto-
matizó la entrada para poder ayudar a la gente si es necesario.
Esta noche, por ejemplo. Lástima que el generador no se haya
encendido. —Esbocé una sonrisa divertida, que ahogué enseguida al ver su mirada insegura.

—¿Así que me ves cada vez que entro o salgo?

—Bueno, sí, echo un vistazo, solo me aseguro de que no
haya problemas. —Noté que su expresión se ensombrecía—.
En cualquier caso, paso la mayor parte del tiempo…, te ruego
que esto quede entre nosotros, durmiendo o viendo la televisión.

Amagó una sonrisa.

Apunté la linterna hacia el reloj que había encima de la
cajonera. Solo habían pasado veinte minutos. Interminables.

—De manera que, aparte de ir a la universidad, ¿no haces
nada? ¿No ves a nadie? —me preguntó de buenas a primeras
después de mirarme un minuto con circunspección.

—¿A qué te refieres?

—Me refiero a si ves a algún hombre —respondió sin andarse con rodeos.

Suspiré y me encogí de hombros.

—No, por el momento no quiero tener ninguna relación.

—¿Un fracaso amoroso?

—Diría que sí.

—Siempre puedes buscar relaciones menos serias —me sugirió lanzándome una mirada seductora.

Fruncí el ceño, segura de haberlo entendido a la perfección. Aun así, tuve que contener una sonrisa divertida al oír su propuesta, demasiado audaz. Pensando en la experiencia que había tenido hacía unas horas, respondí:

—No busco ningún tipo de relación.

Movió la cabeza y en su semblante se dibujó la típica expresión de peligroso seductor.

—Por el momento tengo otros planes —añadí en respuesta a su expresión de descaro.

—¿Por ejemplo?

—Licenciarme —contesté.

—¿Y luego?

—Paso a paso, ahora quiero licenciarme, ya pensaré luego en el futuro —dije con la esperanza de que diese por terminado el interrogatorio.

—Me parece bien —respondió admirado—, paso a paso.
—Su manera de mirarme me produjo la misma impresión que había tenido en el coche. Yo era el oso polar del zoo del Bronx, un animal que debía ser estudiado y analizado, y al que, por qué no, se podía lanzar también un poco de comida.

—Y tú, en cambio, ¿sales con alguien? —pregunté a bocajarro.

Inclinó la cabeza a un lado en una mueca de asombro, casi hostil.

—¿No miras las cámaras? —preguntó.

Bajé la mirada sintiéndome un poco culpable.

—Sí, la verdad es que te veo con muchas mujeres, así que quizá sea más correcto preguntarte si te ves con más de una.

Adam pareció apreciar la ocurrencia, tanto que su expresión se dulcificó.

—Diría que sí, con más de una, así que ¿cuál es la pregunta, Sophie?

Cada vez que pronunciaba mi nombre, creía que me iba a desmayar. Me entraba en el cerebro.

—Ninguna en particular —dije comiéndome la enésima galleta para tratar de disimular mi turbación—. Solo quería conversar, me has preguntado sobre mí y yo he hecho lo mismo.

Adam dejó la taza en la mesa, después entrelazó las manos y las apoyó encima de la rodilla de la pierna que tenía cruzada.

—Creo que lo que quieres saber es por qué no salgo solo con una y, sobre todo, por qué elijo la compañía de ciertas mujeres —dijo—. No es un misterio.

Tanta sinceridad me pareció excesiva. Había cometido la estupidez de lanzarle un dardo y ahora este se volvía contra mí. Además, la conversación podía tomar un rumbo peligroso. Él era cliente de mi hermano.

Por suerte la luz volvió de repente interrumpiendo la charla y privándome de saber la verdad que me iba a ser revelada. Me puse de pie haciendo caer al suelo la silla, lo que me hizo sentirme como una cría estúpida y torpe.

—Bueno, me marcho. Gracias por el café, Sophie, ha sido un placer hablar contigo. Le daré también las gracias a tu hermano por la amabilidad.

Desconcertada por su proximidad, asentí con la cabeza atemorizada.

Lo acompañé a la puerta sintiendo su presencia a mi espalda. Pese al chándal, con él detrás tenía la impresión de estar desnuda. Después de despedirnos con un vigoroso apretón de manos, cerré la puerta. Había aprendido una cosa en todos esos años de relaciones fallidas. Estaba segura de que mi rechazo, no demasiado sutil, lo había irritado y había desencadenado alguna reacción en él.

A la mañana siguiente, mientras estaba sentada a la mesa del bar leyendo el periódico, Adam apareció al otro lado del cristal. Llamó mi atención dando unos golpecitos y me preguntó gesticulando si podía tomar un café conmigo. Mientras avanzaba por el local traté de elaborar una frase apropiada para disculparme por la pregunta impertinente que le había hecho la noche anterior, pero no atiné a pensar ni una palabra. Por lo general, iba vestido de punta en blanco, con chaqueta y corbata, unos trajes que solo por rozarlos te podía caer una multa. En cambio, ese día la ropa deportiva que llevaba puesta le daba una apariencia normal y, al mismo tiempo, tremendamente sexy. Por una vez no me sentí como un fenómeno de feria. Apenas llegó a la mesa se sentó delante de mí con maneras resueltas, pero increíblemente elegantes.

—Hola, Sophie —empezó seguro de sí mismo—. Seré sincero, esperaba encontrarte aquí para pedirte perdón… por la forma en que reaccioné anoche a tu pregunta…

Desorientada, escrutaba su cuello, libre del habitual nudo de la corbata. Tenía una bonita nuez de Adán. No sé por qué, pero esa ligera protuberancia me parecía excitante.

—Como habrás intuido, yo…

Interrumpí el momento de confesión alzando la mano. No tenía muchas ganas de enterarme de su vida y, además, era yo la que le debía una disculpa.

—Escucha, no debes disculparte por nada, los dos tenemos problemas con las relaciones amorosas, por no hablar del sexo. No me debes ninguna explicación, soy yo la que quiere pedirte perdón por haber sido impertinente. Quería provocarte, la verdad es que no sé por qué lo hice.

—Ah —murmuró—, ¿provocarme? —Frunció el ceño, divertido.

—Sí, algo así, me estabas atosigando con tus preguntas y te devolví el golpe.

—Disculpa, no me di cuenta de que te estaba poniendo en un apuro.

—No me sentí apurada, sino disgustada —subrayé—, no me gusta hablar de mí misma y menos aún de las relaciones amorosas que deseo o no deseo tener.

—Entiendo, perdóname.

—Lo mismo digo.

—Perfecto —murmuró complacido.

Un instante después apareció el fantasma de Ester. Digo «fantasma» porque en ella había, de verdad, algo espectral e inquietante.

—¿Quiere tomar algo? —preguntó en un inglés con fuerte acento guatemalteco y, por si fuera poco, crispado.

—Sí, un café solo, por favor —dijo Adam sin apenas mirarla.

—¿Eso es todo? —añadió Ester lanzándole una mirada colérica. Hice un ademán para que se marchase, dándole a entender que todo estaba bajo control.

Cuando nos quedamos a solas, nos sonreímos con cautela. No sé él, pero yo no sabía realmente qué decir. Casi no podía sostener su mirada. Nunca me había sentido desorientada en presencia de un hombre, pero él desencadenaba en mí un sentimiento de total inadecuación que no tenía nada que ver con mi escasa autoestima, simplemente tenía la sensación de que me derretía.

—¿Qué estabas leyendo? —preguntó señalando el periódico.

—Esto. —Puse el diario en medio de la mesa para enseñarle el artículo—. Un bonito descubrimiento, siempre y cuando sea factible.

—Interesante —comentó Adam después de haber leído unas cuantas líneas.

—Si de verdad se puede extraer carburante del agua, creo que el mundo tendrá un futuro.

El timbre de su móvil interrumpió la conversación. Tras un diálogo telegráfico compuesto de «sí, no, más tarde, depende, perfecto, nos vemos esta noche», volvió a clavar sus ojos en mí.

—Debo marcharme, Sophie, tengo una cita —dijo apurando su café.

—De acuerdo, ya nos veremos uno de estos días —respondí.

—Sí, hasta pronto —dijo levantándose de la mesa.

—Hasta pronto. —Sonreí y me concentré de nuevo en la lectura del artículo.

Cinco líneas más tarde Ester apareció delante de mí con sus guantes de látex, cogió la taza de Adam y masculló algo a propósito de Dios y de un posible exterminio viral.

—¿Has mirado sus manos? —preguntó sentándose a la mesa.

—No, no les he prestado atención —contesté.

—Sophie…, son peligrosas…, peligros… —Al ver reaparecer a Adam se quedó petrificada. Se levantó sin decir ni mu y cogió las tazas.

—Oye —dijo Adam con cierta circunspección—, voy al MoMA a ver la instalación de una exposición que patrocina mi empresa. ¿Te apetece acompañarme?

¿Qué podía contestar? Él era un cliente de mi hermano que vivía delante del garaje y al que todo el barrio consideraba un putero. Me había pillado realmente por sorpresa.

—Aunque tal vez tengas algún compromiso. Te lo propongo porque creo que una exposición puede ser algo diferente al habitual *nada* al que te dedicas —dijo sarcástico.

Sonreí.

—No, no tengo ningún compromiso. ¿De qué exposición se trata? —pregunté sin darle demasiadas confianzas.

—Magritte —contestó.

Reflexioné unos segundos antes de aceptar. Magritte me gustaba.

—Pero ¿estás seguro de que no te molesto? —pregunté volviendo a cerrar el periódico.

—Claro que no —dijo—, vamos.

Salimos juntos del bar bajo la mirada alarmada de Ester y Ben, a quienes di a entender con un ademán que luego los llamaría por teléfono.

Una vez en la calle, pedí a Adam que fuera a buscar el coche él solo para evitar que mi hermano pensase cosas extrañas. Como las que en ese momento me pasaban a mí por la mente. Echar un polvo con él, sin ir más lejos. Además, Adam me había dejado bien claro que también lo deseaba. Porque, la verdad, yo estaba en abstinencia desde la noche anterior y él, no sé por qué, *me hacía hervir la sangre*, mucho, diría incluso que demasiado.

Al llegar al MoMA, un grupo de hombres y mujeres vestidos de punta en blanco recibieron a Adam y lo saludaron con enérgicos apretones de manos. Yo me escabullí al vestíbulo para hojear las tarjetas y los folletos de la exposición. Al cabo de unos instantes vi con el rabillo del ojo que Adam se separaba de la comitiva para venir a buscarme.

—Ven con nosotros, Sophie, tengo que ver la exposición —dijo con afabilidad.

—Quizá no sea una buena idea… No sé, me siento un poco incómoda y, además, no quiero molestar —expliqué buscando sus ojos.

Su expresión, que manifestaba una delicada indulgencia, alivió mi inquietud.

—Solo es una exposición, no es una velada de gala. Vamos, ven, el comisario nos explicará las obras.

Cuando apoyó una mano en mi espalda para empujarme levemente, sentí un fuego abrasador. Nos reunimos con el grupo. Adam me presentó a todos, incluido el comisario español, como si yo fuera una amiga. A continuación visitamos juntos las distintas zonas del complejo expositivo escuchando con suma atención las frases armónicas y poéticas de don Xavier Lebox.

Al cabo de unos veinte minutos, irritada por la voz de Xavier, pero, sobre todo, por el grupo, que no hacía sino reverenciar a Adam, me quedé rezagada para admirar las obras por mi cuenta.

De Magritte tenía impresos en la mente tres cuadros: *El castillo de los Pirineos*, *El imperio de las luces* y, sobre todo, *Los amantes*. Cuando me detuve a menos de un metro de ese cuadro, caí sin poder evitarlo en una vorágine de puro éxtasis. Tenía ante mis ojos el beso turbador de dos amantes, un beso que expresaba plenamente la muerte y la imposibilidad de diálogo. La representación de un amor mudo, pero apasionado, pese a la falta de comunicación. Los protagonistas aparecían privados de los sentidos de la vista y del tacto, de la experiencia sensible, pero involucrados por completo en ese sentimiento total que es el amor. Y eso era, precisamente, lo que yo estaba buscando, un amor que pudiese superar las barreras de la comunicación, de los sentidos y de las máscaras personales.

Leí la leyenda en la placa que había al lado del cuadro:

> Lo oculto y lo que no nos muestra lo visible encierra un interés. Dicho interés puede asumir las formas de un sentimiento realmente intenso, de una suerte de conflicto, diría, entre lo visible oculto y lo visible aparente. (Magritte).

—¿Te gusta? —preguntó Adam apareciendo de repente a mi lado.

—Mucho —contesté.

—Es muy intenso —añadió clavándome los ojos.

—Sí —asentí exhalando un suspiro.

—¿Quieres ver sola la exposición?

—Si no te importa, sí, Xavier es un poco petulante para mi gusto.

—Sí, estoy de acuerdo —corroboró riéndose—. Oye, yo tengo que seguir con ellos, debemos discutir además varios aspectos logísticos. Si quieres, podemos vernos en el bar, el primero que llegue espera al otro.

—Perfecto, hasta luego.

—Hasta luego.

Lo miré mientras se reunía con la comitiva de lameculos y a continuación me concentré de nuevo en el suspiro de los amantes. Tras acabar de ver las obras, deambulé un poco por la librería y luego fui al bar. Una vez allí, me dediqué a escuchar distraída una discusión sobre el inminente fin del mundo que habían profetizado los mayas hasta que oí que el camarero murmuraba algo entre dientes.

—¿Te lo crees? —pregunté.

—No lo sé, se dicen tantas cosas…, ni siquiera sabemos qué día será; en todo caso espero que me pille durmiendo. Si sucede de verdad, no quiero darme cuenta de nada.

—Yo, en cambio, creo que no sucederá nada, que seguiremos teniendo que enfrentarnos a las decepciones de la vida.

El camarero me miró intrigado, luego sonrió.

—¿Qué hace aquí una guapa existencialista como tú?

—He venido para acompañar a un amigo —contesté.

—Soy Andrea, el indeciso.

—Sophie, la decepcionada.

Me contó que frecuentaba la escuela de Artes Visuales, que había llegado hacía dos años de un pueblo del centro de Italia que había sido víctima de un terremoto y que había presentado una solicitud de empleo al MoMA para redondear el mes con la esperanza de que lo contrataran para un trabajo relacionado con sus estudios, pero como era italiano lo habían destinado al bar restaurante.

Hablamos un poco de su trágica experiencia y luego de la exposición, que él consideraba magnífica. Adam apareció al cabo de casi una hora.

—Podemos irnos, Sophie —dijo, deslizando la mano por mi espalda.

Por suerte estaba sentada en un taburete. Si hubiese estado de pie, me habría desplomado. Pese a que había sido un ademán sencillo y delicado, había activado todas mis hormonas.

—¿Cuánto le debo? —preguntó Adam al camarero.

—Nada, la casa invita a la hermosa Sophie —respondió Andrea.

—Insisto —dijo Adam irritado—. ¿Cuánto le debo? —repitió.

Tanto Andrea como yo notamos el tono firme y rabioso de Adam. Andrea tecleó el recibo en la caja sin replicar.

—Cinco dólares —dijo.

—Quédese con el resto —dijo Adam dejando un billete de diez dólares en la barra. Después me cogió del brazo, de forma delicada pero decidida a la vez—. Vamos, Sophie.

Me despedí de Andrea con una mueca de amargura a la que él respondió guiñándome un ojo, y salimos de la galería sumidos en un silencio irreal. Una vez en la calle, Adam se dirigió con paso seguro al coche, pero cuando abrió la puerta para que subiera, me paré.

—Yo vuelvo en autobús.

Adam me miró vacilante.

—¿Por qué? —preguntó.

—Si hay algún problema, puedo volver sola a casa —dije sin aludir al humor de perros que mostraba.

—¿Si *hay* algún problema? —preguntó atónito.

—Yo no tengo ninguno —puntualicé—, solo digo que, en caso de que te esté rondando algo por la cabeza, no te preocupes por mí. —Y añadí—: Si estás nervioso, prefiero dejarte a tu aire.

No me gustaba que me involucraran en cuestiones que no me concernían. Había sido una pera de boxeo durante demasiado tiempo y sabía reconocer cuando alguien estaba descargando su malhumor en mí, sobre todo cuando este estaba causado por la rivalidad que genera la testosterona. Por toda respuesta, Adam se encogió de hombros y soltó una risita estúpida.

—No estoy preocupado y quiero llevarte a casa, Sophie. Sube al coche, por favor. —Su tono era más amable. Una vez más su mano me empujó levemente por la espalda para que entrase. Subí al coche titubeando. Mientras avanzábamos entre el tráfico lento de un sábado a última hora de la mañana, me dediqué a mirar por la ventanilla el trasiego de la ciudad conteniendo la tristeza.

—¿Te apetece comer conmigo? —me preguntó de repente.

«Sí…, no…, no sé». Alcé la mirada al cielo, después decidí que no. No debía tener ninguna relación hasta que mis elecciones y comportamientos se distinguiesen por el sentido común y la moderación.

—No, gracias —contesté tajante.

—¿Has quedado con alguien?

—Sí, con una amiga —mentí.

—Ah, ¿ves como te dedicas a algo más que al habitual nada? —comentó con una ironía ridícula.

—Pues sí —contesté sin mirarlo.

—Entonces, ¿te llevo a casa?

—Sí, pero déjame en la esquina —respondí en tono monocorde sin apartar la mirada de la calle.

Con el rabillo del ojo vi que me observaba durante unos segundos.

—Disculpa, pero he tenido varios problemas con los expositores, fingen que no entienden y...

Asentí con la cabeza en silencio y me volví para mirar de nuevo por la ventanilla. A diferencia de ellos, no fingí que no lo había entendido. Se veía a la legua lo que le había molestado. No me chupaba el dedo y había conocido ya a muchos cabrones. En primer lugar a Albert, alias «el obsesivo». Después de los primeros meses de idilio, los celos lo habían enloquecido. Me seguía a todas partes, me organizaba unas escenas escandalosas en las que no faltaban las bofetadas, además de otras muchas cosas. Y en Adam había reconocido el mismo temperamento. Sin lugar a dudas, era mejor dejarlo así. A fin de cuentas, yo no era suya. Puede que estuviera pensando en seducirme y que yo sintiera una fuerte tentación de ceder, pero no era suya. Después de la escena que había montado con Andrea, era consciente de que debía alejarme de él.

—Déjame en el semáforo —le dije cuando estábamos a una manzana del garaje.

—Por supuesto.

Tras avanzar unos cuantos metros más, se arrimó a la acera. Cogí la manilla, me volví apenas y me despedí en tono firme:

—Gracias por haberme invitado a la exposición.

Me apeé sin esperar a que me respondiera.

—Perdóname, Sophie —dijo Adam inclinándose hacia el asiento del pasajero con una expresión vacilante y confusa.

Esbocé una sonrisa forzada.

—Adiós, Adam. —Cerré la puerta y crucé la calle preparándome para la consabida caminata sin rumbo fijo.

Un imán. Yo era un imán para la gente como él. Había tenido ya varias relaciones con hombres que habían conseguido hacerme tanto daño que había dejado de creer en mí misma. Me sentía humillada y asqueada de las relaciones malsanas, disgustada por los hombres de los que no te puedes fiar. ¿Por qué me atraían ese tipo de hombres? Además, maldita sea, ¿por qué no entablaba nunca una relación entre iguales, una historia sencilla? Un imán, era un maldito imán.

Para no volver enseguida al garaje, pasé la tarde vagando por los mercadillos de segunda mano y en uno de ellos logré agenciarme un bonito salvavidas de poliéster con la cuerda roja por cinco dólares tras un vehemente regateo. Quería colgarlo en mi habitación para recordar que yo no era el salvavidas de nadie, no era una hermanita de la caridad, y que, en caso de que tuviera que salvar a alguien, la persona en cuestión debía valer realmente la pena. A las siete estaba de nuevo en mi puesto de vigilancia en el garaje. Del restaurante del bueno de Wu me trajeron los habituales espaguetis de soja. Miraba la televisión a la vez que observaba distraídamente a los clientes que pasaban por el vídeo. A eso de las nueve vi que Adam entraba en el garaje para coger el coche. Al verlo supuse que volvería al cabo de media hora con una de sus furcias.

Fuese como fuese, opté por concentrarme en el último capítulo de *Anatomía de Grey,* que en ese momento se estaba volviendo angustioso. Presencié la declaración de Mark a una Lexie agonizante. La escena me turbó tanto que me eché a llorar a lágrima viva. La serie, ridícula en cierto sentido, era todo un suplicio, y el capítulo que ponía punto final a cada temporada era siempre de infarto. El amor en el umbral de la muerte, desgarrador.

Cogí el paquete de pañuelos de papel del cajón y al echar una ojeada a los vídeos comprobé que el coche de Adam seguía en su sitio. El llanto de Meredith me devolvió a las imágenes del capítulo. Me irrité al ver que la dramática escena de Lexie quedaba en entredicho por culpa de esa actriz de tres al cuarto embalsamada que fingía llorar: una niña lo habría hecho mejor. Unos segundos más tarde sonó el timbre de la oficina. Los ojos de Adam me escrutaban en la cámara exterior. Movida por el sentido del deber, respondí a su llamada, aunque habría preferido evitarlo.

—Hola, Sophie, he comprado unas cervezas y me preguntaba si te gustaría tomar una conmigo —dijo sonriendo.

En mi mente empezaron a bailar de inmediato dos palabras: «imán» y «obsesión».

—Lo siento, pero no puede subir nadie.

—Si quieres podemos bebérnosla aquí fuera —dijo.

«Imán y obsesión».

—Oye, estaba a punto de irme a la cama, lo siento… En otra ocasión —contesté.

—Comprendo —dijo—. En ese caso, buenas noches.

—Buenas noches —respondí colgando el auricular.

Lo observé mientras se alejaba y acto seguido me concentré de nuevo en la escena final de la serie. Me había perdido cómo acababa y quién más había muerto, y eso me irritó.

«Comprendo», había dicho Adam. Ojalá fuera así.

A las diez el timbre sonó tres veces, como siempre. Eran Ben y Ester. Sentados en los escalones, con las habituales cervezas en la mano, me acribillaron a preguntas.

—¡Espero que no te hayas acostado con ese hombre, Sophie! —atacó enseguida mi amiga.

Solté una carcajada.

—Puedes estar tranquila, Ester, no ocurrió nada: fui a ver la exposición de Magritte y luego di una vuelta por los mercadillos.

—Pero ¿qué quiere? —preguntó Ben.

—¿A ti qué te parece? —dije—. ¡Ofrecerme un trabajo!

—*Oh, madre de Dios**, piensa en todas las enfermedades que debe tener —dijo Ester—. Cada vez que recojo su taza de café me muero de asco. Por suerte llevo siempre guantes.

—¡Exagerada! Sea como sea, te repito que puedes estar tranquila; no sucedió nada y no sucederá nada. —Al decirlo alcé los ojos al duodécimo piso, que estaba iluminado.

---

* En español en el original. *[N. de la T.]*

La teoría del caos

No volvimos a coincidir en varios días. Cuando llegaba mi turno, veía su coche aparcado, que permanecía allí toda la noche. Había leído en el periódico un artículo dedicado a la inauguración de la exposición de Magritte. Según decía, había sido todo un éxito y los portavoces del museo esperaban tener una buena afluencia de visitantes en los próximos tres meses. En el centro del artículo había una fotografía de él y del comisario, Xavier, sonriendo delante del cuadro de los amantes.

En cualquier caso, Adam no me quitaba el sueño. Debía estudiar para el próximo examen, de manera que pasaba la mayor parte del tiempo en la biblioteca. Una tarde, sin embargo, apareció a mi lado como si fuera un fantasma. No lo había visto llegar; cuando estaba en la biblioteca, no apartaba los ojos de los libros. La quietud típica del ambiente me ayudaba a concentrarme. El silencio que reinaba allí era tranquilizador. Me sentía a gusto entre gente que debía hablar en voz baja, y medir el tono y el contenido de sus palabras.

Adam había apoyado una mano en la mesa, e inclinando el torso, se había acercado a mí para saludarme. Me había susurrado «Hola, Sophie» al oído, con la intención de que me estremeciera.

—Hola —había respondido, presa del pánico.

En mi mente se agolparon las imágenes de Albert siguiéndome a todas partes, de forma que me levanté de golpe. Había notado que Susan, que estaba sentada detrás de Adam, me miraba con curiosidad a la vez que enrollaba un mechón de pelo con un dedo.

—¿Qué haces aquí? —pregunté nerviosa controlando el tono.

Adam frunció el ceño, perplejo ante mi reacción.

—Tengo una reunión con el rector para contratar estudiantes en prácticas —contestó.

Molesta por su sonrisa, di un paso hacia atrás y tropecé con la silla. Los ojos de todos los presentes se clavaron en mí como flechas, y me sentí avergonzada. Adam me cogió el brazo para sujetarme.

—Estaba dando una vuelta por la facultad con el rector y te he visto —añadió.

—Ah —contesté, mirando hacia el extremo de la mesa, donde estaba el rector en compañía de tres personas más. Crispada, miré de nuevo a Adam a los ojos sin saber qué decir. Por suerte él me sacó del apuro.

—Te dejo estudiar, solo quería saludarte —dijo, cortés.

—Vale.

Apenas se alejó, espiré y me volví a sentar.

—¿Quién es?

—Un cliente de mi hermano —susurré.

—Qué guapo —comentó Susan.

—Sí, bastante. —Menos mal que estaba en la biblioteca, donde no se podía charlar.

Tuve que hacer un esfuerzo para concentrarme de nuevo en la teoría del caos, que no podía ser más apropiada para lo que sentía en ese momento. Para no seguirlo con la mirada, clavé los ojos en la página. O, al menos, lo intenté con todas mis fuerzas. En las dos horas siguientes leí y releí diez líneas sin entender una palabra. Más tarde, Susan y yo nos reunimos con Silvy en la cafetería, y Susan me acribilló a preguntas sobre Adam.

—Pero ¿de verdad es solo un cliente? —preguntó de buenas a primeras mientras hablábamos sobre el tratado de Lorenz.

—¿A quién te refieres? —preguntó Silvy.

—Al tío bueno que se ha acercado a Sophie en la biblioteca.

Silvy abrió los ojos de par en par, presa de la excitación.

—¡Ah! —exclamó—. ¡Eso significa que te traes algo entre manos!

Me reí divertida.

—No, solo es un cliente de mi hermano.

—Por el susto que te llevaste, diría que para ti no es un simple cliente. Te derretiste al verlo —observó Susan—. Deberías haberla visto —añadió guiñando un ojo a Silvy.

—Ah, ¿sí? —dijo Silvy—. Vamos, ¡cuenta!

Su ridícula curiosidad, propia de adolescentes, me hizo resoplar con fuerza.

—Ya os lo he dicho, solo es un cliente, un cliente atractivo, lo reconozco, pero eso es todo; vive enfrente del garaje de mi hermano y solo folla con prostitutas.

Susan y Silvy palidecieron, no muy seguras de haberme entendido bien.

—Perdona, ¿dices que sale con putas? —preguntaron al unísono.

—Sí, todos los lunes, miércoles y viernes —contesté.

—No lo parece —murmuró Susan pensativa.

—Pues sí, fundamentalmente es un cabrón narcisista.

—Como todos —observó Silvy.

Susan, aún pensativa, aterrizó por fin en el planeta Tierra.

—¿Por qué va de putas alguien así? Podría tener todas las mujeres que quisiera con esa sonrisa de miedo que tiene —dijo perpleja.

—Me parece bastante evidente, prefiere ir con ellas porque no quiere atarse.

De repente lo vi todo claro… Recordé sus palabras durante el apagón: «Creo que lo que quieres saber es por qué no salgo solo con una y, sobre todo, por qué elijo la compañía de ciertas mujeres». No quería comprometerse, eso era todo.

—Exacto —corroboró Silvy.

Fuese como fuese, estaba harta del tema. Me despedí de ellas y me dirigí a la parada del autobús para volver a casa. Caminaba escuchando la lista de canciones que tenía grabadas en el móvil sin pensar en nada en especial. Al llegar a la parada me senté en el muro mirando el suelo. Unos minutos después lo vi de nuevo frente a mí. Las apariciones se estaban convirtiendo en una maldita costumbre y eso me alarmó. Cerré los ojos y respiré hondo.

—¿Quieres que te lleve en coche? —preguntó con gentileza.

Sorprendida y preocupada, bajé de un salto del muro y me apresuré a contestar:

—Prefiero que no.

Su expresión se volvió amarga, parecía desconcertado. Me miró de hito en hito, vacilando, unos segundos.

—Solo quiero acompañarte con el coche, Sophie, no tengo extrañas intenciones y acepto tus condiciones.

Moví la cabeza de un lado a otro, perpleja. Yo no le había puesto ninguna condición, lo único que pretendía era mantener las distancias. Me parecía bastante evidente.

—¿Qué pasa? —preguntó.

—¿No odiabas a los que fingen no entender las cosas?

Sonrió seductor.

—Solo te llevaré en coche, no te estoy secuestrando —dijo en tono irónico. Me miraba con un aire burlón y extrañamente provocador, como yo si fuera una niña pequeña, y eso me crispó aún más que su presencia. No podía comprender lo que significaban para mí cierto tipo de atenciones: miedo y ansiedad.

—Preferiría que no.

Se mordió el labio y exhaló un suspiro. Comprendí que estaba a punto de decir algo para ponerme entre la espada y la pared, así que decidí ser aún más franca.

—Oye, no tengo nada contra ti, pero me inquieta que estés aquí, no creo en las casualidades. No te enfades, por favor, pero tengo serios problemas con los hombres que aparecen de repente como tú.

La expresión de Adam se ensombreció aún más.

—Veamos si lo entiendo, ¿me estás acusando de acosarte, Sophie? —preguntó muy serio, casi con resentimiento.

¿Por qué demonios seguía repitiendo mi nombre? Tuve que contenerme para no mandarlo al infierno.

—No, pero, de verdad, volveré sola a casa, no te ofendas —respondí intentando mantener la calma. Entretanto, con el rabillo del ojo vi llegar el autobús—. Además, el autobús ya está aquí. —Lo señalé—. Me gusta que me paseen por la ciudad.

—En autobús tardarás una hora, en coche mucho menos, pero haz lo que quieras —dijo airado—. Hasta pronto, Sophie.

—Sí, hasta pronto. —Subí a toda prisa al M6.

Mientras tomaba asiento lo vi entrar en su coche, que estaba aparcado en doble fila.

«Equilibrio…, sensatez…, sentido de la medida en las elecciones y en los comportamientos…», repetí hasta llegar a casa.

Por suerte, ese día jugaban los Yankees y casi no había tráfico, de forma que, en lugar de la hora de rigor, solo tardé cuarenta minutos en llegar. Al entrar saludé a mi hermano y me refugié de inmediato en mi tugurio. Comí una hamburguesa vegetal y, tras descargar el nuevo álbum de los Sigur Rós, me tumbé para escuchar sus melodías trascendentales hasta las diez. Como siempre, Ben y Ester llegaron a esa hora para darme las buenas noches. Charlamos de esto y lo otro sentados en la parada del autobús. Ester estaba eufórica porque su familia estaba a punto de llegar y había encontrado un nuevo piso con una habitación más para su hijo. Además, había hecho gestiones para matricularlo el año siguiente en el colegio, aunque antes debía aprender bien inglés. Ben, por su parte, estaba negociando para abrir un local en Jersey. En pocas palabras, de una u otra forma los dos estaban emprendiendo nuevos caminos, saliendo adelante. La comparación era inevitable: ¿y yo? Tras haber salido de la consabida relación, ¿qué estaba haciendo? ¿Qué dirección estaba tomando? Después de despedirme de ellos me quedé sentada en el banco de la parada reflexionando sobre mi vida. Me di cuenta de que estaba muy sola y de que no tenía ninguna expectativa. El fragor que hicieron de repente una veintena de moteros me devolvió a la realidad. A la espera de que el semáforo se pusiera verde, alguien se estaba divirtiendo dándole al acelerador e irritando al vecindario, yo incluida. Mi mirada se cruzó con la de un viejo centauro con una barba blanca que le rozaba la cintura. Me sonrió, pero yo no cambié mínimamente la expresión de irritación que tenía en la cara.

—¡Eh! —dijo el hombre en tono provocador.

Lo miré huraña.

—¿Hablas conmigo? —pregunté, preparada para mandarlo al infierno en caso de que fuera necesario.

—Sí —contestó—, mira ahí. —Apuntó con el índice al suelo. Curiosa, seguí su mano con la mirada.

—Se te ha caído la sonrisa —dijo. Acto seguido hizo zumbar con arrogancia el motor y sus amigos lo secundaron. Me eché a reír.

—Gracias —respondí—. Acabo de recogerla.

—Buena chica —dijo con una simpática mueca mellada.

Me encaminé hacia el garaje con el buen humor recién recuperado, que, sin embargo, se desvaneció apenas divisé a Adam sentado en los escalones con una caja de cervezas a los pies.

—¿Podemos beber una cerveza aquí fuera? He visto que lo haces todas las noches —dijo señalando la caja—. Una cerveza, Sophie, solo una cerveza, aquí, en medio de la calle.

Puso una a su lado y, con una sonrisa franca en los labios, hizo un ademán para que me sentara a su lado.

—No te voy a comer.

—Está bien —accedí confiando en quitármelo de encima después de la dichosa cerveza.

Brindamos y en el intenso frío de ese 10 de diciembre me preguntó qué planes tenía para Nochevieja.

—La pasaré aquí.

—¿Tu hermano nunca te deja libre? —inquirió irónico.

—Solo los miércoles —contesté sin darme cuenta.

—¿Por qué? ¿Hay que vigilarte? —preguntó guiñándome un ojo.

Me crispé. Adam bebió un sorbo de cerveza y miró el suelo pensativo durante unos segundos.

—Perdona —dijo—. Sea como sea, no me pareces alguien a quien haya que vigilar, sino más bien alguien que sabe lo que quiere. Sabes hasta dónde puedes llegar y en eso tienes razón. —Bebió un nuevo sorbo—. Es bueno conocer nuestros límites, es más fácil dominarse.

Lo observé perpleja, complacida por la agudeza de sus reflexiones. Era inteligente. Pero en ese punto la pregunta se caía por su propio peso. ¿Y sus límites? ¿Cuáles eran?

—En cualquier caso, ¿cómo va la universidad? —preguntó para cambiar de tema, algo que le agradecí.

—Bien.

Adam se sentó en un peldaño por debajo del mío y, apoyando los hombros en la barandilla, alargó y cruzó las piernas.

—¿Qué estabas estudiando hoy en la biblioteca?

—La teoría del caos —respondí abrazándome las rodillas.

—Sensibilidad a las condiciones iniciales, imprevisibilidad y evolución —enumeró.

—Exacto —afirmé sorprendida—, pero no la entiendo bien; lo único que comprendo es que no existen reglas.

—¿En qué contexto la estás estudiando? ¿Psicología?

—Sí.

—En ese caso supongo que conocerás el efecto mariposa de Lorenz. —Tras apurar la cerveza abrió otra.

—Más o menos.

—Si quieres puedo explicártelo.

Asentí con la cabeza.

—Veamos, la teoría sostiene que el aleteo de una mariposa en Brasil puede desencadenar un huracán en Texas, lo que significa que incluso la menor variación puede tener grandes consecuencias a lo largo del tiempo. Aplicado a la psicología para explicar el equilibrio inestable de una persona que sufre trastornos psicológicos, significa que una influencia exterior, un incidente insignificante, puede suponer para la misma unas consecuencias catastróficas. Un trastorno banal inicia un proceso de reacciones en cadena que puede derivar en graves patologías. Algo parecido a un castillo de naipes: cuando cae uno, caen todos. Pequeñas causas, grandes efectos.

Lo escuché y lo miré fascinada mientras ilustraba la teoría. Su forma sosegada de hablar me hacía sentirme a gusto. Parecía un joven cualquiera. Me pregunté si de día, cuando lucía sus trajes de miles de dólares, no llevaría un disfraz. Pero lo que en realidad me había impresionado era un detalle: su forma de sujetar la cerveza entre las manos. Nunca se lo había visto hacer a nadie. Sostenía el cuello de la botella entre el dedo índice y el medio a la vez que lo bloqueaba en la parte superior con el pulgar. Me parecía un gesto sumamente sensual. No pude por menos que recordar la teoría de Ester, así que, inmediatamente después, me pregunté cómo sería su lengua. Seguro que sus labios eran irresistibles.

—¿Lo entiendes ahora? —preguntó interrumpiendo mis reflexiones.

—¿Cómo sabes todas esas cosas?

—Las aplico en mi trabajo.

Cogí una segunda botella y la destapé.

—Pequeñas causas, grandes efectos —masculié pensativa.

—Eso es, si lo piensas bien verás que cada una de nuestras acciones, por pequeña que sea, puede provocar unos daños enormes en los demás.

—Pues sí —murmuré.

—Como en el MoMA —dijo. Lo miré desconcertada—. Cuando me sentí ofendido por el camarero. Una acción pequeña, inconsciente, que ha desencadenado un buen jaleo. —Me ensombrecí. Adam se dio cuenta—. Igual que ahora. Oye, me gustaría saber de verdad lo que piensas de mí —me dijo. Sonrió mordiéndose los labios—. Sé sincera, Sophie, soy todo oídos —añadió—, me gustaría comprender qué es lo que no funciona. No te he hecho nada, pero, por la razón que sea, me has catalogado como una persona a la que debes evitar.

¿De verdad quería que le dijese lo que pensaba de él? Porque a mí me parecía demasiado evidente. Me estaba subestimando. En cualquier caso, decidí ser sincera de una vez por todas para que dejase de tratar de seducirme sin parar. Me puse de pie. Adam se sentó circunspecto en el escalón mirándome con aire serio e interesado.

—Creo que eres una persona obsesiva, dominadora, manipuladora y con problemas para relacionarse con los demás.

Abrió los ojos de par en par. Se rio, sorprendido.

—Eso sí que es ser franca, gracias. ¿Algo más?

—Que quieres acostarte conmigo y que, a buen seguro, no piensas en otra cosa. Soy tu nueva obsesión. —Al terminar la frase bajé a la acera.

—Parezco un monstruo, Sophie —dijo perplejo—. ¿No has visto nada bueno en mí?

—Quiero ser muy sincera contigo, Adam. He conocido otros hombres como tú, capaces de dar mucho, sí, pero también de arrebatártelo todo, y yo soy muy frágil.

—Sophie. —Se levantó.

—Ah, hazme un favor, no repitas continuamente mi nombre —dije con frialdad. Cada vez que lo hacía, creía que me iba a morir, estaba harta.

Mi reacción lo dejó atónito.

—¿Sabes por qué salgo con cierto tipo de mujeres, Sophie? —Sus ojos horadaron mis pupilas. ¿Qué demonios tenía que ver eso con lo que estábamos hablando?

—Con ellas no te sientes atado —respondí de forma impulsiva.

—Exacto —susurró.

Así que me había vuelto a preguntar lo que pensaba de él.

—Mi opinión cuenta poco, eres libre de hacer lo que te parezca. Como has dicho, ayuda conocer los propios límites, y creo que tú los conoces, por eso eliges ese tipo de mujeres.

Asintió con la cabeza y apuró su cerveza de un sorbo. Me miró fugazmente con expresión resuelta.

—Exacto —dijo.

La conversación empezaba a preocuparme, porque sabía adónde iba a parar y todavía estaba muy débil. Bastaría poco para hacerme capitular. Una apreciación, un gesto de galantería, una de sus manos rozándome la espalda.

—Oye, es tarde y necesito dormir.

—Por supuesto, te dejo en paz. Gracias por la sinceridad y por haber tomado una cerveza conmigo, has sido muy amable y, si he de ser sincero, has dado en el clavo.

—Bien, entonces adiós.

Adam me partió en dos con la mirada, como si le hubiera dicho a saber qué. Me quedé petrificada.

—Adiós —murmuró, y cruzó en un par de zancadas la calle antes de desaparecer.

Tras cerrar la puerta con triple vuelta de llave, me aseguré de que la del garaje estuviese también cerrada a cal y canto, y después me guarecí en mi habitación. No pensaba moverme de allí ni aun en el caso de que se produjera otro apagón. Ese hombre era el prototipo del encantador. Cada vez que hablaba con él se insinuaba en mí como una serpiente.

Tenía algo que me atraía y que, a la vez, me suscitaba un profundo temor. Por suerte, después de esa noche no me volví a topar con él, solo lo vi por las cámaras en compañía de sus inevitables «mujercitas».

Entretanto, como estaba previsto, el fin del mundo no acaeció, así que no tardaron en llegar la Navidad y el resto de fiestas. Decidimos celebrar la Nochebuena en casa de la familia de Miranda. Fue una cena bulliciosa pero serena, como no había vivido desde hacía mucho tiempo. A medianoche abrimos los regalos. Yo recibí los inevitables bufanda y gorro de mi madre, quinientos dólares de mi hermano y un vestido de Miranda. Además había un paquete de Adam Scott. Por el envoltorio pensé que era un libro.

—Me lo entregó el señor Scott esta tarde, me pidió que te lo diese.

—¿Qué es? —pregunté pasmada, pese a que suponía cuál era el contenido.

—Ábrelo, me muero de curiosidad. ¡A mí me ha regalado una botella de champán impresionante!

Desenvolví el paquete bajo la mirada curiosa de todos. Sonreí al ver la portada. Era un libro sobre la teoría del caos. En la primera página había una dedicatoria.

Pequeñas causas, grandes efectos.

Adam Scott

—¿Qué libro es? —preguntó Fred.
—Un libro para mi próximo examen.
—Qué amable, ¿cómo sabía que lo necesitabas?
—Hablamos de él hace unos días, me lo encontré una noche al volver al garaje —dije evitando entrar en detalles.

De vuelta en el garaje, decidí escribirle una nota que luego pensaba dejar en el parabrisas de su coche.

Gracias por el detalle, has sido muy amable.

Sophie Lether

No, no funcionaba, la arrugué.

Gracias por el detalle, te lo agradezco mucho.

Sophie Lether

La arrugué también.

Qué idea tan delicada, lo leeré con mucho interés.

Sophie Lether

Tiré de nuevo el mensaje. Al final escribí telegráfica:

Gracias.

Sophie

Pasé los días previos a la Nochevieja completamente sola. La mayor parte de los ricachones del barrio se había marchado y en el garaje quedaban pocos coches que vigilar. No nos habíamos vuelto a cruzar desde la noche de las verdades, y yo no pensaba en él, si bien antes de irme a dormir siempre alzaba la mirada a su apartamento para ver si las luces estaban encendidas.

En cualquier caso, debido a que el garaje estaba desierto por la noche y la universidad cerrada, mi vida social, que era ya de por sí limitada, quedó reducida a nada. Ni siquiera podía contar con la compañía de Steven, a esas alturas *desaparecido**. Era muy probable que hubiese encontrado a alguien. Siempre hacía lo mismo. No lo culpaba por ello, yo misma me había comportado a menudo de esa manera, pero me parecía exagerado que ni siquiera respondiese a mis mensajes.

Para combatir el aburrimiento, pasé las últimas tardes del año en el bar de Lucas dando clases de repaso de inglés al pequeño Esteban y al marido de Ester.

—¿Qué haces en Nochevieja? —me preguntó un día Ester sentándose a la mesa en una breve pausa.

—Nada —respondí.

—¿Quieres cenar con nosotros? —preguntó.

—No —murmuré sacudiendo la cabeza—. Me quedaré en el garaje, veré una buena película y luego me iré a dormir.

—¡Menudo plan! —dijo Ben acercándose a la mesa—. Si quieres venir conmigo, yo iré a una fiesta en Jersey con mi socio.

Alcé los ojos enfurruñada, espantada por la propuesta.

—¡Menudo plan! Prefiero el aislamiento del Lether Parking.

---

* En español en el original. *[N. de la T.]*

—Lo sé, lo sé, pero debo ir, tengo que empezar a relacionarme con la fauna local, en un par de meses abrimos el nuevo bar y tenemos que darnos a conocer.

—Te deseo mucha suerte, hazte un par de tatuajes y ponte una bonita camiseta de tirantes.

—Vamos, ven con nosotros; nos divertiremos, quizá conozcas a alguien —me animó Ben.

—Sí, claro…, a un Romeo macizo, bronceado de lámpara y con el pene minúsculo —dijo Ester.

Solté una carcajada.

—¡No, el miembro minúsculo nooo!

Y llegó Nochevieja…

Pasé la velada en mi habitación, entre apenas unos cuantos timbres de entrada y salida y la televisión como fondo. Leí varias horas sobre viajes en el tiempo. Tampoco estaba tan mal.

Mirando el salvavidas, me pregunté qué habría cambiado de mi vida si hubiera podido regresar al pasado. No di con ninguna respuesta o, mejor dicho, eran tantas las cosas que no habría hecho de haber tenido la posibilidad que resultaba difícil elegir una. Pensé que quizá no habría hecho nada, porque, aunque hubiese cambiado un solo acontecimiento de mi vida, tarde o temprano me habría encontrado en las mismas circunstancias. Era inútil.

A cinco minutos de la medianoche decidí recuperar de los regalos de los clientes una botella adecuada para brindar en solitario. Elegí un Dom Pérignon de 2003, regalo de un tal Richard Benson, y salí a la acera con la taza de café y con la esperanza de ver fuegos artificiales en algún lado. De las ventanas llegaban gritos alegres que hacían rápidamente la cuenta atrás. Curiosa, alcé la mirada al edificio de enfrente; en el duodécimo piso las luces estaban apagadas. Luego dos faros me deslumbraron. Cuando pude volver a enfocar la mirada, vi a Adam vestido de punta en blanco apeándose del coche con una botella y dos copas. Me maldije por haber tenido la estúpida idea de bajar a ver los fuegos artificiales. Si me hubiese quedado en la cama, no habría tenido que enfrentarme a un ataque tan evidente como audaz.

—¿Brindamos? —preguntó enseñándome la botella.

Le mostré mi Dom Pérignon y la taza, y él esbozó una sonrisa estremecedora, teniendo en cuenta que estábamos en Nochevieja.

—¿Cómo es que no lo estás celebrando en un sitio como corresponde? —le pregunté encogiéndome de hombros.

—Me aburría mucho y pensé en ti, aquí sola, así que me dije: «Solo yo, sola ella, solos juntos».

Un eco de voces contaba los segundos que quedaban para el final, similares a las que en mi mente me decían que entrase, que escapase, que no cediera, que me protegiera.

Siete. Seis. Cinco. Cuatro. Tres. Dos. Uno.

Adam descorchó la botella.

—Felicidades, Sophie, feliz año —dijo haciendo tintinear su copa contra la mía.

—Feliz año —dije.

Nos besamos en las mejillas y bebimos el champán mirando los fuegos. Los gritos joviales de la ciudad corrían en una única onda sonora por la calle. Adam me llenó de nuevo la copa.

—¿Propósitos para el año nuevo? —preguntó apoyándose en su coche.

Exhalé un suspiro.

—Con uno es suficiente —dijo.

—Quizá… —vacilé—, descubrir que no estamos solos en el universo.

Frunció el ceño mirándome intensamente, luego bajó la mirada.

Evité preguntarle por sus propósitos, dado que saltaban a la vista. Bebí el champán tratando de encontrar una excusa razonable para entrar. Adam se llenó otra copa y me dirigió una sonrisa astuta.

—¡Eres dura, Sophie!

Me eché a reír al oír el cumplido.

—Como la piedra —murmuré complacida, y me apoyé en la barandilla de la escalera delante de él. En cualquier caso, el comentario me había relajado. Le había dicho claramente que no quería tener ninguna relación y él parecía haberlo entendido.

—Yo diría que como un óvulo —dijo extemporáneamente—. Difícil de penetrar, pero fácil de fecundar después.

Mi sonrisa se desvaneció.

—¿Penetrar? —pregunté pasmada—. ¿Un óvulo?

—Sophie —susurró a un paso de mí, con una respiración ávida de aire y un cuerpo que emitía una clara señal—. Sophie, me gustas de verdad —dijo aproximándose demasiado.

—Creo que he sido bastante clara, Adam.

Me escabullí hacia un lado para alejarme de la energía erótica que desprendía su cuerpo.

—Sophie —repitió.

—Por favor —le supliqué con la cabeza inclinada—. No insistas.

—No me has preguntado cuál es mi propósito, porque lo sabes. Eres tú, Sophie, lo sabes. —No tenía valor para alzar la mirada. Si lo hacía, cedería. Apenas podía mantenerme de pie. ¿Qué iba a ser de mí? ¿Cuánto tiempo tardaría en mostrarse tal y como era en realidad? En ese momento era el más seductor de los hechiceros, pero ¿qué pasaría luego? Mi mente repetía un único mantra: «Me hará daño, me hará daño, me hará daño... Y me llevaré una decepción, como siempre». Al ver que su coche se detenía delante del garaje había comprendido cómo iba a acabar la noche. Y pese a que el noventa y nueve por ciento de mi persona vociferaba que resistiera, el uno por ciento restante era más fuerte. Siempre había sido así. No hay nada más letal que sentirse deseada por un hombre. Es algo irresistible, sobre todo si el hombre en cuestión te reclama como nunca antes te había sucedido. Me apoyé en la pared para no caerme. Temblaba.

Adam no vaciló.

—Miro tus labios y solo deseo saborearlos. —Deslizó una mano por mi cadera. Lo detuve para que no me ciñese la cintura.

—No puedo, Adam.

Veloz, cogió mi mano y la llevó detrás de mi espalda obligándome a pegarme a él.

—Dime por qué, no sé qué te ha sucedido, no lo entiendo, de verdad —dijo a un palmo de mi cara, mientras yo no deseaba otra cosa que sentir el calor de sus labios—. Relájate, Sophie, vamos —murmuró. Me acarició una mejilla con la mano—. No te haré daño —dijo a un centímetro de mis labios—, además, es Nochevieja —añadió guiñándome un ojo a la vez que su sonrisa me proyectaba al cielo. En ese momento capitulé.

Un segundo después sentí su lengua en mi boca y sus brazos alrededor de la cintura. Catapultada al vórtice, me aferré instintivamente a él, por necesidad, arrastrada por un profundo deseo. Como un rayo me llevó en brazos a mi habitación y mientras me desnudaba besándome en cada nueva parte de mi cuerpo que descubría, prendía un fuego vivo en mí y yo solo quería que me penetrase. Le desabroché los primeros botones de la camisa y él se la quitó en un abrir y cerrar de ojos, luego hizo lo mismo con todo lo demás. A la vez que su cuerpo se desvelaba ante mis ojos y yo anhelaba que volviese a tocarme, vi en secuencia las imágenes de él volviendo a casa con las prostitutas. La idea me tensó, me retraje de forma instinti-

va, deteniendo al hacerlo el goteo de sus manos en mi piel.
Como si me hubiera leído el pensamiento, Adam se inclinó
hacia mí y me cogió la cara con las manos.

—Siempre tomo precauciones —dijo sujetando en los dedos un preservativo—. Me hago análisis con frecuencia y selec-
ciono a las mujeres que frecuento, todas tienen un certificado
médico en regla.

Sus palabras apagaron la pasión y sacaron a flote la racio-
nalidad.

—Quizá sea mejor… —murmuré recuperando la camiseta.

—No, no, no. —Me abrazó con delicadeza acariciándome
la cara, el cuello, los hombros; sus labios saeteaban mi piel—.
Estoy limpio, te lo juro —dijo pegando su frente a la mía,
conteniendo a duras penas la respiración—. Te quiero demasiado, Sophie.

Pese a que no estaba convencida, apenas alargó una mano
hacia mi sexo y sus dedos lo tocaron, todas mis dudas se desva-
necieron. Un instante después, sin que me diese cuenta, estaba
enroscada a su cuerpo, presa de una excitación creciente, completamente perdida en sus besos apasionados, a punto de quedarme sin aliento. Quería tocarlo, pero no podía mover los brazos. Una neurona recuperó el control de mi cerebro, ofuscado
por la descarga erótica, y me di cuenta de que tenía las manos
atadas a la cabecera de la cama. En un primer momento me quedé aterrorizada y me sentí vulnerable. Tiré de la correa y Adam
calmó mi agitación besándome con ardor, insinuando los dedos
en mi sexo. La sensación de fragilidad se desvaneció. Bajo sus
ojos inflamados, que veneraban cada sacudida de mi cuerpo, me
sentí libre de abandonarme al placer. Era lo que él quería ver. Por
lo general tardaba mucho en llegar al orgasmo cuando me mas-
turbaban, pero con él no fue así, no lo fue con sus ojos y su
carne, que no podía acariciar, pero que sentía cálida y suave en

contacto con la mía. Pero, sobre todo, por su sonrisa, que era sensual y erótica. Yo era un títere y él mi titiritero.

—¿Te corres, Sophie? —preguntó metiéndome la lengua en la boca. Apartó la mano de mi sexo aliviando la carga, despertándome del trance—. ¿Quieres que te haga correrte? —preguntó moviendo los labios hacia el cuello.

Arqueé la espalda y traté de soltarme de la correa. Claro que quería correrme, pero también deseaba liberarme, al menos para poder tocarlo.

—¿Quieres la mano, la lengua o a mí? —preguntó a un palmo de mis labios. Intenté acercarme a él, pero se apartó—. Dímelo, Sophie, dime lo que quieres.

Su mano tocó de nuevo mi sexo despertando todo mi interior.

—Quiero que tu voz me lo diga —dijo.

Me besó en el pecho amplificando el deseo de sentir sus labios, la lengua que me hacía cosquillas en el pezón, túrgido y doloroso debido a la excitación.

—Dímelo.

—Tu boca —jadeé con dificultad.

Poco a poco, dejando un rastro de besos y mordiscos, descendió cargándome de deseo, de forma que, en cuanto rozó el clítoris, me estremecí. Hizo falta poco para desencadenar la catástrofe de la carne. El orgasmo se propagó frenético en sacudidas eléctricas hasta el cerebro, ahogué los gemidos dominando la respiración para no gritar. A pesar de que me estaba corriendo, Adam siguió lamiéndome y chupándome con avidez. Traté de impedírselo, apreté su cabeza entre los muslos, pero él continuó arrastrándome a un placer agotador hasta que fui sacudida por un segundo orgasmo, que ascendió más lento, como una ola tibia, liberando mis nervios.

Su boca volvió a la mía y me saboreé en sus labios, en su lengua, víctima de unos estremecimientos oceánicos. Los pezones parecían estar a punto de desintegrarse. Al igual que mi mente, completamente arrasada por la pasión de sus maneras. Sentía mi cuerpo envuelto en un extraño torpor, como si el orgasmo no se hubiese acabado. Adam me mordió el labio inferior y sonrió, presionando mi frente con la suya.

—Eres un río desbordado, Sophie —dijo satisfecho.

Busqué de nuevo sus labios, pero él se apartó divertido. Lo habría cubierto de besos si hubiese podido moverme, me habría sentado a horcajadas sobre él para detener el sutil goce que me producía la sumisión. «Bésame, bésame», seguía pensando, pero ninguna cuerda vocal parecía dispuesta a traducir mi voluntad. Adam sacó el preservativo de su envoltorio y, por fin, me hizo suya. Aturdida por los orgasmos, lo acogí en mi interior casi inerme. El ímpetu con el que me penetró fue tan primitivo que al principio me quise apartar de él. Con los pies apoyados en el colchón intenté levantar la pelvis y moverme. Adam me agarró por las caderas, se hundió en mí con mayor vigor y empezó a moverse, cada vez más rápido, a un ritmo despiadado e irrefrenable. Sentía un placer inaudito, un éxtasis profundo. Como si mi cuerpo hubiera perdido el juicio. Adam me besó con violencia y el ritmo de su empuje creció. Cuando noté su respiración en el cuello y que sus gemidos se hacían más insistentes, alcé las rodillas y arqueé la espalda con un único deseo: que él se corriese.

—Dios mío —dijo con voz ronca.

Al oírlo me hundí bajo el peso de su cuerpo, presa de un sorprendente, inesperado y distinto sentimiento de satisfacción. Sentí que temblaba y que me penetraba vigorosamente, que luego disminuía el ritmo, se retiraba un poco y volvía a entrar, su respiración entrecortada y profunda en el cuello.

Al final me había follado sin que me hubiese dado cuenta de nada. Estaba en manos de él, como una muñeca. Me había follado, porque yo no había podido hacer mucho, salvo gozar mientras me penetraba. Cuando lo vi y lo oí alcanzar el orgasmo, experimenté una sensación de profunda gratitud y al mismo tiempo de satisfacción por haber sido capaz de regalarle placer.

Después de liberarme las manos se dejó caer a mi lado con los ojos cerrados. Tumbada y finalmente libre, pude surcar su piel. Era cálida y suave, como ya había notado. Le besé el cuello, el pecho, las manos, como si quisiera mostrarle mi agradecimiento, luego me deslicé hasta su sexo. Tan tierno, medio dormido. Lo besé y lo acaricié antes de volver a sus ojos.

—Feliz año, Sophie —dijo hechizándome con su sonrisa.

—Feliz año, Adam —dije a duras penas.

Nos mimamos durante un tiempo infinito, besándonos y acariciándonos, sin decir palabra. Solo oía nuestras respiraciones y los latidos de su corazón, que escuchaba extraviada en un remolino de sensaciones. Jamás había hecho el amor de esa forma y nadie me había regalado un placer tan intenso. Entre sus brazos tuve la certeza de que, por primera vez de verdad, estaba con el único. Realmente. Antes que él, nadie. La vida estaba allí, en ese momento, el resto era una realidad paralela. Mecida por el ritmo de su respiración, cerré los ojos, feliz.

—Eres guapo, Adam —murmuré pensativa. Noté que dejaba de respirar. Abrí los ojos y busqué los suyos, que estaban entornados, con una expresión muy seria.

—¿Qué pasa? —pregunté.

—Debo irme; mañana tengo que levantarme temprano, voy a escalar con unos amigos.

Me aparté de él, vacilante. ¿Qué había dicho? Un instante después Adam estaba de pie y se vestía. Lo imité, cogí la camiseta y el chándal y me los puse a toda prisa. Me senté en la cama y lo miré desconcertada. ¿Qué había dicho? Solo que era guapo, vaya una cosa, pero, por la razón que fuese, le había hecho ponerse a la defensiva.

—¿He dicho algo que no debía? —pregunté temerosa.

—No, no es nada —dijo dándome un beso en los labios y acariciándome la cabeza.

—Entonces, ¿por qué tengo la impresión de que estás huyendo?

—No huyo, solo que me tengo que levantar dentro de tres horas y debo estar en forma para escalar.

Lo miré perpleja unos segundos con la respiración entrecortada.

—¿Y piensas recuperar la forma en tres horas? —pregunté sarcástica.

Adam se arrodilló, se inclinó hasta quedarse a un dedo de mi cara y la cogió entre sus manos.

—Sophie, tengo que marcharme, de verdad; luego te llamo, te lo prometo.

Se levantó y yo lo imité. Lo acompañé a la puerta, desconsolada.

—Entonces te llamo luego —repitió antes de salir.

Sí, cómo no iba a creerle, ni siquiera tenía mi número de teléfono y se había guardado muy mucho de pedírmelo. Apoyada en la pared, asentí casi sin mirarlo.

—Vuelve a la cama —dijo acariciándome el brazo—, luego hablamos.

—Sí, adiós —dije, y pensé: «Cabrón».

—Adiós.

Cerré dando un portazo. Canalla, se había insinuado como una serpiente y yo había mordido el anzuelo como una estúpida. A saber qué le había pasado por la cabeza cuando le había dicho que era guapo. ¿Habría pensado que me había enamorado de él? ¿Por qué demonios lo había hecho? Sobre todo con alguien como él, reacio a las relaciones, alguien que no se ataba y que prefería a las prostitutas. Qué estúpida. Cansada, me metí de nuevo en la cama respirando su olor. Abracé la almohada y me dormí, exhausta.

La verdad es que no le gustas tanto

El sonido del móvil me despertó al cabo de unas horas.
Era mi hermano.

—Felicidades, Sophie —dijo Fred—. ¡Feliz año! ¿Te aburriste anoche?

—Esto..., no —respondí confundida.

—Pero ¿estabas durmiendo?

—Sí —contesté mirando alrededor.

—Sophie, ¡son las diez! —exclamó—. En cualquier caso, te llamo para decirte que dentro de veinte minutos pasaré a recogerte para ir a casa de mamá.

—Ah —murmuré—, de acuerdo, te espero.

—¡Despierta, Sophie! —gritó—. Estamos en 2013, año nuevo, vida nueva.

—Sí, sí, de acuerdo; hasta luego —dije dando por finalizada la conversación.

Uno de los peores despertares de mi vida y, desde luego, no el principio de año que había imaginado hacía doce horas. Además de los dolores en las articulaciones, debidos a la gimnasia nocturna, no me podía quitar una idea de la cabeza. Él.

Al menos me había follado, pensé mientras me lavaba los dientes, y con toda probabilidad su obsesión se habría aplacado. El problema era que lo sucedido había activado la mía.

—Estúpida defensora de las causas perdidas —masculé en voz alta mirándome al espejo.

A la comida de Año Nuevo en casa de mi madre vino también la familia de Miranda, pero en número reducido, por suerte. Solo acudieron su madre y su hermano pequeño, que se pasó la tarde sentado en el sillón recuperándose de la resaca.

A las siete estaba de nuevo en mi puesto en el garaje. Pasé la noche mirando por las cámaras de vigilancia el coche de Adam, que estaba inmóvil como yo. Me había quedado parada, a la espera de una señal suya. Como era de esperar, no me llamó. En los días sucesivos lo vi ir al trabajo, volver para después salir y regresar con las habituales mujeres. Era evidente que había obtenido lo que se proponía: seducirme en Nochevieja obligándome a seguir su juego. Quizá yo solo había sido un reto para él. Una obsesión que debía calmar. Una banderita que clavar en el mapamundi.

Yo, en cambio, no hacía otra cosa que pensar en él. Cada noche, cuando sonaba el timbre, abría la puerta con la esperanza de verlo, pero me encontraba invariablemente con Ben y Ester, a los que no les había contado nada.

Al cabo de dos semanas, un miércoles por la noche, a eso de las nueve, me senté en los escalones que había fuera de la oficina. Observando sus idas y venidas, había comprendido que era metódico. El lunes, el miércoles y el viernes. Si cogía el coche, se vería obligado a pasar por delante de mí. Yo no pensaba decirle nada. Solo quería comprobar si tendría el valor de saludarme.

A las nueve y veinticinco lo vi salir del portal y acercarse al garaje.

Sentía el corazón en la garganta y me costaba respirar. Cuando Adam estaba a medio camino, me vio y desvió de inmediato la mirada. Pasó a mi lado y abrió la puerta como si nada. Me habría gustado tener el valor de quedarme allí hasta que saliera y esperar a que regresara con una de sus prostitutas, pero era demasiado humillante, así que opté por volver a mi cuarto. Movida por el orgullo, apagué los vídeos de vigilancia. No quería verlo volver, pero, por encima de todo, no podía quedarme entre esas cuatro paredes, que no hacían sino recordármelo.

Así pues, cogí la chaqueta y salí apresuradamente a la calle. Eché a andar sin rumbo fijo con la música a todo volumen en los oídos.

Llegué a la esquina y doblé a la derecha en Broadway, luego enfilé Bond Street. Solo pensaba en caminar. Suspendida en la música post-rock, vagaba por las calles de Nueva York sin una meta, siguiendo la onda verde de los semáforos. Me detuve con las notas finales de *Hearing Damage* y, sorprendida, descubrí que estaba justo delante del local donde trabajaba el hermano de Steven. Lo interpreté como una señal y entré a saludarlo sin pensármelo dos veces. Me acomodé en un taburete del mostrador y poco después tenía delante un cóctel.

—Disculpa, Bob, he salido sin la cartera; lo siento, no he venido para gorronear, solo quería saludarte —dije.

—No te preocupes, yo invito —contestó con expresión intrigada.

—Hace tiempo que no veo a tu hermano —comenté.

—¿No te has enterado? Se ha ido a vivir con el tipo con el que se marchó cuando vinisteis aquí el mes pasado.

—¡No me digas! —exclamé—. Le he dejado millones de mensajes en el contestador, pero no me ha llamado.

—Ya me imagino… Está muy ocupado con la nueva casa y no llama a nadie, ni siquiera a mi madre.

Tal y como suponía. Felpudo por amor.

Bebí el cóctel sin saber qué decir. Había llegado hasta allí escapando y no tenía demasiadas ganas de trabar conversación.

—Y tú ¿en qué andas? —preguntó Bob mientras mezclaba licores como un malabarista.

—En nada. —Chupé con la pajita un buen sorbo de alcohol.

Él se rio y vertió una nueva mezcla alcohólica en mi vaso.

—Ten, la casa invita de nuevo.

Alcé levemente los ojos hacia él.

—Gracias, pero no quiero aprovecharme, luego me dices lo que te debo.

—Nada, Sophie, de verdad, no te preocupes, quédate todo el tiempo que quieras, así tengo con quien charlar un poco. —Tras servir a una pareja, volvió a ocuparse de mí—. Steven me ha dicho que has vivido en Nevada en los últimos tiempos.

Mis hombros cedieron, vencidos por el peso de los recuerdos.

—¿Mejor evito el tema?

—Exacto.

—Entonces cuéntame lo que quieras.

De mal en peor.

—¿Te gusta tu trabajo? —pregunté.

—¡Muy hábil pasándome la pelota! —observó—. En cualquier caso, sí, me gusta.

—¡Bob! —rugió junto a mi oído la camarera haciéndome dar un respingo—, mesa ocho: dos Manhattan, un Martini y dos Cosmopolitan.

Como una exhalación, Bob se puso a hacer de nuevo acrobacias con los vasos y las botellas, de forma que en menos de dos minutos la bandeja estaba lista.

—¿Entonces? ¿A qué se debe que estés aquí?

Suspiré y me bebí el cóctel, meditabunda.

—Hum… Entiendo, hay alguien —dijo.

—Más o menos.

—A ver si adivino… En tu vida hay un hombre, a ti te gusta, pero le cuesta comprometerse.

Sonreí.

—Exacto.

—Siempre igual, deja que te aconseje un experto: si tiene problemas para comprometerse, suelta la presa, enseguida. La regla es: o quiere o no quiere.

—¿Regla? Pero ¿se puede saber quién eres? ¿La copia de Justin Long en *Qué les pasa a los hombres?* —pregunté arqueando la ceja derecha.

—Es la regla, Sophie, fíate. O un hombre quiere enseguida o nada le hará cambiar de opinión. ¿Cuándo empezó?

—Nunca —contesté.

—Peor aún, siendo así, no hay ninguna esperanza.

—Ya, creo que hasta yo me he dado cuenta —respondí lacónica acodándome en la barra para sostener mi cara deprimida.

—Escucha, deja que te lo diga uno que era alérgico a las relaciones: la primera cita es suficiente para saber si va en serio. Cuando conocí a Melanie, se acabó, enseguida lo vi claro: me bastó besarla para comprender que era ella.

—¿Cuánto tiempo lleváis juntos? —pregunté intrigada.

—Tres meses.

Reí, irónica.

—Venga ya, tres meses y tienes el valor de decirme que es para siempre…

—Hablo en serio, hasta le he pedido que se case conmigo.

—Caramba, ¿después de solo tres meses?

—Exacto, es la adecuada —admitió con orgullo.

«La adecuada», pensé. En mis relaciones siempre había pensado que todos eran adecuados, para después acabar dándome cuenta de que había cometido un grave error.

Al final me quedé hasta que cerraron el local contándole mis vicisitudes con el «tenebroso follador», como lo había apodado yo. En su opinión, y también en la mía, le había hecho poner pies en polvorosa con el estúpido comentario posorgasmo y había muy pocas posibilidades de que volviese a dar señales de vida. Pero, dada su propensión a relacionarse con prostitutas, era mejor así. Bob tuvo luego la amabilidad de llevarme en coche al garaje.

Antes de despedirnos lio un porro, que fumé sin tenerlas todas conmigo. La terapia antidepresiva desaconsejaba la marihuana. Aunque también el alcohol, pensándolo bien. ¿Qué daño podía hacerme? Como mucho me produciría una caída en picado de la tensión, lo que necesitaba para poder dormir sin angustia.

—¿Cómo conociste a Melanie? —pregunté a la tercera calada.

Se echó a reír.

—Venía todos los miércoles con una amiga a tomar una copa y te confieso que al principio me cayó incluso gorda, era siempre muy metódica a la hora de elegir el cóctel, tanto que cada vez que la veía se me ocurrían ciertas cosas...

—¿Como qué?

—Vamos, lo sabes de sobra... Tirármela, relajarla un poco.

«Otro», pensé. Di una nueva calada al canuto, pensativa.

—¿Qué pasó luego?

—Una noche su amiga ligó y ella se quedó sola, de forma que vino a sentarse a la barra. Empezamos a hablar e, imagínate, ella se reía de mis bromas y tenía un sentido del humor estupendo. —Cogió el porro de mis dedos y echó hacia atrás el asiento para estar más cómodo—. En cualquier caso, me contó que había viajado a Kenia el mismo verano en que había estado yo. Se había alojado en el mismo hotel.

—Vaya. ¿Y tú no te acordabas de ella? —pregunté recuperando el canuto.

—No, pero ella sí. Durante una cena había oído que trabajaba en este local y desde que había vuelto de las vacaciones pedía a su amiga que la acompañase los miércoles por la tarde con la esperanza de que yo la reconociese.

—Y tú, en cambio, no la habías reconocido...

—No, es cierto, pero esa noche me acordé y desde entonces estamos juntos.

Eché el humo por la ventanilla y carraspeé.

—Bueno, eso significa que tu teoría de que un hombre o quiere enseguida o nada le hará cambiar de opinión no es tan válida.

—¿Cómo que no? Yo tuve enseguida muy claro que sí quería.

—Yo diría que no, dado que ni siquiera te habías dado cuenta de su existencia. En tu caso fue al contrario, fue ella la que comprendió que eras el hombre adecuado.

Se quedó pensativo.

—No se me había ocurrido, puede que tengas razón. ¿Significa eso que tienes alguna esperanza con el tenebroso?

—No, creo que simplemente quiso satisfacer un antojo, prefiere a las heteras.

—¿*Heteras*? —preguntó pasmado—. ¿Qué es una hetera?

—En la antigua Grecia eran las prostitutas «de lujo», más cultas e inteligentes que las plebeyas. Eran las acompañantes ideales en los banquetes entre hombres.

Bob ajustó el espejo retrovisor y se puso repentinamente serio.

—Oye, Sophie, no te asustes, pero cuando salimos del bar, tuve la impresión de que alguien nos estaba siguiendo y cuando hemos llegado aquí, un coche ha aparcado al poco tiempo detrás de nosotros y no se ha apeado nadie. Mira por el espejo retrovisor, ¿lo reconoces?

Ladeé la cabeza y vi el reflejo del coche de Adam. Arrebaté el canuto de las manos de Bob y di tres caladas consecutivas llenándome los pulmones.

—Coño —murmuré.

—¿Es él? —preguntó.

—Sí, es él. —Lo miré aterrorizada.

—¿Quieres que te acompañe a la puerta?

Negué con la cabeza.

—Me marcho, Bob, gracias por acompañarme.

Le devolví el porro e, insegura, me bajé del coche sumamente agitada.

—Saluda a tu hermano de mi parte y dile que me llame al menos para la inauguración.

—De acuerdo —respondió—. Sophie, de todas formas, me quedaré aquí hasta que entres en casa.

—No, Bob, si está aquí es porque quiere hablar conmigo. —Me reí—. O puede que quiera que echemos un polvo —susurré excitada.

Con expresión de incredulidad, Bob se inclinó hacia el asiento del pasajero.

—Dame el móvil, Sophie. —Lo miré estupefacta—. ¡Dame el móvil! Te voy a dar mi número, quiero que me mandes un mensaje en cuanto entres en casa; si no recibo nada, dentro de una hora estaré aquí. —Le di mi móvil y él grabó en la memoria su número, después movió la cabeza de un lado a otro divertido al ver lo eufórica que estaba y sonrió—. Hasta pronto, saluda de mi parte a tu tenebroso follador.

—Adiós.

En cuanto el coche de Bob se alejó, me volví para buscar a Adam, que se estaba apeando del coche. Con los cuatro cócteles, el canuto y la emoción, apenas podía mantenerme de pie. Y no estaba muy segura de resistir su presencia. Me dirigí lentamente a la puerta y me apoyé en la barandilla de la escalera tratando de parecer sobria.

—Hola, Sophie, te estaba esperando.

«Yo ya no te esperaba», pensé.

—¿Me has seguido? —pregunté mirándolo.

De pie, con las manos en los bolsillos de la chaqueta, parecía apurado. Así pues, hablé yo, hábil como nadie para enredar las cosas.

—Me ha quedado claro que no quieres atarte a nadie, pero yo no te lo había pedido. —Asintió con la cabeza sin moverse, mirando al suelo—. Siento que lo pensaras, pero soy la primera que no quiere tener ninguna relación.

«Aunque tú me has encadenado», pensé.

—¿Quién era el tipo del coche?

—Un amigo —contesté perpleja. ¿Y a él qué le importaba?

—¿Solo un amigo o…?

Me reí, aturdida.

—¿O qué? ¿Es un problema para ti? —pregunté—. ¿Qué más te da?

—¿Has fumado, Sophie?

No le contesté, me había catapultado a un *déjà vu*.

—Oye, es tarde, tengo que entrar —dije y me lancé hacia la puerta.

—Espera —ordenó.

Antes de que pudiera terminar de volverme, ya tenía su boca en la mía y sus brazos me rodeaban la espalda.

—¡Has fumado! —sentenció, apretándome las mejillas en un gesto viril.

Traté de liberarme de sus tentáculos.

—¿Y a ti qué te importa? —pregunté agitada.

Adam me empujó contra la pared oprimiendo mi cuerpo con el suyo.

—Perdona que no te haya llamado.

Traté de apartarlo empujándole el pecho. Adam reculó unos milímetros sin soltarme.

—No solo…, ¡ni siquiera me has saludado! —voceé—. Yo tengo problemas, pero tú estás peor.

Me sentía mareada y su proximidad me aturdía. Apoyé la frente en su mejilla caliente, embriagándome de su aroma.

—¿Se puede saber qué te ha pasado? Por favor, responde al menos a esta pregunta —dije, rendida.

—Sensibilidad a las condiciones iniciales, imprevisibilidad y evolución —murmuró.

Traté de comprender el nexo. ¿A qué venía la teoría del caos en ese momento?

Cerró los ojos y respiró hondo, tan hondo que parecía a punto de sumergirse en aguas profundas.

—Estaba aterrorizado. —Sus ojos se abrieron y se clavaron en los míos—. Me esfuerzo para no desearte, pero me resulta muy difícil. —Siguió un largo silencio.

—¿Y entonces? —pregunté tras mirarnos unos minutos—. Te fuerzas a evitarme, pero ahora estás aquí, ¿debo decir algo?

—No, no debes decir nada. —Me soltó—. Perdona, Sophie, supongo que te sentirás utilizada.

Suspiré y asentí con la cabeza.

—Bastante.

—¿Puedo hacer algo? —preguntó, acariciándome una mejilla con los dedos, que, lentos, se deslizaron hasta la barbilla y resbalaron ligeros por el cuello hasta alcanzar los hombros.

—¿Quieres subir? —pregunté dudando sobre las consecuencias, pese a estar muy segura de desearlas.

—Por supuesto que sí —contestó.

Tras cerrar la puerta a nuestras espaldas, me arrastró al cuarto de baño cogiéndome de la mano.

—Lávate los dientes —me ordenó. Luego añadió más amable—: Por favor. Has fumado y el sabor no es agradable.

Aturdida, cogí el cepillo y la pasta de dientes. Adam abrió el grifo de la ducha y en el espejo vi que se quitaba el suéter y la camiseta a la vez. Así que me enjuagué a toda prisa la boca.

Cuando alcé los ojos del lavabo, estaba completamente desnudo y tenía una erección evidente e incitante. Apoyada en el lavabo, lo escruté de arriba abajo y mi respiración se aceleró a la vez que mis labios se ensanchaban en una sonrisa de puro deseo. Adam me tendió una mano.

—Ven —dijo.

Como un autómata, apoyé mi mano en la suya y me acerqué a un palmo de su cuerpo ardiente. Surqué con la otra mano los músculos de su pecho hasta llegar al abdomen.

Premuroso, me quitó la chaqueta y el suéter, luego me sacó la camiseta por la cabeza y me liberó del sujetador. Cada vez que intentaba aproximarme para besarlo, él se apartaba.

Me desabrochó los vaqueros y los hizo caer hasta los tobillos con las bragas, me quitó los zapatos y las medias, y me ayudó a desembarazarme de los pantalones.

Completamente desnuda, pude sentir por fin el calor de su cuerpo, que presionaba el mío. Ese ligero contacto hizo estallar mi excitación. Nos acercamos a la ducha a pequeños pasos. Una vez delante de la cortina, Adam se puso detrás de mí, me sujetó por los brazos, me besó en el cuello haciendo que me derritiera al instante y me empujó resuelto bajo el chorro de agua.

—¡Ay! —grité tratando de zafarme de él.

Pero la presión enérgica de Adam y su férreo abrazo me impedían escapar.

—¡Está fría! —grité revolviéndome—. ¡Está fría, coño!

Al cabo de tres minutos de tortura helada, Adam me dejó darme la vuelta. Apenas lo hice, me hundió la lengua en la boca, me empujó con el cuerpo contra los azulejos gélidos y hundió una mano en mi sexo.

—Te lo ruego, te lo ruego —le supliqué abrazándolo.

Me cogió en brazos y sin demasiados escrúpulos apuntó el pene contra mi vagina helada y, haciendo una presión inhumana, se abrió paso en mi interior. Al hundirse me producía un dolor lacerante. Cuando, por fin, me penetró por completo, sentí una oleada de calor. Me aferré con una mano al alféizar del ventanuco que había en lo alto de la ducha y con la otra a la barra de la cortina. Adam dio un paso hacia atrás, yo arqueé la espalda y, clavando los hombros en los azulejos, lo acogí por completo. Cada músculo y nervio de su cuerpo estaba concentrado en ese movimiento perfecto: penetrarme. Me estaba follando y a mí me encantaba. Por primera vez en mi vida no anhelé enseguida el orgasmo, me bastaba sentir su ritmo dentro de mí. Me aferré a él con todas mis fuerzas.

—Hazme gozar —le dije jadeando al oído.

Me aplastó contra los azulejos sin soltarme, todo era así de primario con él. Clavé los dientes en la cavidad de su cuello para resistir a la lujuria que vibraba en cada una de mis células.

—¿Tomas la píldora? —preguntó con voz ronca.

Dios mío, qué más daba la píldora en ese momento.

—No, pero me debería venir dentro de un par de días —respondí—. Entra, hazme tuya.

—¿Segura?

—Soy un reloj.

Adam hundió la lengua en mi boca, casi ahogándome. Apenas resucité de ese beso fogoso, presioné su frente con la mía y aguardé a que se corriese. Jadeó, a golpes, y cerró los ojos para abandonarse al orgasmo. Disfruté asistiendo a su placer, su cálido aliento era una brisa aterciopelada. Me hizo sentarme con delicadeza, giró el grifo del agua caliente y, sin dejar de abrazarme, nos pusimos bajo el chorro hirviente.

Cogí un poco de gel para lavarlo, pero Adam se apartó con un gesto indescifrable, puso la cara bajo el chorro de agua, se enjuagó a toda prisa y salió enseguida de la ducha. Petrificada por el repentino cambio de humor, yo también salí a toda prisa.

—Lávate el pelo, Sophie —dijo en tono perentorio—, me voy a casa.

Esa frase me sacó de mis casillas. ¡Que le dieran por culo! Acababa de correrse dentro de mí, la vivencia más íntima que podían compartir un hombre y una mujer, ¿y ahora se marchaba?

—¡Que te den por culo, Adam! —grité.

Cogí el albornoz y salí del cuarto de baño desalentada.

—¿Qué pasa? —preguntó siguiéndome.

Al llegar a la puerta la abrí.

—Vete, vete a casa, te lo ruego. —Le hice un ademán firme para que se marchase.

Adam cerró de nuevo la puerta y me empujó contra la pared con una expresión divertida en la cara.

—Voy a casa a coger algo de comer, Sophie. Me he pasado la tarde esperándote y tengo un hambre de lobo, sobre todo después de esta ducha afrodisíaca. —Se inclinó hacia mí y me besó con ternura—. Vuelvo, no te preocupes.

Al oírlo me sentí como una idiota.

—Creía que estabas huyendo de mí —murmuré.

—Vamos, lávate el pelo, cuando te lo hayas secado, yo estaré de vuelta.

Sonreí y volví a abrir la puerta.

—Cuento con ello.

Entré otra vez en el cuarto de baño, cogí un móvil del suelo, que debía de ser de Adam, por lo visto se le había resbalado de un bolsillo de la chaqueta, lo puse en la repisa del lavabo y en ese momento me acordé de Bob. Cogí el mío y le mandé un mensaje.

Todo en orden, hemos follado, como era de prever ☺, paso a verte esta semana y te cuento. Muchas gracias por la velada.

Besos, Sophie

Un segundo más tarde me llegó la respuesta:

No debe follarte, sino quererte..., palabra de Melanie. Hasta pronto.

Bob

P. D.: Ven a cenar una noche a casa.

Mientras me secaba el pelo, mi mirada se posó en el móvil de Adam. Lo cogí, era un *smartphone* de última generación. Vacilante, mordiéndome los labios, tecleé el código que le había visto marcar cuando me había llevado en coche a la universidad, su fecha de nacimiento, que, por otra parte, había visto un centenar de veces en su ficha de cliente. Empecé a jugar. Curioseé en las distintas aplicaciones. Varios juegos, información financiera, suscripciones a diarios. Luego pulsé intrigada la galería fotográfica. Álbumes familiares, de escaladas y un álbum «Y». Como no podía ser menos, lo pulsé. Boquiabierta, hice pasar una secuencia de imágenes en las que aparecían mujeres en situaciones a todas luces eróticas, sadomasoquistas. Al verlas comprendí que estaba con un hombre al que le gustaba la perversión. En una subcarpeta encontré varios vídeos. Insegura y, más aún, preocupada, pulsé y vi a Adam teniendo una relación sexual con una mujer colgada de una cuerda, amordazada. Incrédula y desconcertada, miré todo el coito. El telefonillo sonó. Apagué todo, me recogí el pelo en una coleta, me puse los vaqueros y la camiseta y fui a abrir. A cada paso me preguntaba si estaba preparada para volver a verlo. Aunque ya me había dado cuenta de que tenía problemas con las relaciones y que le gustaba dominar, jamás habría imaginado que podía ser hasta ese punto. Giré el picaporte y me quedé paralizada, sin fuerzas para tirar de la puerta hacia dentro, pero Adam la abrió empujándola desde fuera.

—Perdona, he tardado un poco, he pedido que calentaran la pasta —dijo al entrar dándome un beso en los labios—.

Ven, tengo hambre. —Me cogió de la mano para que lo acompañara.

Una vez en mi habitación, puse el edredón en el suelo, nos sentamos encima y Adam sacó una botella de Chianti tinto y una bandeja de lasaña. «Otra vez —pensé—. No puedo más».

—La compro en el restaurante Frank, el de la Segunda Avenida, está muy buena.

Cogí el plato y me serví una porción microscópica.

—¿Solo vas a comer eso? —preguntó.

—Sí, no tengo mucha hambre, es la una —murmuré.

—Yo, en cambio, me muero de hambre, esta noche me has chupado un montón de energía… —ironizó. Esbocé una leve sonrisa—. ¿Estás cansada?

—No, estoy perpleja.

Adam movió la cabeza, dudoso.

—¿Por qué? ¿Por mí? —preguntó.

Me acerqué a él de rodillas.

—¿Puedo darte un beso? —pregunté a un palmo de él.

Sonrió, cogió mis brazos y rodeó con ellos su cuello.

—Pero tú no debes tocarme, yo te besaré.

Me miró aturdido.

—¿Puedo? —pregunté de nuevo.

—Por supuesto.

—En ese caso, cierra los ojos.

Se mordió los labios con una expresión intrigada. Seguro que pensaba que era una cría, pero yo necesitaba saber. Saber si era capaz de ser dulce, de recibir amor, de dominarse. Adam cerró los ojos y apoyó las manos en las rodillas. Me acerqué con cautela a sus labios y me quedé a un milímetro de ellos unos segundos, luego le di un beso fugaz. Adam se inclinó de inmediato hacia mí, buscándome.

—Debes estar quieto, no puedes tocarme.

Adam relajó el cuello y, tras apoyar la cabeza en el colchón, cerró los ojos.

—Soy todo tuyo —dijo sonriéndome de forma provocadora.

Me acerqué de nuevo a él, me detuve a unos milímetros de sus labios y permanecí allí un instante. Luego le volví a dar un beso ligero, después otro, le humedecí con la lengua el labio inferior, luego, haciendo una leve presión, lentamente, entré en su boca. Rocé su lengua, retrocedí y sellé sus labios con los míos, que estaban mojados. Lo repetí. Varias veces. Le chupé el labio superior y volví a su boca. Nuestras respiraciones se aceleraron, al igual que los besos, que eran cada vez más ardientes. El timbre del vídeo de vigilancia me devolvió de repente a la realidad. Me giré para mirar los monitores unos segundos y luego mis ojos se posaron de nuevo en él, que me estaba escrutando con una expresión extraña en el semblante, entre extasiado e inquieto.

Me aparté y me senté de nuevo con las piernas cruzadas, cogí el plato, comí un poco de lasaña y luego, con la boca llena, le hice una pregunta, cuya respuesta era una promesa:

—No me harás daño, ¿verdad?

—No —dijo con aire grave antes de quitarme el plato de las manos—. Pero no puedes dejarme así, es arriesgado. —Me hizo tumbarme y se puso encima de mí—. Ahora tengo hambre de algo que tienes ahí abajo.

Un segundo más tarde me había quitado los pantalones y las bragas. Sin más preámbulo, se abalanzó sobre mis genitales, que, hinchados, no esperaban otra cosa. Le gustaba hacerme arder de deseo y después dejarlo insatisfecho. Cada vez que su lengua surcaba mi sexo solo deseaba que estallase el placer. En cambio él apenas lo rozaba, acto seguido aumentaba la presión, luego la aflojaba de nuevo, chupaba, se detenía, mientras yo me sentía vulnerable y desprotegida, presa de unos espasmos febriles. A continuación todo volvía a empezar. Cuando, por fin, hundió dos dedos en mi sexo y empujó el clítoris hacia arriba con el pulgar frotándolo de forma frenética con la lengua, sentí que mi joya explotaba en un sinfín de vibraciones. Apreté los dientes y acepté que el alud me arrastrase. Dentro de mí el fuego arrasó todo. Cuando el orgasmo se aplacó, Adam me cogió una mano y sembró un rastro de besos partiendo del vientre y subiendo hasta el pecho, por el cuello; su pene se hundió en mí poco a poco, con una facilidad asombrosa. Empezó a mover la pelvis llenándome de él. Miré sus abdominales y cerré los ojos tras ver cómo me penetraba de una forma tan viril. Apoyé una mano en sus nalgas para acompañar su vigor, tan extraordinariamente agradable.

—Coño, Sophie —dijo con voz ronca Adam antes de dejarse caer sobre mí. Deslizó sus manos bajo mis nalgas y las levantó del suelo para penetrarme mejor.

—Me corro dentro —dijo con la respiración entrecortada. Lo abracé con todas mis fuerzas, feliz de que estuviese gozando.

Permanecimos abrazados en el suelo unos minutos, besándonos con pasión, luego salió de mí con delicadeza. Se puso de pie con todo su esplendor mientras yo, que seguía en el suelo, inerme y empapada en sudor, apenas pude cerrar las piernas.

—Voy al cuarto de baño —dijo—, no te muevas.

Observé su trasero, duro, mientras salía de la habitación y luego me levanté poco a poco. Me dolía la ingle y también los brazos. Me puse la camiseta y las bragas y traté de ordenar un poco nuestro picnic nocturno, que había quedado esparcido por el suelo.

—Te había dicho que no te movieras —dijo Adam desde el umbral, aún desnudo y con el móvil en la mano.

—Solo quería ordenar un poco —contesté.

Adam sonrió y entró para ayudarme a recoger los platos.

—¿Aún tienes hambre? —pregunté.

Acercó su rostro al mío y me rozó los labios con un beso delicado.

—Solo de una cosa —dijo, provocador—, de ti.

—Puedes comerme cuando quieras. —Le besé las manos hundiéndome entre sus brazos.

—Creo que es hora de dormir, Sophie, son las dos y media. —Bajé la mirada, desconsolada. ¿Cuándo volvería a verlo?—. ¿A qué hora llega tu hermano? —preguntó llevándome en brazos a la cama.

—A las siete.

—Entonces me quedaré hasta las seis.

Programó el despertador del móvil y después nos tapamos con el edredón. Me dormí abrazada a su cuerpo, tan cálido y acogedor, mientras él me acariciaba y me besaba.

Insidia

A las siete mi hermano entró en tromba en mi habitación, como siempre. Me incorporé de un salto en la cama.

—¡Despiértate! Buenos días.

—Hola —mascullé mirando alrededor. No había ni rastro de Adam ni de nuestro picnic.

—El café y las roscas están preparados —dijo antes de desaparecer.

Me levanté llena de dolores, aunque dulces. Vi que mi móvil parpadeaba en el escritorio; tenía un mensaje.

No he querido despertarte, te llamo esta tarde.

Adam

Cerré los ojos y apoyé el teléfono en el corazón. «Debe de haber grabado mi número antes de salir», pensé. Suspendida en el vacío, entré en el cuarto de baño, me di una ducha y, sin dejar de regodearme en el recuerdo de la noche anterior, me reuní con mi hermano en su despacho.

Hundida en la silla de su escritorio con los ojos entornados, cogí una rosca y me la llevé a la boca. Al tercer mordisco, más o menos, mi hermano dijo:

—Mamá está al caer, ha descubierto que estás aquí.

—¿Qué? —chillé alarmada.

—Se encontró con la mujer de Gustav en el mercado y se le escapó, se había olvidado de que mamá no lo sabía.

—Dios mío.

En sus labios se dibujó una sonrisa divertida.

—Llegará dentro de unos cinco minutos, quiere ver cómo te has instalado.

Me puse de pie de un salto, presa del pánico.

—En ese caso, más vale que ordene la habitación. ¿A qué esperabas para decírmelo?

—A que te recuperases, ¡parece que no has pegado ojo!

Me precipité a mi habitación para hacer la cama, vacié la papelera, metí las camisetas en el cajón doblándolas como ella me había enseñado, ordené el escritorio, quité el polvo, abrí el ojo de buey y regué los ciclámenes, que estaban un poco mustios. Cuando volví al despacho, mi madre estaba delante de la fotografía de mi padre con la bolsa del mercado entre las piernas.

—¡Mamá!

—¡Sophie! ¿Por qué no viniste a mi casa? La mujer de Gustav me dijo que estabas aquí. ¿Por qué no me lo dijiste? —preguntó con rencor dirigiéndose a Fred.

—Es mejor que Sophie se quede aquí, mamá, aquí está bien —respondió Fred, concentrado en el ordenador.

Mi madre se echó a llorar.

—¿Por qué no podías volver a casa? ¿No quieres estar conmigo? No soy un monstruo.

Exhalé un suspiro y la abracé.

—Perdona, mamá, necesitaba reflexionar y en casa me resulta difícil, me habrías atiborrado de comida y ansiedad…

—Vosotros dos me tratáis como si estuviera loca porque me preocupo.

—Vamos, mamá, lo sabes de sobra, la última vez que estuve en tu casa reñíamos casi todo el tiempo. Aquí estoy bien, ven a ver cómo me he instalado.

La cogí de la mano y la llevé a mi habitación. Nada más entrar, un velo de serenidad le iluminó la cara.

—¡Qué bonito! —dijo complacida mirando en derredor—. Y además está muy ordenado. —Apenas vio el ciclamen, abrió desmesuradamente los ojos—. Dios mío, tienes que regarlo, Sophie, no tienes mano para las plantas. —Cogió la maceta y empezó a tocar las hojas secas y la tierra—. Apuesto a que la has regado hace dos minutos porque sabías que venía...

—Perdona... —murmuré.

—¿Qué son esos televisores? —preguntó intrigada observando la cómoda.

—Son los vídeos de vigilancia.

Le conté cuál era mi tarea nocturna con todo lujo de detalles técnicos para que no entendiese nada y estuviese callada unos minutos.

—Pero ¿toda la noche? —me preguntó—. ¿Tienes que mirarlos toda la noche?

—No, solo si entra o sale alguien, pero entre semana no sucede nada después de las once de la noche.

Mi madre inspiró hondo y me acarició el pelo.

—¿Te encuentras bien? ¿Estás segura? —preguntó con dulzura.

—Claro que sí, mamá, estoy de maravilla. Mira, Fred me ha dado incluso los libros para la universidad.

—¿Sabes que tienes un hermano que vale su peso en oro?

—Vaya si lo sé, y también una madre que vale su peso en oro.

La inspección prosiguió con la evaluación del orden de los cajones y del armario. Pasó la punta del dedo por la repisa, la consola de la televisión y el escritorio.

—Muy bien, Sophie, el orden y la limpieza son importantes.

Pues sí, y recordé cuando, hacía apenas unas horas, estaba tumbada en el suelo, justo donde se encontraba ella, perdida en los brazos de Adam.

—Papá estaría orgulloso de ti y de tu hermano.

—Puede que un poco más de Fred... —murmuré.

—De los dos. —Me tiró del pelo—. Sophie, estoy segura, mejor dicho, más que segura, de que tarde o temprano las cosas también te irán viento en popa, porque me han echado las cartas.

—¿Qué? ¿Aún vas a ver a esa bruja?

—Por supuesto —contestó molesta—, y te esperan grandes cosas.

—Sí, seguro, la última vez que te leyeron las cartas dijeron que la suerte estaba de mi parte, que nadaría en oro y, en cambio, me hundieron en la mierda.

—No hables así, Sophie.

—Tienes que dejar de ir a ver a esa embaucadora, trae mala suerte y lee las cartas al revés; jamás ha acertado nada, ni siquiera sobre papá.

Despechada, salió de la habitación y yo la seguí conteniendo a duras penas las ganas de estrangularla. Cuando papá estaba agonizando, se había gastado una fortuna para que esa mujer le dijese que todo iba a ir bien, que bastaba con darle zumo de aloe con aguardiente para curarlo.

—Eres un cielo, Fred, por ocuparte de Sophie. Esta noche quiero que vengáis los dos a cenar, díselo también a Miranda.

—Mamá, Sophie tiene que trabajar para poder mantenerse mientras estudia —observó Fred lanzándome una mirada de complicidad.

—En ese caso tú ven mañana a comer —dijo apuntándome con un dedo.

—Vale, como quiera, *madame*.

—De acuerdo, chicos, me voy a casa. Sabéis que os quiero mucho, ¿verdad?

—Claro que sí, mamá —contestamos al unísono.

La acompañé a la parada del autobús y luego volví a mi cuarto. Quité la colcha y hundí la cara en la almohada para inspirar el olor de Adam. Recorrí con la mente todas las secuencias de nuestra noche salvaje. Mis pezones se endurecieron y sentí que un calor repentino se liberaba entre mis piernas. ¡Qué efecto me producía ese hombre!

El teléfono sonó. Era él. La primera llamada. Respondí con el corazón en la garganta.

—Buenos días —oí que decía.

—Buenos días —repetí—, estaba pensando en ti.

—Ah, ¿sí? —Se rio—. Yo también. ¿Dónde estás?

—En mi habitación.

—Hazle pasar —oí que decía—. Perdona, Sophie, es un cliente. Quería decirte que esta noche iré a verte. ¿Prefieres chino o japonés?

—Chino.

—Bien, ¿qué te llevo?

—Espaguetis de soja con verdura y rollitos de primavera.

—Perfecto, llegaré a las ocho y media.

—Te espero.

—Lo estoy deseando —dijo—, pero ahora debo dejarte.

—Adiós.

Después de colgar me eché en la cama sintiéndome extrañamente feliz, como en la época del instituto. Algo más tarde metí los libros en la mochila y me fui a la universidad transportada por el *tapis roulant* del amor. Seguí las lecciones previstas con una atención increíble. Susan estaba sorprendida, tanto que me pidió los apuntes. A las cinco volví al garaje y esperé temblando a que Fred desapareciese. En cuanto subió al coche, me metí en la ducha. Después de depilarme, lavarme y secarme, intenté ponerme algo decente. Al final me decidí por un jersey negro y unos *leggings* del mismo color. Peor que una sepulturera, pero era la única ropa decente que tenía. A las ocho empecé a ponerme nerviosa. A las ocho y media el timbre me avisó de que había llegado. Lo miré mientras se apeaba del coche con la bolsa del restaurante chino.

—¿Tienes hambre? —me preguntó cuando le abrí la puerta.

No, el estómago se me había cerrado al verlo.

—Sí —contesté.

Fuimos a mi habitación, cogí la bolsa de sus manos y puse las cajitas chinas en el escritorio. Adam se quitó el abrigo y la chaqueta, se sacó la camisa de los pantalones, se desabrochó los puños y se remangó.

Nos sentamos al escritorio. Yo me sentía muy apurada; él, en cambio, parecía tranquilo y relajado.

—¿Te molesta si enciendo la televisión? Quiero ver cómo va la bolsa de Tokio.

—No, adelante.

Una vez sintonizado el canal financiero, se puso a escuchar los comentarios sobre las variaciones, los *spreads* y la especulación a la vez que se comía distraído los espaguetis. Destapé una botella de cerveza y se la ofrecí. Adam la cogió sin apartar los ojos de la pantalla. Abrí una para mí y me bebí la mitad. Me sentía incómoda, fuera de lugar con él a mi lado.

Cogí unos pocos espaguetis con los palillos.

—¿Están buenos? —preguntó de improviso.

Sin esperar mi respuesta, sus ojos se desviaron de nuevo hacia la televisión.

Tras acabar los espaguetis y la cerveza, abrí otra. Adam me la quitó de la mano, me guiñó un ojo, bebió un sorbo y me la devolvió. Me puse a mirarlo con los puños bajo la barbilla y acodada en la mesa. Observé el pliegue de sus ojos, las pestañas, el perfil de la nariz, la onda carnosa de sus labios, y todo en su cara me pareció armónico. No podía haber tenido unos labios distintos, una cara de otro tipo, ni tampoco otros ojos. Adam me miró de soslayo y apoyó una mano en mi rodilla.

—¿Estás ganando algo? —pregunté.

—Por desgracia estoy perdiendo —dijo—. Son los riesgos propios del oficio.

Se aflojó la corbata y se desabrochó los primeros botones de la camisa sin apartar los ojos de las imágenes.

Observé su nuez de Adán, que asomaba por el cuello de la camisa. Ese pequeño pedazo de su cuerpo a la vista era una invitación irresistible, de forma que alargué una mano y se lo acaricié con los dedos; luego me senté despacio sobre sus piernas. Adam me recibió abrazándome por la cintura. Le quité la corbata, le desabroché la camisa y surqué su pecho con las manos; después le besé el cuello.

—Buenas noches —susurré—. ¿Me concedes un poco de atención?

Adam metió las manos bajo el jersey y me lo quitó cuando alcé los brazos.

—La próxima vez ven a abrirme con la toalla verde —murmuró besándome el cuello.

Sonreí al recordar nuestro encuentro durante el apagón.

—Lo recordaré —dije.

Abandonó la televisión y los espaguetis, y me cogió en brazos para llevarme a la cama.

—Odio los *leggings,* Sophie —dijo quitándomelos—, pero, sobre todo, ¡prefiero la ropa interior a juego! —Me liberó los pechos y empezó a chuparlos con avidez.

—Yo también, el problema es que a alguien le gusta destrozarla —murmuré, excitada por sus labios.

Adam se rio y me mordió el cuello.

—Oh, sí, me gusta mucho.

Le quité la camisa y acaricié su piel caliente con las manos. ¿Qué hacía para oler siempre tan bien? Su olor era penetrante y yo tenía la impresión de conocerlo desde siempre. A su lado me sentía realmente insignificante.

—Me haces sentir como una pobre plebeya —murmuré divertida.

Adam detuvo los preliminares y me miró perplejo.

—Me gustan las plebeyas —afirmó risueño.

El móvil retumbó en el cuarto. Adam se levantó de un salto y respondió.

Lo escuché mientras hablaba de trabajo y comentaba cómo iba Tokio. Me quité las bragas y se las tiré, las cogió al vuelo para olfatearlas, se descalzó y se desabrochó los pantalones y los dejó caer al suelo.

—De acuerdo, si desciende por debajo del dos, vende todo. Tengo que dejarte, Seth, nos vemos mañana por la mañana, adiós. —Se quitó los calzoncillos y los calcetines y un segundo después estaba encima de mí. Abrió mis piernas con las suyas y sin demorarse demasiado me penetró.

—Hum, ¡me estabas esperando! —exclamó mordiéndome la barbilla. Se apoyó sobre las rodillas y me levantó las piernas haciendo descansar mis tobillos en sus hombros. Entraba y salía de mí.

—Levanta los brazos por encima de la cabeza —dijo.

Obedecí. Adam dejó resbalar mis piernas hasta sus costados, alzó las caderas y empujó hacia abajo para que yo me quedase completamente pegada a él. Apoyó el pulgar sobre el clítoris y empezó a estimularlo con unos movimientos circulares.

—Mójate los labios con la lengua —dijo— y después tócate los pezones.

Obedecía cada orden con disciplina, bajo el ímpetu de sus estocadas. Entraba y salía resuelto, lo percibía pulsante y frenético.

—Apriétate los pezones con los dedos y tira de ellos.

En cuanto lo hice, Adam apretó el clítoris con fuerza, yo arqueé la espalda y estallé como un relámpago en un orgasmo tan paralizador como intenso. Todos mis músculos se tensaron, al punto que sentí en los gemelos unos calambres que los paralizaron. Traté de extender las piernas, pero cuando él se dio cuenta, las levantó, tirando de ellas hacia arriba, para que alzase las nalgas. Después me penetró con más vigor.

—Me corro dentro —dijo abandonándose a un sonoro orgasmo; sus jadeos en mi cuello me provocaron unos estremecimientos intensos en la piel. Lo abracé. Me puso encima de él, de rodillas.

Le besé la cara, la boca, los ojos, la frente, los pómulos, la barbilla, sin cesar, agradecida por lo que había logrado darme en menos de diez minutos, que, pese a su intensidad, me habían parecido horas.

—Me haces arder —dije con la respiración entrecortada mientras me besaba—. ¿Eres mago?

Adam esbozó una sonrisa y me puso de nuevo debajo de él, después se levantó.

Observé su pene, aún duro a pesar del orgasmo, y no me pude dominar: lo cogí con las manos y acerqué la boca a él.

Le lamí el glande caliente, húmedo de mí. Lo hundí en mi boca. Él me cogió la cabeza con las manos para acompañar mis movimientos. Chupé la punta anhelando recoger unas gotas de su néctar, sus dedos apretaron mi pelo. Abrí la boca y me lo volví a meter hasta la garganta acompañando con la mano mis subidas y bajadas. De improviso, una descarga caliente y densa me ahogó.

—Trágatelo —me ordenó.

Corrí al cuarto de baño. Odiaba el esperma en la boca, era, como un poco, nauseabundo. Cuando alcé el torso del lavabo Adam estaba detrás de mí esbozando una sonrisa avispada.

—Yo decido si te puedes correr en mi boca —protesté mirándolo en el espejo.

Adam me abrazó y me besó el cuello estrechándome contra su cuerpo. Comprobé atónita que su pene aún estaba duro.

—Quiero follarte toda la noche —murmuró.

Bajó una mano hasta mi sexo y vi el reflejo de sus dedos abrirse paso entre los labios mayores, me abrió las piernas y me inclinó hacia el lavabo. Apenas encontró una posición cómoda, me penetró otra vez. Entró y salió con unos movimientos constantes y viriles, de forma espasmódica. El choque de sus caderas contra mis nalgas retumbaba en el baño. Solo había un lugar donde quería estar, allí, con él dentro de mí. Sentía la cara encendida, el cuerpo empapado de sudor. Me alcé de nuevo, me agarré a su cuello y apoyé la nuca en uno de sus hombros, exultante de placer.

Adam me cogió una mano y la llevó hasta la suya, que seguía estimulándome inexorable.

—Quiero correrme mientras te masturbas —dijo mirándome en el espejo.

Mis dedos sustituyeron a los suyos y empecé a tocarme.

Adam me cogió los pechos y apretó los pezones con los dedos, causándome placer y dolor al mismo tiempo.

—Haz que me corra —dijo con voz ronca—, haz que me corra contigo.

Era fácil abandonarse con él, abrirse. Siguió apretándome los pezones mientras yo me masajeaba el clítoris, cada vez con más ímpetu.

—Así, así, eso es.

Las puertas del placer se abrieron de par en par. La carne parecía sacudida por convulsiones. Mi vagina se estrechó alrededor del pene de Adam, que estalló dentro de mí.

Me tiró del pelo y de la cabeza, hundió su lengua en mi boca, luego me dejó caer sobre el lavabo y salió de mí. Sentí una sensación de vacío inesperada y un mareo. Adam se dio cuenta y me pasó una toalla mojada por la cara, el cuello, el pecho.

—Ven, vamos a la cama —dijo cogiéndome en brazos.

Se echó a mi lado abrazándome. Le acaricié el pecho, los pezones, el esternón, hasta llegar al pene.

—¿Es normal? —pregunté.

Adam se rio, se giró sobre un costado y pegó su frente a la mía.

—Te quiero toda la noche, no puedo resistir una semana, tengo que llenar el depósito —respondió extrañamente exaltado.

Arqueé las cejas, estupefacta.

—Me has dicho que mañana te vendrá la regla, ¿cuánto te suele durar? —preguntó.

—Cinco días.

Se mordió los labios.

—¿Qué opinas de tomar un anticonceptivo? —me propuso—. La píldora, por ejemplo. Si quieres, puedo pedirle a mi médico que te haga una receta.

—No lo sé, luego tendré retención hídrica… —protesté.

—Pero también unas tetas estupendas…, y de retención hídrica nada, estás demasiado delgada. —Me besó el cuello poniéndose encima de mí.

¿Por qué me había propuesto algo así?

—¿Qué intenciones tienes, Adam? ¿Me estás pidiendo que salgamos juntos?

Se apartó de mí.

—No creo en las relaciones, en los vínculos —respondió fríamente.

—Entonces, si no nos importa nada del otro, ¿se puede saber qué estamos haciendo aquí?

—Atracción sexual, eso es todo.

—¿Atracción sexual? —pregunté asombrada.

Al oír mi pregunta, Adam se puso de pie, despechado.

—Qué quieres que te diga, Sophie, me gusta follar, me gusta poseer a las mujeres y en este momento me gusta follar contigo. No pienso en otra cosa durante el día: poseerte, penetrarte, verte gozar, eso es lo que quiero ahora y lo que puedo ofrecerte, ya te lo he dicho, no quiero relaciones.

—Entonces, mientras exista esta atracción —tracé unas comillas en el aire con el índice y el medio—, ¿nos veremos?

—Exacto.

—Pero solo para acostarnos juntos.

Adam frunció el ceño, indeciso.

—Exacto, ¿te parece bien?

Solo quería sexo y para obtenerlo podía recurrir a cualquier mujer, ya fuese prostituta o no, del planeta. En cambio, estaba allí, delante de mí, desnudo, y no en cualquier otro lugar. ¿De verdad no se daba cuenta de que una relación sexual comprometía incluso al más cínico de los seres humanos? ¿Pensaba de verdad que podía tratarme como si yo fuera simplemente un objeto del que obtener placer? ¿En serio pensaba que podía separar el sexo de la relación emocional? Una duda se insinuó en mi mente. Quizá era capaz. En cuanto a mí, yo no lo era, pero ya había entrado por completo en el juego.

—Solo quería entenderlo bien, Adam. No tengo nada que objetar, ya te he dicho que no quiero tener relaciones. Los dos somos conscientes, no tendremos ninguna expectativa que pueda causarnos problemas.

Se sentó en la cama y me acarició las piernas.

—Perfecto.

Después se miró el pene.

—Adam, ¿es normal que lleve así varias horas?

—Ya te lo he dicho, te quiero toda la noche, me he tomado un estimulante.

Así pues, me dormí a las cuatro, agotada.

Atracción sexual

A la mañana siguiente encontré un mensaje suyo en el móvil.

Buenos días, dime cuándo puedo pasar a verte.

Adam

Cuando acabé de ayudar a Fred a ordenar el fichero, fui a comer a casa de mi madre. Entre un bostezo y otro me comí el pollo que había cocinado, después fui de mala gana a la consulta de Richardson para la habitual sesión. Sentía la tentación de contarle mi relación con el *viveur* del sexo, pero preferí no hacerlo. En cambio, hablamos de lo que esperaba hacer después de la universidad. Eludí las hipótesis de trabajar en el campo de las relaciones públicas, un sector que no iba mucho con mi manera de ser. No sabía convencer, ni siquiera a mí misma, sobre todo por el desencanto crónico que se había apoderado de mi alma. Concluí la sesión imaginando un futuro en el ámbito artístico, quizá más próximo a mi carácter. Nos despedimos con el consabido apretón de manos, pero, justo antes de salir, Richardson pronunció una frase más bien enigmática que me dejó clavada en la puerta:

—Nadie nos obliga a sufrir, Sophie.

¿Qué pretendía decir? ¿Que me gustaba regodearme en el sufrimiento? Era obvio que sí.

Cuando regresé al garaje y entré en el baño, constaté que me había bajado la regla. Me sentí aliviada. Se había corrido tantas veces dentro de mí que por un momento me había preocupado.

Como de costumbre, Ben y Ester pasaron a visitarme, intrigados porque no me habían visto la noche anterior. Les mentí diciendo que me había quedado dormida. Nos bebimos la cerveza de siempre y nos perdimos en la charla de siempre. Ester estaba especialmente revolucionada debido a una cliente, hasta el punto de que mezclaba el inglés con palabras guatemaltecas que, por la forma en que las recalcaba, parecían más bien imprecaciones.

Al final, después de una sarta de maldiciones, sentenció:

—Esa capulla debería recibirlo más a menudo, y yo sé dónde.

—Pero ¿se puede saber con quién estás cabreada? —le pregunté.

—Con una tipa que vive encima del local, una que trabaja para una agencia turística, creo —explicó Ben—. Le ha dado el día.

—Nunca he conocido a una capulla así, Sophie.

—Pero ¿qué ha pasado?

—Mira, hoy estaba tranquila. Cuando estaba a punto de volver detrás de la barra después de haber colocado las mesas, esa tipa va y se vuelve y choca justo con mi bandeja. ¡Ni te cuento el desastre! Hasta ha llamado al director, menudo lío, ella y sus zapatos de raso de mierda. Imagínate, zapatos de raso, malditos estilistas.

Ben soltó un suspiro, exhausto.

—Bueno, en pocas palabras, Ester tiene que pagarle los zapatos: quinientos cuarenta y cinco dólares.

Puse los ojos en blanco.

—Pero si fue un accidente.

—Pues sí, pero ¡explícaselo a esa puta! —gritó Ester—.

En los minutos sucesivos no hubo manera de calmarla. La llegada del autobús me salvó a mí de su ira, pero no al pobre Ben. Los miré mientras subían, entristecida al pensar que no volvería a verlos. Ben estaba a punto de abrir el nuevo local y, como había intuido, Ester se iba con él. A pesar de que nos habíamos prometido que nos veríamos todos los domingos para comer una pizza, a partir de ese momento iba a estar sola. Así que, sin siquiera darme cuenta, alcé la mirada al duodécimo piso preguntándome, como siempre, qué estaría haciendo Adam. A saber si pensaba en mí. Yo, a todas horas. Cabeceé estremeciéndome: «Recuerda el salvavidas, Sophie».

Al día siguiente, acosada por el dolor de tripa, me acurruqué en la silla de mi hermano para beber el café, esperando a que el analgésico hiciera efecto. Vi a Adam cruzar el garaje, impasible.

El corazón me dio un vuelco y me quedé sin respiración. Dios mío, cómo me habría gustado correr hacia él y abrazarlo. Que sus brazos me levantaran y abandonarme a su ardor. En cambio, vi que una mujer lo saludaba y lo besaba en las mejillas... Y que Adam sonreía como nunca se lo había visto hacer. Se pararon a hablar al lado de un Mercedes rojo descapotable. La mujer vestía un traje de chaqueta negro y unos tacones vertiginosos. Llevaba el pelo rubio recogido con esmero. Le sonreía provocadora, sujetando el bolso delante de las rodillas, con el busto ligeramente inclinado hacia atrás. Entre ellos había cierta intimidad. Era la primera vez que la veía.

—¿Quién es esa? —pregunté a Fred.

Mi hermano alzó la mirada del ordenador un segundo.

—Se llama Alice Truman, es una cliente.

—Nunca la había visto.

—Viaja mucho, trabaja en una cadena de hoteles con establecimientos en todo el mundo: dos meses aquí, dos allí, casi nunca está en Nueva York. Volvió ayer.

Me pregunté si no sería la famosa «capulla» con la que Ester había tenido problemas el día anterior. Recibí la respuesta un instante después. Aunque fuera ella, en cualquier caso iba a ser una «capulla» en lo que a mí se refería. Vi cómo deslizaba una mano por una manga del traje de Adam y soltaba una risa de complicidad. Adam le acarició un hombro y deslizó un dedo por su cuello. Al ver la escena no pude por menos que pensar en todas las mujeres que debía de haber tenido, además de las prostitutas. Vi que consultaban sus móviles. Saltaba a la vista que estaban concertando una cita. Sentí un arrebato de celos.

—A saber si aún folla con ella —murmuró mi hermano.

—¿Qué? —pregunté, petrificada.

—Scott y Truman.

Moví la cabeza.

—¿Qué quieres decir?

—Que follan como locos. Cuando instalé las cámaras, una noche, mientras probaba los vídeos, los pillé follando encima del capó del Mercedes de ella; vaya polvo.

«Dios mío», pensé.

—¿Y tú miraste? —pregunté horrorizada.

—Esto... Sí... —vaciló, incómodo—. ¿Qué coño podía hacer? Estaba en casa probando los vídeos y vi la escena —dijo—. Además, no estaba solo, Miranda estaba conmigo —añadió.

Volví a mirarlos. Se sonreían de forma seductora. La escena puso punto final a mi ilusión de ser alguien especial. Ingenuamente, había pensado que en la atracción sexual y en el interés morboso que Adam sentía por mí podía haber algo más. En cambio, como me había dicho con toda claridad, a él le gustaba follar, poseer, joder movido por la tan cacareada *atracción sexual.*

Volví a mi habitación con la garganta seca. Cogí las sábanas y el edredón y los metí en la bolsa de la lavandería. Debía borrar su olor. Cogí la ropa que llevaba el día antes y todo lo que me había puesto cuando estaba con él y salí a toda prisa.

Desde la acera vi salir el coche de Adam del garaje. Nos miramos fugazmente y mis labios pronunciaron: «Que te den por culo».

A medio camino el teléfono sonó. No contesté. Antes tenía que calmarme. Si hubiera respondido, le habría vomitado toda la rabia que tenía dentro. ¿Y qué habría conseguido? Nada. Lo único que me podía ofrecer era su pene, me lo había dicho bien claro y yo había aceptado. Qué estúpida. Qué estúpida. Cuando estaba delante de la lavandería, recibí otro mensaje de él.

> Hola y buenos días, te he visto de pasada y me ha dado la impresión de que estabas nerviosa. ¿Problemas?

«Tú eres el problema», me habría gustado responderle, pero opté por la diplomacia:

> Problemas de mujeres, supongo que sabrás que en estos días la tensión nerviosa está al máximo. Buenos días, te deseo lo mejor.

«¿Te deseo lo mejor?», me escribió.

Concentrada en el movimiento incesante de la lavadora, recordé las palabras de Richardson: «Nadie nos obliga a sufrir». Y esa relación lo estaba haciendo. Debía interrumpirla. Mientras metía la ropa y las sábanas en la secadora, recibí un nuevo mensaje:

No me has contestado. ¿«Te deseo lo mejor» es un mensaje?

Adam

Mientras esperaba a que terminase la secadora, salí a la calle y decidí llamarlo. Pensaba decírselo bien claro.

Respondió a la tercera llamada.

—Hola, Sophie, me alegro de oírte.

—¿Es mal momento?

—En absoluto. ¿Cómo estás?

—Bien —contesté—. Oye, te he llamado para decirte…

—Espera —dijo. Oí que hablaba, con toda probabilidad con su ayudante, sobre una cita—. Ya está, perdona, pero dentro de poco tengo una reunión —explicó—. Entonces, ¿cuándo nos vemos?

—Esto… —dudé.

—¿Quieres que pase esta noche? Podríamos ver una película.

—Tengo que ir a casa de mi madre. Lo siento —mentí.

Siguió un largo silencio.

—¿A qué hora vuelves?

Hubiera dado lo que fuera por no tener que responder.

—No lo sé, y mañana tengo una clase importante, tendré que levantarme temprano y…

—¿Me he perdido algo? —preguntó.

«Que eres un gran cabrón», pensé.

—Nada. Además, ni hablar de otras cosas.

—Bueno, hay otras formas —dijo en tono complacido—, puedo explorar nuevas vías.

Me callé, avergonzada de una frase tan audaz.

—¿Sophie?

—Sí.

—No hago otra cosa que pensar en ti mientras…

—¿Follabas conmigo? —pregunté perentoria.

—Exacto, la mera idea me excita. Quiero verte esta noche, Sophie.

—Bueno, dado que te excitas tanto, puedes follar con la Truman en el capó de su Mercedes, si algo no te falta son mujeres. ¡Que te den por culo! —grité antes de colgar.

Inmediatamente después me sentí como una cría. ¿Por qué me había dejado llevar por los celos? El teléfono volvió a sonar. Me detestaba por haber tenido una reacción tan estúpida. Era como si le hubiese gritado: «¡Estoy celosa, eres exclusivamente mío, quiero ser la única, quiero una relación!».

Puse el móvil en modo silencio y volví a la lavandería. Recogí la ropa seca y regresé al garaje. Preparé la mochila y fui a coger el autobús con la música a todo volumen en los auriculares. Me senté y cerré los ojos, hundiéndome en los recuerdos de la última noche. Mis pezones se endurecieron de golpe. Ese hombre era peligroso. Yo era demasiado frágil para vivir una historia de ese tipo. Entré en el aula invadida por la inquietud.

Solo cuando me senté en el banco y apagué la música vi que tenía diez llamadas, cuatro mensajes en el contestador y dos SMS.

Escuché los cuatro mensajes por los auriculares:

Sophie, se ha cortado la línea y creo que no he entendido bien el mensaje, así que te ruego que me contestes.

No sé qué te ha pasado ni qué tiene que ver Alice Truman en todo esto, pero quiero verte, en serio.

Sophie, por favor, responde al teléfono, sabes que no me gusta la gente que finge no comprender, así que responde al teléfono o llámame, enseguida.

Además, nadie me había mandado nunca a tomar por culo; en cualquier caso, mensaje recibido.

A continuación leí los dos SMS:

En caso de que nos hayas visto, a Truman y a mí, hablando en el garaje y me hayas mandado a tomar por culo por eso, lo entiendo, pero debes dejarme que te lo explique. Llámame, por favor.

Sensibilidad a las condiciones iniciales, imprevisibilidad y evolución.

Al acabar la clase fui a la biblioteca para reflexionar un poco más sobre el tema. ¿Qué sabía de él?

Que era un dominador, que le gustaba el sexo, que practicaba el sadomasoquismo y que, por ello, prefería a las mujeres de cierto tipo, porque no le ponían límites. Una como yo, con mi pasado, lo habría hecho entrar en crisis.

—Hola —dijo Adam sentándose a mi lado—, he venido a buscarte, dado que no me contestabas. —El tono era amable y contenido.

Una parte de mí pareció alzar el vuelo, feliz, pero otra se hundió en el abismo.

—Perdona —dije en voz baja.

—Explícame —replicó—, explícame qué te ha pasado.

—¿Recuerdas cuando me preguntaste qué pensaba de ti? Él asintió con la cabeza.

—Pues bien, me das miedo, me turbas.

—¿Qué quieres decir?

—Me das realmente miedo, practicas un tipo de sexo que para mí es…

La expresión de Adam se ensombreció, parecía perplejo. Nunca me había contado lo de sus prácticas secretas, de forma que a buen seguro se estaba preguntando cómo me habría enterado.

—¿Lo consideras inaceptable?

—No, no es inaceptable, pero va en contra de mis experiencias. Somos incompatibles, Adam, yo no puedo darte lo que quieres y tú no puedes darme lo que quiero.

Negó con la cabeza, vacilante.

—¿Qué es lo que quieres? Basta con que me lo pidas.

—¿De verdad tengo que responderte? Creo que salta a la vista.

Adam inspiró hondo y apoyó las manos en las rodillas.

—No busco relaciones, Sophie, ya hemos hablado de eso.

—Lo sé, pero yo debo ser sincera. Hoy, cuando te he visto con Alice Truman, me he dado cuenta de que solo soy una más entre muchas, y eso me ha hecho abrir los ojos. En el fondo estoy buscando justo lo contrario, Adam.

Sacudió la cabeza.

—¿No te gusta estar conmigo? ¿Hago algo que no te gusta?

—No, me gusta. —Bajé la mirada y la posé en sus manos.

—Entonces, ¿cuál es el problema?

—¿De verdad no lo entiendes?

—No, no lo entiendo. Dos personas aceptan compartir sus cuerpos en plena libertad sacando el mayor beneficio posible, ¿por qué echar todo a perder metiendo la mente de por medio? La mente no debe existir, no debes permitirle que se entrometa.

—¿De forma que lo consideras algo fisiológico?

—Exacto.

—¿También en el caso de Alice Truman?

Adam entreabrió la boca y me escrutó, perplejo.

—¿Hay algo entre vosotros?

Vi que sus ojos se iluminaban; luego sonrió, desconcertado.

—Creo que lo entiendo, y no, no hay nada entre nosotros, solo me la tiro de tanto en tanto.

—Y, según tú, ¿cómo crees que me hace sentirme eso?

Adam apretó los dientes y cerró los puños sobre la mesa.

—¿Cómo hace que te sientas? —susurró—. Me la tiro, eso es todo.

—¿Eso es todo? Pero ¿oyes lo que dices? —chillé conteniendo la voz—. De forma que, si yo follase con cualquiera, te daría igual.

—Sí —contestó.

Me quedé pasmada.

—Perdona, pero creo que no estamos en la misma longitud de onda y que es mejor que lo dejemos aquí; de verdad, me gustan las relaciones exclusivas.

—Oye, Sophie, me gustas, ¿qué debo decirte? No creo en la monogamia, no la tolero.

Era un extraterrestre.

—Bueno, siendo así, nos vemos dentro de unos días, cuando me haya tirado a otro machote. —Hice amago de levantarme, pero Adam me obligó a permanecer sentada aferrándome un brazo.

—Ya hemos hablado de esto, Sophie. Me interesas, pero no quiero tener relaciones.

Resoplé.

—Es absurdo, quieres hacerme pasar por una mojigata. Escucha, me ha quedado claro que no quieres comprometerte, pero, por mucho que te niegues a reconocerlo, es lo que buscas en mí. —Me puse a imitarlo—: «Estaba aterrorizado, Sophie… Me esfuerzo para no desearte, pero ¡me resulta muy difícil!». Vete a la mierda, Adam, sé sincero contigo mismo.

—¿Qué quieres de mí, Sophie? —preguntó casi huraño—. Si no recuerdo mal, la otra noche tú también dijiste que no querías tener relaciones. Así que empieza a ser sincera de una vez por todas.

—Me equivoqué. Tú me vuelves loca, estoy tratando de acercarme a ti de todas las formas posibles y tengo celos —dije—. Hoy, en cambio, he comprendido que no significo nada para ti.

—Ya te he dicho que te deseo intensamente.

—Bueno, en mi caso, en cambio, hay más, yo también siento una gran atracción física por ti, pero quiero algo más.

—Comprendo —respondió poniéndose de pie—. Gracias por haberme aclarado la situación. Tienes razón, somos incompatibles. Hasta pronto.

Atónita, lo miré mientras se alejaba. No se había inmutado.

Esa noche lo vi salir a las nueve y media y volver más tarde con una prostituta. Me pareció sumamente triste; podía tenerme y prefería a una muñeca sumisa.

Todo volvió a fluir con la habitual rutina. La universidad, los estudios, la terapia, los pensamientos y el aburrimiento. Hasta la noche del cumpleaños de mi hermano. Después de cenar en el restaurante de Frank y de haber metido en un taxi a nuestra madre, fuimos a una discoteca. Fred me concedió excepcionalmente una noche libre.

A la una mi hermano se fue con Miranda dejándome bajo la protección de Gustav y su esposa. Entre cócteles y bailes, me divertí hasta caer rendida y volví a casa pasadas las tres. Completamente borracha, mientras trataba de meter la llave en la cerradura con un ojo cerrado y el otro abierto, Adam apareció a mi lado.

—¿Dónde has estado? —preguntó en un tono que me dejó aterrorizada.

Era el tono de un hombre encolerizado y yo era capaz de distinguirlo incluso demasiado bien. Por suerte, pude meter la llave, hacer girar la cerradura y entreabrir la puerta. Debía entrar y volver a cerrarla lo más deprisa posible. Hacía varias semanas que no lo veía y su presencia a mi espalda era apremiante. Me precipité al vestíbulo, pero Adam me tiró al suelo con brutalidad. Cerró la puerta y se abalanzó sobre mí.

—¿Dónde has estado, Sophie? ¿Has follado con alguien?

—¡No! —grité revolviéndome para liberarme.

—No te creo, ¡tienes la misma cara que cuando hemos follado! —vociferó.

Le di una patada en las espinillas.

—¡Porque estoy borracha —grité—, estúpido idiota!

Adam me levantó el vestido y me arrancó las bragas.

—Déjame oler.

Un instante después sentí su respiración en mi sexo. No opuse resistencia. Una de las pocas cosas que había aprendido en mi vida, en la que había sido víctima de abusos, era que, si un hombre perdía el juicio, era mejor darse por vencida, así al menos garantizabas la supervivencia.

Cuando lo tuve a un palmo de mi cara, dijo con la voz quebrada:

—Dime a quién te has tirado, dímelo.

—A nadie, Adam. —Le cogí la cara entre las manos—. Mírame, a nadie —dije—. No he hecho nada, solo he salido a celebrar el cumpleaños de mi hermano. He estado con él, pregúntaselo.

Dejé caer la cabeza hacia atrás y lo aparté de un empujón. Adam se puso de pie con una lentitud desconcertante. En sus ojos, que hasta hacía unos instantes estaban llenos de rabia y de animosidad, se percibía una tristeza sombría y profunda.

Cogí el vestido, hecho jirones, y me tapé como pude. En ese momento comprendí que solo tenía dos posibilidades: echarlo de allí, poniendo punto final a nuestra relación, o rendirme y complacerlo. Elegí la segunda.

—¿Quieres ser el único hombre con el que follo? —pregunté.

Adam no me respondió.

Dejé caer el vestido al suelo y me acerqué a él. Le desabroché los pantalones, la acaricié con los dedos y empecé a chupársela con avidez. Al oírlo gemir de placer mi inquietud se aplacó. Me la metí hasta la garganta, hasta casi ahogarme. Quería demostrarle que lo deseaba… y que era suya. Estaba enferma…, como él. Nos habíamos encontrado.

Cuando todo terminó, nos tumbamos en la cama y nos acariciamos. No dije una palabra. Me limité a acariciarlo mientras él escrutaba el techo. Cuando, por fin, cerró los ojos, me dormí entre sus brazos, extenuada.

Ingenuidad

Cuando oí la voz de mi hermano en el umbral de la habitación, me levanté de un salto de la cama presa del pánico.

—¿Qué coño te pasa? —preguntó Fred estupefacto con la caja de roscas en la mano.

Miré alrededor. No había ni rastro de Adam.

—Nada, estaba soñando y me has asustado.

—Ah —dijo mirándome como si estuviera loca—. Ya lo he visto. Te espero allí.

Me habría gustado quedarme bajo las sábanas para siempre. Al recordar la noche anterior, solo sentía una profunda vergüenza. Se la había chupado como una esclava. Una esclava miserable.

Miré el salvavidas colgado en la pared… Y, por primera vez, comprendí. Era yo la que lo necesitaba para salvarme. Para salvarme de mí misma.

Con esa verdad en el ánimo, me levanté dispuesta a afrontar el día y me arrastré hasta la oficina. Me esperaban dos copas de champán.

—¿Y esto? —pregunté mirándolas indecisa.

—Sophie, ¡Miranda y yo estamos esperando un hijo! —dijo Fred a voz en grito.

La alegría que sentí por mi hermano no consiguió hacerme reaccionar demasiado.

—Ah…, felicidades —murmuré apenas.

—Vaya, por lo visto anoche te pasaste, ya sabes que no debes beber con las medicinas que tomas.

Me aproximé a él, me senté en sus piernas y lo abracé con fuerza.

—Me alegro mucho, Fred, de verdad. —Cogí la copa y esperé a que él me secundase—. ¡Chin, chin, hermanote! Felicidades, espero que sea una niña —dije riéndome— y, sobre todo, que no herede demasiados genes de nuestra familia.

Sonrió con una felicidad inusual.

—Imbécil —dijo apurando la copa, mientras que yo tuve que hacer un esfuerzo para mojarme los labios.

—¿Así que voy a ser tía? —murmuré.

—Exacto, y procura ser una buena tía, tienes seis meses para licenciarte y encontrar un trabajo como es debido.

—Me gusta estar aquí —protesté.

—A mí no, quiero que te licencies y que te marches lejos de aquí —dijo congelándome con la mirada.

—Te lo prometo, Fred. Pero, bueno, ¿estás preparado para decírselo a mamá? Empezará a preparar enseguida la canastilla con gorritos, patucos y jerseicitos de todos los colores del arcoíris.

—Dios mío, qué horror, no quiero ni pensarlo.

Cuando volví a mi habitación, lo primero que hice fue mirar si tenía algún SMS de Adam. Al ver que no había ninguno le mandé uno:

Buenos días, espero verte pronto.

Sophie

No recibí ninguna respuesta.

Pasé el día entero en la biblioteca, estudiando. La sutil regañina de mi hermano había surtido efecto. Debía acabar los exámenes como fuese y marcharme. Pero, por encima de todo, quería que todo lo que me concernía se volviera normal de repente, incluida la absurda relación que tenía con Adam.

Por desgracia, mi deseo fracasó esa misma noche, cuando lo vi coger el coche a las nueve y media en punto y comprendí de inmediato adónde iba. No me lo pensé dos veces: me precipité al garaje y lo esperé en la máquina de las tarjetas.

—¿Adónde vas? —le pregunté en cuanto bajó la ventanilla.

—Salgo —contestó, enigmático.

—¿No quieres subir? —pregunté sintiéndome una nulidad—. Dijiste que te pasarías.

Estaba mendigando su tiempo como una cerillera delante de su Audi brillante, al que, en cambio, me habría gustado patear.

—Esta noche no —respondió, lacónico.

—Si vuelves con una de esas, hemos terminado —dije con firmeza.

—Lo necesito.

—¿Qué? ¿Sexo? Hiciste todo tú, yo no quería que entrases en mi vida. —Rompí a llorar, tanta era la humillación que sentía—. ¿Por qué te comportas así?

Indescifrable, inmóvil, me miró fijamente. Sostuve su mirada durante, al menos, un minuto, luego perdí la paciencia.

—Entiendo, se acabó, no vengas a buscarme nunca más. Lo que necesitas lo encuentras en cualquier parte. Además, no dejaré que me toques ni con un dedo.

No se lo hizo repetir dos veces, pasó la tarjeta por el lector y salió del garaje.

Volví dando zancadas a mi cuarto y, después de patear el cubo de la basura y de tirar los libros de la estantería al suelo, me senté delante del ordenador. Era hora de ponerse unos objetivos, como sugerían todos los manuales de autoayuda del mundo. Empecé a redactar mi lista.

Encontrar un trabajo a tiempo parcial para ganar un poco de dinero.

Encontrar un apartamento para compartir lo más lejos posible de aquí.

Acabar la universidad.

Buscar un trabajo gratificante que me procure cierto bienestar y solo entonces reabrir el capítulo de las relaciones.

No acostarme con nadie antes de la quinta cita y hacerlo solo en caso de haber obtenido: una cena, un ramo de flores, una excursión fuera de la ciudad, un paseo por Central Park y, por qué no, también una joya.

Casarme, tener hijos*.

Envejecer, jubilarme, comprarme una casa frente al mar y luego, por fin, morir.

* En el momento de redactar esta lista no me siento muy propensa a hacerlo, la idea de reproducir en un niño mis genes defectuosos no despierta en mí ningún sentimiento maternal. En cualquier caso, estoy dispuesta a reconsiderarlo con el hombre con el que me case, siempre y cuando sea portador de genes sanos.

Tiempo previsto: seis meses para los primeros cuatro puntos; el resto, después, no hay prisa.

Imprimí cinco copias. Una la puse en la pared de al lado de la cama, otra cerca del vídeo de vigilancia, otra al lado del televisor, otra en la puerta de mi cuarto y la última la doblé y me la metí en el bolsillo de la chaqueta. Así me acordaría siempre. La satisfacción que me produjo mi plan de vida duró cinco minutos. Nunca lo conseguiría. Quizá los primeros cuatro, pero ¿el resto? Conociéndome, era muy poco probable.

El timbre sonó tres veces. Bajé a abrir, convencida de que se trataba de Ester y de Ben, pero, en cambio, con gran sorpresa, vi que era Adam. Me habría gustado cerrarle la puerta en las narices, pero la esperanza de que, de una forma u otra, hubiese vuelto para decirme lo que yo quería oír me contuvo.

—¿Puedo hablar contigo?

—Ya era hora —contesté.

—¿Podemos ir a tu habitación?

—Hagámoslo aquí, en terreno neutral —dije—. Mejor aún, vamos al despacho de mi hermano.

—Te sigo.

Me senté en la silla de mi hermano y él, en la silla destinada a los clientes, la misma en la que todas las mañanas me comía una rosca.

—¿No puedes sentarte a mi lado?

Me levanté visiblemente irritada.

—¿Entonces? —pregunté al sentarme.

Sonrió y bajó la mirada. Inspiró hondo y, por fin, habló.

—Ya has intuido que tengo unos gustos particulares.

Asentí con la cabeza.

—Me gusta dominar y sé que, en ciertos aspectos, puedo parecer violento. Me gustan las mujeres con las que puedo… —Tragó saliva y volvió a suspirar. Respiraba entrecortadamente y le costaba mucho hablar—. Con las que puedo, cómo decirlo, desahogar mis instintos —concluyó.

No me estaba diciendo nada nuevo, hacía tiempo que lo había comprendido.

—No me comprometo con ninguna, porque los sentimientos me limitan ese placer —explicó—. ¿Entiendes?

—Sí —respondí.

Ladeó la cabeza y arqueó una ceja.

—¿Qué has entendido, Sophie?

—He entendido que si estás con una mujer y, por casualidad, sientes algo por ella, no te sientes tan libre como, en cambio, desearías.

Sonrió.

—Eso es.

—¿Entonces?

—En la biblioteca me dijiste que te doy miedo y que te turbo, y lo mismo me sucede a mí. Entras en mi interior como ninguna mujer ha hecho hasta ahora, pero yo necesito experimentar el placer de sentirme libre, ¿comprendes? No puedo evitarlo.

—¿No existe un término medio? —pregunté.

—Hasta hoy no he tenido esa suerte —dijo suspirando—. La línea que marca el límite es sutil, Sophie, basta una nimiedad, una frase mal dicha, un requerimiento sexual por mi parte un poco atrevido y todo se acaba; la teoría del caos en cierto sentido, ¿me entiendes?

—¿Entonces? —repetí.

—Entonces, Sophie —dijo irritado—, si exiges de mí un compromiso, te pediré mucho, pero tú me has dicho claramente que tienes tus límites, unos límites que yo aún desconozco.

Mi mirada se ensombreció. No había hablado de ello porque yo no hablaba nunca con él, por temor a que, si lo hacía, pusiese pies en polvorosa.

—Eres frágil, Sophie, y no eres la persona…

—A mí me va bien —le dije.

Adam se pasó una mano por la frente y luego por la cara. La conversación lo estaba extenuando.

—A mí también, Sophie, no sabes cuánto, pero respondes sin conocimiento de causa, no tienes la menor idea de las cosas que puedo hacer y siento una morbosidad hacia ti que me asusta. —Miró al suelo.

—Si me dices todo esto, es porque quieres que elija. Por mí está bien, pero quiero ser la única.

Adam se inclinó hacia mí y me cogió las manos.

—Si me lo permites, antes de que tomes una decisión me gustaría llevarte a un sitio; solo quiero enseñarte a qué me refiero cuando te digo que me gusta dominar —dijo recalcando cada palabra.

—De acuerdo —respondí.

—En ese caso, te pido que te vistas, a ser posible con un vestido de noche, y que te pongas unos zapatos de tacón.

—Esto…, los zapatos los tengo, pero el vestido está…

Adam se levantó.

—Te traeré uno.

—Vale —contesté confundida—, pero ¿vamos ahora mismo?

—Sí. —Me cogió una mano y me la besó—. Si quieres.

—De acuerdo —asentí titubeante.

Apenas me puse de pie, me abrazó. Me dio un beso que, en un abrir y cerrar de ojos, se hizo apremiante. Noté que su respiración se aceleraba con la mía. Si bien el beso duró un instante, supe que con él habíamos sellado un extraño pacto.

Unos segundos después había salido por la puerta, y yo me sentía presa del desasosiego, del miedo, de la excitación. Fui a mi habitación y me eché en la cama. Releí la lista que había redactado hacía tan solo unos minutos. Ninguno de los siete puntos encajaba con lo que estaba a punto de hacer: ponerme en manos de un hombre como Adam Scott. Me faltaba el aire. ¿Adónde quería llevarme? ¿Por qué nunca era capaz de decirle que no? O de utilizar el cerebro.

Al cabo de unos diez minutos Adam se presentó con tres vestidos, todos ellos metidos en unas fundas de marca.

—No sabía qué color elegir —dijo como si fuera un niño con los regalos de Navidad en las manos—. No sé, he cogido varios oscuros. —Los puso sobre la cama.

No me atreví a preguntarle de dónde demonios los había sacado. Adam abrió la cremallera de la primera funda y sacó un vestido negro con el escote de pico y adornado con encaje y lentejuelas negras.

—Debería ser de tu talla.

Una vez más, no hice preguntas. Prefería no saber nada.

—Me lo pruebo.

—Te enseño los otros —dijo abriendo el segundo.

—Este está bien; no importa, da igual un vestido que otro. —Trastornada, me volví para ir al cuarto de baño. Adam me detuvo cogiéndome una mano.

—No estás obligada a hacerlo —dijo acercándose a mí.

—Lo sé.

—Podemos quedarnos aquí; da igual, Sophie.

Le miré a los ojos. Para él, el hecho de estar allí era una prueba indiscutible de que yo le interesaba. Así que no podía echarme atrás. Yo también debía demostrarle que lo quería.

—Quiero ir, pero explícame por qué es tan importante para ti.

Adam esbozó una leve sonrisa.

—Para que sepas con quién estás y luego elijas. No sucederá nada malo, pero verás lo que podría hacer y, si no estás preparada, te juro, Sophie, que nunca lo haré.

—Pero para ti es necesario —murmuré.

—Solo respirar, comer y beber es necesario.

Sonreí sin alegría.

—Todo son necesidades fisiológicas, tú lo has dicho.

—No creo que me muera por privarme de ello.

Se tumbó en la cama atrayéndome también a ella. Me acurruqué y apoyé la cabeza en la cavidad de su cuello. Silenciosa, surqué su cara con los dedos. Adam cerró los ojos y acercó sus labios a los míos.

—Así también está bien —dijo besándome con dulzura; la mano se deslizó por el cuello y me acercó a él. Apretó su frente contra la mía mirándome directamente a los ojos—. Así también está bien, Sophie —susurró.

—Voy a probarme el vestido —dije, resuelta.

Me lo puse en el cuarto de baño; me quedaba como un guante, quizá solo un poco ancho en las caderas. Me calcé y volví a la habitación.

—Estás guapísima —dijo para mi sorpresa.

Me hizo ponerme un abrigo, también de procedencia desconocida, y salimos.

Apenas subí al coche, se apoderó de mí la agitación, no podía respirar. No sabía adónde nos dirigíamos, pero, sobre todo, el hecho de ir al lado de un «Mister Perversión» me resultaba angustioso.

Antes de arrancar, Adam me besó con pasión, y gracias a ello me relajé un poco.

—No moriré, ¿verdad? —pregunté susurrando.

—Por supuesto que no —contestó—, en todo caso huirás.

En el trayecto pensé en un millón de cosas absorta del espacio y el tiempo que nos rodeaban. Podría haber estado en el coche con él desde hacía varias horas sin darme cuenta, encontrarme en otra ciudad o incluso en otro planeta. Busqué algo que me devolviese a la realidad. Miré el reloj en la pantalla del salpicadero. Eran las diez y cuarto. Seguro que dentro de dos horas haríamos el viaje en dirección contraria. Jamás hay que tener miedo del futuro cuando se sabe que en breve se convertirá en pasado. Así que me relajé. A las diez y treinta y cinco entramos en el aparcamiento subterráneo de un edificio. Me apeé del coche, Adam me volvió a besar, me cogió de la mano y me llevó delante de tres ascensores. Con una llave accionó la apertura de la puerta central.

Durante la subida observé las luces de la pantalla que indicaban los pisos. Nos paramos en el decimotercero. Era inquietante. Usando de nuevo la llave, Adam accionó la apertura de la puerta deslizable, que nos dejó al inicio de un largo pasillo. Avanzamos iluminados por una luz roja difusa hasta llegar a la única puerta.

—Sophie, ahora entraremos en un pequeño vestíbulo, donde no habrá nadie. Dejaremos los abrigos en los armaritos y nos pondremos unas máscaras; después entraremos en una sala central, donde podrás observar ciertas prácticas. Todos llevan máscara, así que no deberías sentirte molesta. Nosotros veremos lo que hacen desde unas habitaciones privadas, tú y yo, nadie más.

Pendía literalmente de sus labios. ¿En qué mundo me estaba introduciendo?

—Recuerda, Sophie, que cuando quieras marcharte, solo tendrás que decírmelo y en un instante estaremos fuera de aquí, ¿de acuerdo?

—De acuerdo —susurré.

Pasó la tarjeta magnética por el lector que estaba a un lado de la puerta y la cerradura saltó. Contuve la respiración y lo seguí. Tal y como me había dicho, estábamos en un pequeño vestíbulo aséptico. En el mismo había un pequeño sofá rojo, varios armaritos y un cajero automático para pagar. En él Adam seleccionó dos armaritos, que se abrieron de forma automática.

—Dame el abrigo —dijo.

Me lo quité y enseguida sentí frío en los brazos desnudos. Se me puso carne de gallina. No sé si fue realmente el frío o un miedo incontrolable lo que me produjo ese efecto.

—Debería haberte cogido otro vestido —dijo poniendo el abrigo en la percha con una pizca de decepción.

Crucé las manos sobre el pecho y también las piernas para entrar en calor.

—Ven aquí —dijo dándome un abrazo. Permanecimos así un rato; al inspirar su aroma, mi nerviosismo se calmó en un instante. Cuando entré un poco en calor, me solté de su abrazo.

—Y ahora la máscara —dijo Adam risueño—. No te asustes.

Era una máscara veneciana que representaba una cara femenina, pintada con unas vivaces tonalidades rosa y oro. Alrededor de los ojos estaba recubierto de piedras de bisutería y de unos pequeños dibujos surcados con minúsculos brillantes. Todo el borde estaba adornado con encaje negro. Me vino a la mente una película famosa. Y el frío del miedo me penetró en la carne. ¿No serían viejos masones celebrando un rito satánico?

Antes de que me pusiera el disfraz, Adam me soltó el pelo y me volvió a besar, con mayor dulzura.

¿Cómo podía ser un monstruo alguien que besaba de esa forma?

—Recuerda, Sophie: cuando quieras, nos vamos —dijo apretándome la cara con sus manos. Sonrió y me puso la máscara—. ¿Puedes respirar? —me preguntó.

—Sí.

Adam se puso la suya. Si me lo hubiera encontrado sin saber quién era, no lo habría reconocido. La máscara era un *collage* de hojas de color dorado que formaban un rostro masculino. Resultaba inquietante.

Me cogió la mano y nos detuvimos delante de la puerta roja; Adam abrió con la tarjeta. Por fin, entramos en ese mundo…

Hacía calor, incluso demasiado. Empecé a sentir inquietud y miedo en un sube y baja continuo. Calor, frío, hielo, fuego. Tras dar unos pasos nos encontramos en una sala circular. En el centro, en una especie de palco, pero mullido como un colchón, estaba teniendo lugar una orgía. En los bordes de la sala había varios sofás pequeños desde donde varios hombres, y también varias mujeres, observaban la escena bebiendo copas de vino o champán. Adam me cogió del brazo. Mientras miraba cómo se retorcía esa masa humana, una mujer completamente desnuda, con un cuerpo espléndido, se acercó a nosotros caminando sobre unos tacones vertiginosos. Adam le susurró unas palabras al oído y la mujer, después de asentir con la cabeza de forma circunspecta, desapareció detrás de una gruesa cortina. Volví a observar la sala y a sus frecuentadores. Por suerte el hilo musical alteraba en parte los gemidos de los participantes en el maxicoito, aunque los jadeos unidos parecían más bien un lamento. La mujer de cuerpo escultural volvió al cabo de unos segundos, habló de nuevo con Adam y nos guio hacia la cortina negra.

Justo antes de pasar al otro lado, vi que encima de los pliegues de la cortina estaba grabada la palabra «Dominio». «Eso es», pensé. Adam me invitó a entrar, pero en lugar de presenciar una masacre, vi que estábamos de nuevo en un pequeño vestíbulo en cuyo extremo se bifurcaban dos pasillos más oscuros. Enfilamos el de la derecha y pasamos por delante de varias puertas que tenían en el centro un led rojo encendido. En la puerta número siete el led estaba verde; Adam la abrió con la tarjeta y me invitó a entrar. El ambiente era similar al de los palcos de un teatro. Había dos sillones de terciopelo rojo, una mesita en el centro y, frente a la puerta, una bonita cristalera. No me costó mucho comprender que, en breve, asistiría al «espectáculo» que tendría lugar al otro lado del cristal.

—Puedes quitarte la máscara —dijo Adam besándome el cuello a la vez que me abrazaba por la cintura. Me abandoné en sus brazos.

Desató la cinta para quitarme la máscara e hizo lo mismo con la suya, luego me besó de nuevo, pero con más ímpetu, apoyándome en la pared.

—No sabes lo feliz que me haces —susurró. Luego nos sentamos—. Cuando quieras, nos marchamos, pero deberás ponerte otra vez la máscara para salir; es obligatorio, cuestión de privacidad.

—De acuerdo —asentí inquieta.

«Privacidad», pensé. ¿Cómo era posible hablar de privacidad cuando al otro lado de la pared se estaban estrangulando con sogas sin piedad?

—¿Quieres beber algo? —preguntó.

—Vino tinto —respondí, tensa. Ese preámbulo me estaba angustiando.

Adam tecleó la orden en la tableta y en menos de un minuto apareció una botella de vino con dos copas por la abertura que había en el centro de la puerta.

Apuré dos copas seguidas y pedí a Adam que me sirviera la tercera. Me miró perplejo.

—Así la tengo preparada —señalé.

—Cuando quieras, nos vamos —repitió Adam.

—Vale, de acuerdo, podemos empezar —dije resuelta.

Y la luz se apagó...

Adam tecleó un código en la tableta e inmediatamente al otro lado del cristal, que antes era negro, apareció otra sala circular, más pequeña e íntima que la central. También allí las luces difusas atenuaban el blanco de las paredes. No había ninguna cama, solo un inmenso pavimento blanco. A mi izquierda, en una mesa de caoba rojiza, había varios arneses. Vibradores, esposas, bandas, cuerdas, cadenas, candados, barras, mosquetones, pinzas, alfileres. Colgados en una vitrina, una variada gama de látigos, varillas, fustas y otros objetos cuya utilidad desconocía. Entró una mujer acompañada de un hombre joven con un cuerpo escultural. Estaban completamente desnudos. Se detuvieron en el centro de la habitación. Empezaron a besarse y a acariciarse con dulzura, y a él se le empinó en un abrir y cerrar de ojos. Tirándole del pelo, obligó a la mujer a arrodillarse delante de él. Ella se la chupó, primero con delicadeza, luego con más vehemencia. Adam cruzó las piernas. Yo opté por beber un buen sorbo de vino. Con toda probabilidad, se estaba excitando. «Qué situación tan absurda», pensé. A menudo me entraba la risa cuando me encontraba en una circunstancia surrealista. Debía de ser una forma de liberar la tensión. Contuve la risa recurriendo a mi técnica personal de evasión. La llamaba la «cámara cerebral». A veces me imaginaba que en mi cabeza se elevaba una cámara, que ascendía cada vez más. ¿Qué habría visto en ese momento? A nosotros dos sentados en una pequeña habitación de dos metros cuadrados, rodeados de otras personas, en cuartos similares, que quizá se estaban masturbando. Después, subiendo aún más, la imagen sería la de la orgía que estaba teniendo lugar a unos metros de nosotros; luego, aún más alta, grabaría el vestíbulo, donde un tipo se estaba poniendo la máscara; acto seguido, más arriba, la entrada, la calle, un hombre paseando a un perro, una señora delante de una zapatería contando los días que le faltaban para cobrar el sueldo; aún más alto vería a dos amantes que se besaban y todo el mundo en movimiento. La escena a la que estaba asistiendo en esos dos metros cuadrados no era nada, la vida era muchas más cosas, y pensarlo, imaginarlo, ayudaba a calmar la ansiedad.

Entretanto el joven adonis incitaba a la mujer a chupársela más fuerte, sujetando su cabeza para que llegara más a fondo. «Seguro que le toca tragárselo», pensé. De repente, de golpe, retrocedió y empezó a golpear la cara de ella con el pene. Bebí otro sorbo de vino para contener la carcajada que sentía subir en mi interior. Esa escena daba risa, siempre me había hecho reír, incluso cuando la había vivido en primera persona. Me parecía una práctica poco excitante, casi cómica. Tras golpearla cuatro veces más en la cara, el hombre la obligó a levantarse, la besó con ardor y le levantó los brazos.

Adam me llenó la copa. Le sonreí levemente sin mirarlo. Me sentía realmente incómoda.

Mientras tanto, el hombre se había dirigido a la mesa para elegir un nuevo arnés. Observé mejor a la joven. Era agraciada y debía de tener poco más de veinte años.

—¿Son actores? —pregunté para no ser ofensiva.

—No —contestó él—, es una pareja que se presta a hacerlo.

Bebí otro sorbo de vino para ocultar mi contrariedad.

El hombre había regresado al lado de la mujer; le puso en la boca una mordaza con una esfera roja en el centro. Le acarició el cuerpo y el sexo unos minutos para excitarla y luego la obligó a ponerse a cuatro patas. Él se colocó detrás de ella, de pie, y empezó a acariciarle el culo y a darle unos sonoros golpes en las nalgas, alternando la secuencia, a la vez que le hacía cosquillas con su miembro erecto.

Pensé que hasta ahí habría podido tolerar todo, en caso de que hubiera sido Adam el que me lo hiciera. Vistos desde mi cómodo sillón, esos manotazos no me parecieron tan malvados. Había recibido cosas mucho peores en mi vida; esas palmadas eran suaves como la pluma, comparadas con ellas.

Tras darle una veintena de golpes en el culo, la penetró, montándola con ímpetu. La agarraba por las caderas con las manos, apretando la carne entre los dedos, y después, en el momento de máximo placer —o, al menos, eso me pareció al observarlos—, se salió de nuevo y tamborileó con su miembro en las nalgas. Acto seguido, le unió las manos con una correa de cuero que antes había atado a una cadena que había bajado de forma misteriosa del techo y a continuación puso una barra de un tobillo a otro, cuya utilidad comprendía ahora: servía para mantener las piernas abiertas.

Le puso en los pezones unas pequeñas pinzas atadas a otra cadena y otras dos en los labios de su sexo. Traté de mantenerme impasible mientras contemplaba la escena, que me causaba un profundo malestar. El hombre empezó a juguetear con las pinzas tirando un poco de la cadena de forma seca. Debía de ser desagradable y, en cualquier caso, debía de hacer daño. Me lo confirmaron la expresión de ella y, sobre todo, las sacudidas de su cuerpo. No contento con eso, el hombre empezó a golpearla rítmicamente con una varilla de cuero, primero en la espalda, después en las nalgas y, por último, en el sexo. En ese momento fui yo la que cruzó las piernas, pensando en lo doloroso que debía de ser. Adam me sirvió más vino y pidió una segunda botella en la tableta.

Después de los golpes la cadena se aflojó poco a poco, él la liberó y la puso a cuatro patas, luego le escupió un par de veces en el ano y la penetró.

Había cogido con una mano la correa de la mordaza, que en ese momento utilizaba como si fueran unas riendas para acompañar los movimientos salvajes y violentos con los que se hundía dentro de ella. Como si estuviera cabalgando. Mirarla era angustioso. Parecía sufrir, pero, al mismo tiempo, sentir un extremo placer. La puertecita se abrió y apareció otra botella. Yo empezaba a tener calor. No podía apartar los ojos de la mujer. Aceptaba y estaba con su hombre. A fin de cuentas, ¿qué es una sumisa en el fondo? Una mujer que experimenta la maravillosa sensación de abandono al percibir la voluntad de su hombre y que anula sus propios deseos para darle placer. Después mi mirada se posó en la cara de él. Se mordía los labios como un animal que cabalga y miraba su miembro entrar y salir, satisfecho de que fuera tan poderoso y duro. Me excité. Ella inclinó la espalda hacia delante para abrir más las nalgas: era la señal que le decía que era suya, que lo deseaba. Y él se hundió aún más, después se corrió, o eso me pareció. Al salir de ella, noté que su pene aún estaba duro. «Seguro que se ha tomado un estimulante», pensé. Bebió un poco de agua y luego la vertió sobre ella. Le dio tres golpes más con la varilla y la obligó a volverse. Enganchó la barra de los tobillos a la cadena y puso a la altura del clítoris un vibrador con la cabeza redonda. Igual que un pez que ha mordido el anzuelo, la mujer empezó a agitarse, pero de placer. Él la azotó en el pecho. A la vez que dejaba la copa en la mesita, me volví para mirar a Adam.

—¿Quieres marcharte?

Sonreí para tranquilizarlo.

—No.

—Es suficiente —dijo, y un instante después el cristal se oscureció—. Ponte la máscara, nos vamos —añadió levantándose, nervioso.

—Estoy bien, Adam. —Le cogí una mano invitándolo a sentarse—. No es una película de miedo, quizá sea un poco grotesco... —No pude contener más la risa. Me senté a horcajadas sobre sus piernas y él me abrazó.

—Es distinto mirar que practicarlo —susurró.

—¿Tú sientes placer haciéndolo o mirando? —pregunté.

—Haciéndolo —susurró.

«No puede ser tan horrible», pensé.

—No quiero pinzas en los pezones ni en ninguna otra parte, prefiero tus dientes.

Sus manos se tornaron tan insistentes como sus besos. Le desabroché los pantalones y en un abrir y cerrar de ojos me quitó las medias y las bragas y entró dentro de mí. Qué más daba recibir unos cuantos azotes si podía tenerlo, si podía ser suya. Me abandoné a él.

—Párate, Sophie —dijo jadeando.

No tenía la menor intención de hacerlo.

—Estás tomando la píldora, ¿verdad? —preguntó.

—No —contesté.

—Coño, ¿por qué no? —Me levantó con fuerza.

—Perdona —murmuré.

Tecleó el enésimo código en la tableta. Me sentó en sus piernas y empezó a besarme de nuevo con más ardor que nunca.

—He pedido unos preservativos —dijo cogiéndome la cara entre sus manos y apretando su frente contra la mía.

Sentía su pene aún duro en mi sexo. Mientras esperábamos, me restregué contra su miembro.

—Si sigues así me correré, Sophie —dijo tratando de frenar mi ímpetu. Era justo lo que quería, de forma que me rebelé al obstáculo de sus manos sin dejar de moverme. Adam no opuso resistencia y, abrazándome por la cintura, acompañó mis movimientos. Lanzó un profundo gemido al alcanzar el orgasmo, dispersando su líquido denso por mis labios mayores. Mientras me lo comía a besos, hasta el agotamiento, feliz de haberlo hecho gozar, la puertecita se abrió y una cajita de preservativos apareció como por arte de magia. «Demasiado tarde», pensé.

Tras ponernos de nuevo las máscaras, volvimos a la sala central, donde la orgía continuaba. A saber qué se sentía en medio de esa masa de carne, me pregunté mientras los observaba.

—¿Lo has hecho alguna vez?

—No, prefiero los tríos.

—Ah —exclamé desconcertada—. ¿Qué significan las palabras que hay escritas encima de las cortinas? —pregunté.

—*Mulieres* significa «mujeres»; *homines,* «hombres»; *heterosexual,* «relaciones heterosexuales».

—¿Y esa? —pregunté indicando la palabra *Privatus.*

—Son habitaciones para los encuentros.

—¿Has estado alguna vez en ellas?

—Algunas, sí.

—¿Se pueden ver?

—Sí, pero ¿estás segura de que quieres?

Asentí con la cabeza estrechándome contra su brazo.

Tras superar la pared divisoria, nos encontramos en otro pasillo y entramos en la quinta habitación, que estaba libre.

El cuarto era cuadrado y las luces, también difusas, creaban un ambiente acogedor y especialmente íntimo. Las paredes estaban totalmente cubiertas de espejos y en el centro había una cama redonda con sábanas rojas de seda y dos almohadas mullidas.

Me quité la máscara y me acomodé.

—¿Has traído a muchas mujeres aquí? —pregunté escrutándolo. Alargué una mano invitándolo a acercarse.

—No quiero hablar de eso ahora, Sophie —dijo acariciándome una mejilla. Me abrazó y me tumbó. Con delicadeza, me besó en el cuello a la vez que me acariciaba dulcemente los brazos y las caderas.

—¿Y qué hiciste con ellas? ¿Las azotaste con un látigo? ¿Les abriste las piernas con la barra?

Se detuvo y me miró unos segundos a los ojos, enfurruñado.

—No me gusta hablar así de eso —dijo con aire serio.

—Solo quiero entender qué es lo que te gusta, qué me harías. —Deslicé una mano bajo su camisa y le besé el cuello.

—Todo, te haría de todo.

«Todo», pensé. Aunque, a decir verdad, yo también le habría hecho de todo.

—Te poseería de todas las formas posibles —susurró levantándome el vestido y surcando mis nalgas con sus manos calientes.

Al oír esas palabras me inquieté, por la forma en que me miraba, por el destello dominante que se encendía en él. Debía comprobar hasta dónde podía llegar.

—Muéstramelo —dije. Me senté a horcajadas sobre él, me desprendí del vestido y me quité el sujetador—. Déjame probar —dije—, todo lo que quieras, salvo las pinzas. —Resbalé encima de él y lo besé. Adam me puso debajo de él envolviéndome en un abrazo.

—Cierra los ojos, Sophie.

Lo hice.

—Tienes que entregarte, Sophie, quiero que superes tus límites. Pero debes confiar en mí. Lo único que debes hacer es sentir placer, eso es todo, yo te guiaré, solo debes entregarte. —Sus manos resbalaron por mis caderas—. Todo lo que te haga tendrá un único objetivo: el placer, nada más, y para alcanzarlo debes abandonar toda resistencia. Acalla tu mente, no debes pensar en nada, solo en recibir.

Abrí de nuevo los ojos. Sus manos calientes surcaron mis pechos causando unas oleadas de estremecimientos que desembocaron en los pezones.

—¿Quieres confiar en mí? —preguntó con voz aterciopelada.

«Claro que sí», pensé.

—Si te fías, serás mía, sin límites. Quiero satisfacerte de forma total, así que, Sophie, respóndeme, dime que sí, te lo ruego. No sabes cuánto te deseo.

Era ya esclava de su voz, de sus labios, de sus manos, que me reclamaban, y de su erección, que me oprimía el vientre.

—Confío en ti —susurré.

Vi que la expresión de Adam cambiaba. De seductora a ambigua.

—Entonces ponte a cuatro patas.

Obedecí de nuevo.

Abrió mis piernas con las suyas y metió un dedo en mi sexo empujando con fuerza. Me quedé casi paralizada.

—¿Estás segura? —preguntó besándome la espalda.

—Sí —masculló, presa de la excitación que me causaban sus dedos, tan impetuosos.

—En ese caso levántate, pero quédate de rodillas —dijo.

Obedecí.

Adam se desnudó, después se dirigió a un espejo y haciendo una ligera presión con la mano abrió una hoja, detrás de la cual vi un buen número de arneses. Cogió varios.

—¿Adam?

—No hables.

Tras volver a mi lado, me puso una mordaza con una esfera en la boca, igual que la de la joven que acabábamos de ver, pero después me vendó también los ojos y me tumbó en la cama boca abajo.

—Ahora te ataré las manos a los tobillos —dijo.

Cogió mi brazo izquierdo y me puso en la muñeca una correa de piel, a continuación me dobló la pierna derecha sobre la espalda y ató las dos extremidades. Hizo lo mismo con los que quedaban libres. Levantándome las caderas, me hizo resbalar por las sábanas sedosas hasta alcanzar el borde del colchón. Era una posición difícil, forzada, pero después sentí que sus manos se deslizaban por mi espalda, por las nalgas y por mi sexo, ardiente y mojado. Si Adam tenía un don, estaba todo en esas manos y, por supuesto, en el sagrado órgano que le había concedido la madre naturaleza. De repente, el preliminar, delicado y excitante, quedó borrado por un violento golpe en la nalga que me sobresaltó, debido a la sorpresa y al dolor.

Siguió otro, que me volvió a sobresaltar.

Fue el inicio de una larga serie. Mientras exploraba mi sexo con una mano, con la otra me acariciaba el cuerpo a lo largo y a lo ancho, hasta que asestaba un nuevo golpe seco en mis nalgas.

—Debes entregarte, Sophie, debes entregarme tu cuerpo.

Arqueé la espalda, bajo el espasmo de la excitación. Era una mezcla extraña. El dolor iba desapareciendo y era sustituido poco a poco por el placer, en una mezcla de nuevas sensaciones. Me abandoné a esas percepciones.

—Muy bien, así —dijo Adam.

Estaba a punto de correrme. Era un maestro, conocía ya mi cuerpo mejor que yo. Lo conocía tanto que sabía perfectamente cuándo debía pararse. Siempre en el mejor momento. Me llevaba hasta el borde del precipicio y luego me obligaba a retroceder. En esa suerte de balanceo, las terminaciones nerviosas de mi cuerpo se bloqueaban, al igual que mi cerebro.

Apenas sentí la punta de su pene a la entrada de mi vagina, alcé las nalgas para que me llenase.

Esta vez, un golpe con una varilla, siempre en las nalgas, me laceró la mente haciendo desvanecerse la excitación. Pero Adam se puso enseguida a surcar mi sexo con los dedos y volví a hundirme en el éxtasis, hasta que recibí un nuevo golpe con la varilla en el trasero.

Hacía daño, mucho daño. Recordé la expresión de la mujer en la pequeña habitación. Gozaba y sufría. Ahora lo entendía mejor. Las dos sensaciones se amalgamaban creando una percepción completamente nueva, estimulando las terminaciones nerviosas.

Un nuevo golpe en la nalga, siempre la misma, siempre en el mismo punto. No aguantaba más en esa posición. Sentía dolor y delicia, magistralmente orquestados. Aferrada a su mano y sacudida por las convulsiones, descargué mi excitación en un orgasmo arrollador. En ese momento Adam me abrió las nalgas como si quisiera partirlas. Oí que escupía y que luego pasaba los dedos por mi ano para lubricarlo. Me quedé paralizada. No habíamos hablado de eso o, mejor dicho, no habíamos hablado de nada. Confiar completamente en él, había dicho, ningún contrato, ningún límite. Solo mi cuerpo y el suyo. Calma, lo único que debía hacer era mantener la calma. La calma era tal que contuve la respiración unos segundos. Me sentía desconectada, el cerebro era presa del pánico y el cuerpo, del placer. Jamás había tenido ningún problema con el sexo, pero mi ano se había convertido en un tabú después de que Albert lo hubiese desflorado. Había sido la experiencia más embarazosa de mi vida. Por culpa de un espasmo en el esfínter, su pene se había quedado atrapado en mi ano. Solo nos había «liberado» la intervención de los enfermeros y, claro está, habíamos sido objeto de burlas no muy sutiles. Desde entonces la mera idea me resultaba intolerable. Pero en ese momento no sabía qué hacer. ¿Quería o no quería? No sabía si estaba asustada o solo excitada.

No podía hablar, no podía moverme, solo me agitaban las convulsiones. Adam hundió un dedo en mi ano y yo me abandoné a la sensación. Luego metió dos. Por último, haciendo una presión inimaginable, se abrió paso en el interior de ese pasaje, demasiado estrecho para su miembro. Yo respiraba espasmódicamente tratando de calmar el miedo y el desconcierto.

Empujaba poco a poco y ese extraño avance parecía no tener fin. Todo era distinto. Jamás había experimentado una sensación así. No sabía si era tormento o goce.

Tras hundirse hasta el final, me abrió aún más las piernas y empezó a moverse hacia delante y hacia atrás. En un principio, suavemente; después, cada vez más enérgico. Cada uno de los choques de sus caderas contra mis nalgas despertaba el escozor de los azotes de la varilla.

—Eres estrecha, justo como me gusta —dijo.

Me recogió el pelo con los dedos, me tiró de la cabeza hacia atrás y me quitó la venda de los ojos.

—Mírame en el espejo, Sophie.

Alcé la mirada al espejo y no vi nada, solo una superficie blanca. La bola me ahogaba, de forma que intenté respirar por la nariz; no era cosa nada fácil, dado que tenía el tabique nasal desviado.

Cuando pude distinguir los contornos de lo que me rodeaba, Adam sacó la fusta. Cerré los ojos. Sufría, pero al mismo tiempo sentía un placer arrollador. Adam me soltó el pelo.

Me abrió de nuevo las nalgas y aumentó la presión con todo su peso para meterla hasta el fondo.

—Quiero llenarte este bonito culo.

En ese momento, al oír esa frase, la imagen de mi esfínter sometido a un gran esfuerzo y la posibilidad de que nos sacaran del club enganchados bajo la mirada divertida de unos desconocidos pudo con mi excitación.

Me enajené, percibí a lo lejos que Adam se corría y su jadeo me crispó. Se echó encima de mí y vi sus ojos por un instante, pero preferí cerrar los míos. Al cabo de unos segundos me desató las muñecas y los tobillos y me quitó la mordaza de la boca.

No tenía valor para abrir los ojos, porque estallaría en llanto y no quería. Me sentía vacía.

Adam me abrazó con ternura moviéndome hacia el centro de la cama. Me besaba la cara y me acariciaba, pero yo era solo una muñeca. Cundo se dio cuenta de que yo permanecía impasible, sus manos se quedaron heladas.

—¿Qué te pasa, Sophie? —dijo con la voz quebrada.

Cuando tuve fuerzas para moverme y lo miré a los ojos, solo pude decir:

—Quiero irme a casa, Adam.

Me ayudó a ponerme de pie y, por una especie de pudor, cogí el vestido y me lo puse a toda prisa para que no me viera.

—¿Quieres ir al cuarto de baño? —preguntó.

Negué con la cabeza a la vez que me encaminaba a la salida, desorientada.

—Espera, Sophie, tienes que ponerte la máscara.

«Ah, sí, la máscara». Apenas se pegó a mi cara, me sentí mejor. Nadie me veía, él no me veía.

Volvimos a la sala de las orgías. En ese momento me parecieron un rebaño de ovejas dando balidos. Una vez en la entrada, Adam me ayudó a ponerme el abrigo. En cuanto me quité la máscara, mi boca se llenó con su lengua vertiginosa. Entre sus brazos yo no era realmente nada.

Catatónica, apenas podía entender sus palabras mientras recibía todas esas atenciones. Me sujetaba la cara con las manos y sus ojos nunca habían estado tan cerca de los míos. Parecía turbado, pero no me importaba. En ese momento lo único que quería era ir a casa y encerrarme en mi guarida. El único que había estado presente en el coito había sido él, yo solo había sido un cuerpo, no muy diferente de una muñeca hinchable.

—Quiero irme a casa —repetí haciendo un esfuerzo para hablar.

Tras aparcar el coche, me apeé de él como una autómata y me dirigí a la oficina de mi hermano. Abrí la puerta a toda prisa y al volverme vi a Adam de pie, a un par de metros de mí. Parecía extraviado, puede que incluso triste. Pero me daba igual.

—Buenas noches —dijo.

Le di también las buenas noches antes de desaparecer por la puerta y meterme bajo las sábanas llorando quedamente. Por suerte el sueño no se hizo esperar.

Objetivos

Si al día siguiente me hubiera quedado en mi habitación, me habría ahogado. Así pues, salí y decidí que había llegado el momento de ponerse manos a la obra.

Objetivo número uno: encontrar un trabajo a tiempo parcial.

Me senté en el único puesto libre que quedaba en el bar para seleccionar en los distintos sitios de Internet los anuncios que más se adecuaban a mis reducidos conocimientos. Absorta en la pantalla, de vez en cuando oía a Ben preguntando a los clientes qué deseaban.

Después del enésimo «¿Lo de siempre?», una voz muy familiar llegó a mis oídos.

—Sí, gracias.

Confiaba en que no me hubiera visto o que, al menos, tuviese la consideración de no dirigirme la palabra, pero sucedió justo lo contrario.

—Hola, Sophie.

Alcé levemente la cabeza a modo de saludo.

—¿Estás buscando trabajo? —preguntó.

—Sí —contesté sin mirarlo.

—¿De qué?

—De lo que sea —respondí resoplando.

Por suerte Ben vino en mi auxilio.

—Aquí está el café, son tres dólares.

—Gracias, quédese con la vuelta.

—A propósito, Sophie, la tienda de cómics está buscando un dependiente; quizá puedas pedirles empleo —dijo Ben con la serenidad propia de alguien que no sabe nada y que aún menos se lo imagina.

—Preferiría cambiar de zona —murmuré.

—Ah, como quieras —dijo volviéndose para servir a otros clientes.

—¿Podemos hablar? ¿Puedes salir? —me preguntó Adam.

Por fin lo miré o, mejor dicho, miré el cuello almidonado de su camisa de doscientos dólares.

—He visto, he probado y he comprendido, Adam. No va conmigo, te pido perdón por haberte hecho perder el tiempo.

Vi que su pecho se llenaba y se vaciaba lentamente de aire.

—De acuerdo —dijo, antes de desvanecerse.

El desasosiego que me produjo el encuentro no duró mucho; al cabo de un minuto leí un anuncio en el que pedían una empleada para el departamento de envíos y empaquetado de regalos de la librería Barnes & Noble, que estaba en el corazón de la ciudad. Llamé enseguida.

La operadora me dijo que el trabajo era de tres a ocho de la tarde y que pagaban mil dólares. Concerté de inmediato una entrevista a las diez y salí corriendo hacia allí. En el metro pensé en los mil dólares. Era lo único que quería en ese momento. De repente mi móvil sonó. Era Adam. Preferí bajar el volumen del timbre.

En la entrevista conocí a la que, con el tiempo, se iba a convertir en mi mejor amiga, Sabrina, una joven alta y llena de curvas con el pelo corto y un sinfín de *piercings* en las orejas. De hecho, conté al menos doce. Tras una breve conversación, decidió contratarme cuando a la pregunta «¿Expectativas para el futuro?», yo respondí: «Sobrevivir».

Sabrina soltó una carcajada y, gracias a mi sentido del humor, un tanto fatalista, optó por mí frente a los otros tres candidatos. Al día siguiente empezaba el periodo de prueba.

Cuando regresé al garaje, eufórica y deseando contarle a Fred que tenía un nuevo trabajo, lo encontré en su despacho leyendo el folleto de un restaurante en el que se celebraban recepciones. Apenas me vio, lo escondió. No le pregunté nada, pese a que sabía que no tardaría en contraer su tercer matrimonio, sobre todo ahora que estaba esperando una hija.

—¿A qué viene tanta… felicidad? —preguntó suspicaz.

—He encontrado trabajo —dije sin más preámbulo.

—¿A qué te refieres?

—¡Me refiero a que he encontrado trabajo en la librería Barnes & Noble!

—¿Y la universidad? —preguntó.

—No hay problema, trabajaré de tres a ocho, así que tendré la mañana libre para ir a clase y estudiar.

—Me alegro, Sophie. Olvida entonces las cámaras de vigilancia nocturna —dijo.

—A propósito de las cámaras, Fred… He pensado volver a casa de mamá.

—¿Qué? —preguntó pasmado.

—Sí, vuelvo a casa de mamá, seguro que estando con ella me entrarán ganas de buscarme un sitio para mí.

—Entiendo que no te guste estar aquí, pero en casa de mamá resistirás como mucho una semana, Sophie.

—Puede que menos —dije soltando una carcajada—. Pero será mejor así, ya lo verás.

—Puedes buscar casa sin marcharte de aquí.

—No, quiero cambiar de aires.

Fred se levantó, agradablemente sorprendido.

—No sabes cuánto esperaba que llegase este momento; me alegro. Espero que todo vaya bien, Sophie. En cualquier caso, puedes volver cuando quieras.

Me hundí entre sus brazos.

—Me has ayudado mucho, Fred, diría que incluso demasiado. Ahora debes ocuparte de tu nueva boda.

Fred se echó a reír y se llevó una mano a la cabeza.

—¿Has visto el folleto?

—Sí.

—Bueno, hace días que lo pienso, ayer fui a ver el anillo. Por el momento solo lo he reservado, porque no estoy del todo seguro. ¿Crees que es una gilipollez?

—¿Bromeas? Miranda no puede ser más dulce, y te está ofreciendo el regalo más bonito de tu vida. ¡Debes casarte con ella!

—Sí, me casaré con Miranda, siempre he sabido que me casaría con ella, desde el primer momento.

Suspiré. Sin poder evitarlo, me volvió a la mente la teoría de Bob...: si un hombre no quiere enseguida, nada lo hará cambiar de idea.

Dejé a Fred hablando por teléfono con el restaurante y fui a mi habitación. Tenía diez llamadas y un mensaje de Adam en el móvil.

No me respondes. Te ruego que me perdones por todo. Si alguna vez quieres que hablemos de ello, ya sabes dónde encontrarme.

Adam

Vi los vestidos de marca, que seguían en la silla inermes, igual que me sentía yo cada vez que pensaba en él. La verdad era que Adam no tenía ninguna culpa, o puede que sí. El caso era que me había sentido completamente inconexa, presa del pánico, y que en un abrir y cerrar de ojos había caído en una maraña de emociones contradictorias. Me había entregado a él, había aceptado su extraño juego, a pesar de que, en el fondo, sabía que el sexo extremo significaba ajustar cuentas con mi pasado. Metí los vestidos en una bolsa y los llevé a la lavandería que estaba a dos manzanas del aparcamiento; pedí al propietario que los lavase y que se los enviase a Adam en cuanto estuvieran limpios. Después metí unos cuantos vestidos en una bolsa y esa misma noche me fui a casa de mi madre. Echada en la cama de mi pequeña habitación de adolescente, borré de la lista el punto número uno y de ese modo me sentí más serena.

Al día siguiente estaba preparada para mi primera jornada laboral. Fue divertida. Sabrina me explicó varios trucos del oficio. Qué papel elegir en función de la cantidad de libros, la bolsa con el lazo para agilizar las cosas. En cuanto a la cinta, convenía usar siempre la plateada, que iba bien con todo, en ningún caso debía dejar que la eligiese el cliente. De esta forma, al final de la primera semana me contrataron de forma oficial. Sabrina me invitó a comer en su casa para celebrarlo.

Conocí a su novia, Stephanie. Estaban juntas desde hacía dos años. Vivían en un piso del East Side o, mejor dicho, en un estudio diminuto de veinte metros cuadrados.

Se habían conocido en el mostrador de paquetes de regalo de la librería. Stephanie había comprado un libro sobre la manera de sobrevivir a los amores y cuando lo había llevado para que se lo envolvieran, avergonzada de comprarlo para sí misma, Sabrina le había hecho uno de sus comentarios burlones, ante el que se rindió. Había vuelto tres veces más a comprar libros al azar y en cada ocasión había pedido consejo a

Sabrina, que leía con voracidad cualquier tipo de literatura. Cuando descubrieron que frecuentaban los mismos locales, comenzaron a salir juntas y ahí comenzó todo.

A la pregunta «¿Y tú?», se me cayó el alma a los pies.

«¿Y yo?». Masculé cuatro palabras sobre la universidad sin entrar demasiado en detalles.

—¿Hombres? —preguntó Stephanie.

Entonces enmudecí.

—Coño, Sophie, ¿se te ha comido la lengua el gato?

Me eché a reír.

—En parte sí. Ningún hombre, en la actualidad solo unos cuantos cabrones que olvidar.

—¿Y mujeres? —preguntó Sabrina.

—No me interesan, he tenido un par de experiencias, pero digamos que prefiero la sustancia. —Mientras lo decía, la imagen de Adam penetrándome por el ano cruzó por mi mente.

—Lástima, tenemos un montón de amigas, pero pocos hombres que presentarte.

—Mejor así, he trazado un plan y los hombres solo figuran en el punto cinco de mi lista.

Volví a casa a la una y pico. Mi madre me estaba esperando. Su regañina nocturna fue el motivo que necesitaba para buscar algo más de independencia.

La única posibilidad de alquilar un piso sin que agotase mis ahorros era compartirlo con otros estudiantes. Arranqué varios anuncios del tablón de la universidad e inicié las visitas. El peregrinaje de una casa a otra fue desalentador. Además de ratoneras asquerosas, los únicos sitios disponibles solo tenían un sofá o, como mucho, un catre en el pasillo. Empecé a pensar en regresar al garaje, pese a que eso significaba volver a verlo.

Por fin, un día, Sabrina me hizo una propuesta. Ella y Stephanie habían encontrado una casa en el Bronx. Una habitación y un salón muy amplio. Según ella, levantando un tabique, se podía hacer una segunda habitación. El alquiler costaba dos mil dólares al mes, lo que, dividido por tres, suponía unos seiscientos por cabeza.

—Es demasiado caro para mí —dije enseguida.

—Lo sé, pero estamos pensando en que pagues cuatrocientos y nosotras nos encargaremos del resto, dado que dispondremos de una habitación mientras que tú solo tendrás un cuarto pequeño.

No me lo pensé dos veces.

Al cabo de una semana nos habíamos instalado ya en el nuevo piso. Mi hermano me regaló los muebles del garaje y con la ayuda de Gustav se las arregló para construir un tabique de cartón piedra.

El resultado fue una habitación pequeñita, pero digna e independiente.

De esta forma, poco a poco, los días se fueron adecuando al nuevo ritmo. Despertarse, desayunar, estudiar, ir a trabajar, comer, irse a la cama, solo de vez en cuando salía por la noche con Sabrina y Stephanie, o a comer la habitual pizza dominical con Ester y Ben, que se habían perdido ya en Jersey. En cualquier caso, no lograba quitarme a Adam de la cabeza. El hecho de no verlo ya, de no ver su coche, las luces de su apartamento, solo me había producido un aparente alivio. Si bien seguía respirando a pesar de su ausencia, en mi fuero interno, en lo más profundo, vivía un auténtico tormento. Era un pensamiento latente, continuo y perenne que se manifestaba cada vez que veía a Sabrina y Stephanie intercambiándose gestos de ternura, cada vez que ponían en la televisión una película almibarada o un anuncio en el que unas familias felices saboreaban unos desayunos inverosímiles.

Una tarde, sin embargo, encontré diez libros en el mostrador de los paquetes y a él delante de mí.

—Quiero envolverlos para regalo por separado —dijo.

Mi cuerpo se petrificó al instante. Había alzado los ojos y me había perdido en los suyos, francos y devastadores.

Por desgracia, Sabrina estaba en el almacén buscando unas cajas y, conociéndola, tardaría una eternidad en volver. No tenía escapatoria, así que empecé a envolver los ejemplares.

Puse el adhesivo sobre el precio del primer libro, una novela sobre el enésimo ángel caído, de esas que estaban tan de moda. A pesar de que me habían dejado desconcertada, hice como si nada.

—¿Prefieres algún papel en especial? —pregunté con firmeza.

—Cada paquete debe ser de un color distinto.

—Solo tenemos cuatro tipos de papel.

—En ese caso, bastará con alternarlos.

Cogí el azul y corté un rectángulo, doblé los bordes sobre el libro, arranqué un pedazo de celo y sujeté los dos bordes.

—¿Te encuentras bien en la nueva casa? —preguntó.

Asentí con la cabeza, superpuse el borde lateral al superior y lo pegué con el celo. Miré el reloj con el rabillo del ojo. Sabrina se había marchado hacía un cuarto de hora. «Maldita sea», pensé.

—Me ha dicho tu hermano que el piso es muy acogedor.

—Sí, lo es —respondí, lacónica.

¿Por qué mi hermano se metía siempre donde no lo llamaban? Además, ¿cuándo habían hablado de mí?

—¡Mierda! —exclamó Sabrina al llegar al mostrador—, no sabes qué lío hay en el almacén, la lluvia de anoche ha causado un... —En cuanto se dio cuenta de la presencia de un cliente en la ventanilla, se calló.

—Ah, buenos días —dijo.

—Buenos días —contestó Adam.

Tras poner las cajas en el armario, se sentó al ordenador para imprimir los pedidos mientras yo empezaba a envolver el segundo libro. Papel rojo.

—También me ha dicho que has hecho otro examen —dijo Adam.

Con el rabillo del ojo vi que Sabrina nos escrutaba, primero a él, después a mí.

—Sí, espero licenciarme a finales de año.

—Bien, me alegro mucho. ¿Planes para el verano? —preguntó.

«Olvidarte», pensé. Ricé la cinta con un golpe seco de las tijeras que cortó el aire, rozando su perfil. Adam no se inmutó.

—Aquí tienes el segundo paquete —dije poniéndolo al lado del primero.

Cogí el tercer volumen, un libro de botánica; acto seguido, eché un vistazo a los siete libros restantes. Los había elegido al azar. Incluso había uno sobre gimnasia prenatal.

—¿Esperas un hijo? —pregunté agitando el libro bajo su nariz.

Adam esbozó una sonrisa astuta.

—Pensaba regalárselo a tu hermano.

—¿Y este sobre vampiros? —pregunté en tono desabrido.

—Es para mi sobrina —contestó.

Sabrina comprendió que yo estaba en apuros, así que se acercó al mostrador.

—Entre las dos acabaremos antes —dijo esbozando una de sus sonrisas.

Miré a Adam, que me estaba escrutando de forma realmente provocadora.

—Gracias —dijo dirigiéndose a Sabrina—, creo que su colega tiene alguna dificultad.

—¿Dificultad? —gruñí—. ¿Qué quieres?

—Quiero hablar contigo, aunque solo sea cinco minutos.

—Pero yo no quiero, creo que es evidente.

—Me lo debes.

—No le debo nada a nadie y no tengo nada que decirte.

—Sophie, yo en cambio necesito saber por qué me plantaste de buenas a primeras.

—¿Qué? —rugí—. Para que lo sepas, nunca salimos juntos; además, no finjas que no lo entiendes, Adam, eres mucho más listo que yo.

Metí en la bolsa los cinco libros envueltos y me volví hacia Sabrina.

—Yo he acabado.

—También yo he terminado —se apresuró a decir.

Empujé la bolsa sobre el mostrador y me despedí de él con firmeza:

—Adiós, gracias por haber elegido Barnes & Noble.

Adam me miró durante unos segundos, después sus ojos se posaron en Sabrina. Cogió la bolsa y me saludó con frialdad.

Como era de esperar, en cuanto se alejó lo suficiente, Sabrina me pidió que la pusiera al corriente de todo. Me habría encantado contarle toda la historia, pero me limité a decirle que era uno de los cabrones que estaba tratando de olvidar. Esa noche me desperté sobresaltada y empapada en sudor. Stephanie y Sabrina estaban delante de la cama con aire preocupado.

—Has chillado como una endemoniada, Sophie, nos has asustado —dijo Sabrina.

—Perdonad, puede que haya tenido una pesadilla —masculló, temblorosa y aturdida.

—Ponte la sudadera, estás empapada —dijo Sabrina.

Me la puse y me enjugué la frente con la sábana.

—¿Es por el tipo de esta mañana? —preguntó Sabrina.

—¿Qué tipo? —quiso saber Stephanie.

Sabrina se puso un dedo sobre la boca.

—¿Estás mal por el tipo de los paquetes, Sophie?

Me eché a llorar.

—Debe de ser por él… —murmuró Stephanie.

Sabrina miró al techo.

—Nunca te enteras de nada, de verdad. —Resoplando, añadió—: Ve a preparar un té, por favor.

En cuanto nos quedamos solas, Sabrina se sentó en la cama.

—Entonces es por él, ¿verdad? —volvió a preguntar.

Asentí con la cabeza.

—¿Habéis estado juntos?

—Más o menos; mejor dicho, menos que menos. —Me eché en la cama y me tapé la cara con la almohada.

—¿Lo dejaste tú?

—Es una larga historia —murmuré.

—Vamos, cuéntamela —dijo cogiendo con dulzura la almohada para destaparme la cara.

Exhalé un suspiro.

—Será mejor que no.

—Vamos, Sophie, habla, no te guardes las cosas, no ayuda. ¿Tan cabrón fue?

Entretanto, Stephanie había regresado con el té y las galletas. Se sentó a los pies de la cama con las piernas cruzadas.

—¡Vamos! Noche de confesiones, Sophie. Desahógate, se ve a la legua que tienes dentro un sapo bien grande.

—Sí, la verdad es que sí —confirmó Sabrina—, hoy estabas a punto de estallar. Me he preocupado mucho, por un momento pensé que le querías clavar las tijeras en el cuello.

—¿Nombre? —preguntó Stephanie.

—Adam, Adam Scott.

Stephanie frunció el ceño y repitió su nombre.

—Me resulta familiar —comentó.

—Trabaja en el mundo de las finanzas.

—Hum, uno rico, entonces —dijo.

Sabrina miró de nuevo al techo.

—¿Y qué más? Se llama Adam Scott, eso ya lo sabemos. ¿Dónde os conocisteis?

—En el garaje de mi hermano. —Cogí una galleta y mordí un trozo.

—A este paso no acabaremos nunca —terció Stephanie—. Vamos, Sophie, se llama Adam Scott, es un tipo rico, os conocisteis en el garaje de tu hermano, supongo que será uno de sus clientes. ¿Qué más? ¿Salisteis juntos? ¿Cuánto tiempo? ¿Qué pasó?

—Deja que hable, Stephanie, que se tome todo el tiempo que necesite.

Con los ojos clavados en el edredón, les confesé el secreto que llevaba dentro.

—Hemos follado.

Sabrina soltó una carcajada.

—Bueno, me parece bien, es un tipo atractivo —dijo.

—¡Un momento! —intervino Stephanie—. ¿Adam Scott no es el de la Scott & Braun Finance Corporation? —preguntó poniendo los ojos en blanco.

Asentí con la cabeza.

—¿Quién es? —preguntó Sabrina volviéndose hacia su compañera.

—Creo que es el vicepresidente, pero además es un amante del arte. Subvenciona un montón de exposiciones.

—Vale. ¿Y a quién le importa? Veamos, Sophie, además de echar un polvo, ¿qué más ocurrió?

—No echamos un polvo, él me folló de manera salvaje, practica el sadomasoquismo —dije con aire serio observando la expresión de desconcierto que se dibujó en sus semblantes.

—Veamos si lo entiendo, ¿estamos hablando de relaciones entre un dominante y una sumisa? —preguntó Stephanie.

Confirmé inclinando la cabeza.

—Coño —dijo Sabrina arqueando las cejas—. ¿Te ha hecho daño, Sophie?

—Más que en el cuerpo, me ha hecho daño por dentro, ¿comprendes?

Asintió con la cabeza, a todas luces desconcertada.

—¡Quién lo habría dicho al verlo!

Fue entonces cuando les conté todos los detalles, desde la Nochevieja a la velada que habíamos pasado en esa especie de circo del sexo. Cuando concluí, Sabrina comentó con pocas palabras:

—Ese pedazo de mierda ha abusado de ti.

—No estoy de acuerdo —replicó Stephanie—. A mí me parece que fue muy claro, le explicó todo, incluso la llevó a ese sitio para que se diera cuenta de lo que es. ¡Tú aceptaste, Sophie! —concluyó.

—Pero ¿oyes lo que estás diciendo? —estalló Sabrina.

—Sophie, tú le pediste que te mostrara cómo era, ¿no? —insistió Stephanie.

Asentí con la cabeza.

—Y él lo hizo. ¿Qué te esperabas? ¿La posición del misionero?

—Dios mío, puede que sea como tú dices, pero a ella no le gustó.

Escuché callada los argumentos en uno y otro sentido. Prestaban perfectamente voz a los pensamientos que me atormentaban desde hacía varios días. El demonio y el ángel que albergaba en mi interior.

—Tiene razón —dije a regañadientes. Sabrina frunció el ceño, estupefacta—. Stephanie tiene razón, yo le pedí que me mostrara lo que quería hacer, se lo pedí porque quería saber si podría soportarlo, pero no tuve en cuenta mi pasado.

—No hagas caso a Stephanie, has hecho bien rompiendo con él, alguien así solo puede hacerte daño.

—Sabrina, la cuestión es comprender qué sucedió en esa relación; algo se torció, es evidente que él...

—Chicas, no riñáis, por favor.

—Sophie, ¿sientes algo por Adam? Esa es la cuestión —dijo Stephanie.

No contesté.

—Sophie, si lo dices puede que el círculo se cierre.

Titubeando, intenté explicárselo.

—Creo que estoy enamorada de él —dije entre dientes—, a pesar de todo, me siento unida a él.

—¡Nooo! —exclamó Sabrina dando una palmada en la cama—. Olvídalo, Sophie, ahí fuera hay personas normales, tarde o temprano encontrarás una.

«Normales», pensé. De todas las personas con las que había estado, quizá él era el más normal. Claro que con unos deseos más bien retorcidos, pero, al menos, era consciente de ellos.

—Tienes razón, las dos tenéis razón. Perdonad que os haya asustado, no quiero pensar más en ello. Idos a dormir, os lo ruego.

—Vamos, Sophie, ya llegará tu príncipe azul, siempre llega —afirmó Sabrina.

—El príncipe azul no existe —replicó Stephanie.

—Lo único que digo es que no hay que dejar de confiar en que, en alguna parte, existe una persona que nos va, que no nos complica la vida.

Stephanie se levantó de la cama y cogió a Sabrina de la mano.

—Precisamente tú diciendo eso, la señorita cínica por naturaleza. Vamos a la cama…

Desconsolada, me volví a meter bajo las sábanas rumiando la conversación. «Un príncipe azul», pensé. Después de todo lo que me había ocurrido, me parecía difícil confiar en que un día abriría los ojos y vería que el sueño se había convertido en realidad.

Compromiso

A la mañana siguiente fui al garaje de mi hermano. Llegué a las siete y media. Sabía que Adam salía a las ocho. Por lo general se tomaba un café y luego iba a buscar el coche. Así que decidí esperar cerca del bar. A las ocho en punto lo vi. Hablaba por el móvil y solo se dio cuenta de mi presencia cuando estaba a unos dos metros de mí. Frenó el paso y se apresuró a concluir la conversación. Luego se acercó lentamente.

—Hola —me dijo. El corazón me dio un vuelco.

—Hola. —Traté de esbozar una sonrisa alzando apenas el labio superior, que temblaba. A pesar del calor, tenía la piel de gallina.

—¿Quieres un café? —preguntó sin vacilar.

Negué con la cabeza y traté de mojarme los labios con la lengua, pero me había quedado sin saliva.

—Me gustaría hablar contigo —dije con el corazón a mil por hora.

—¿Quieres entrar en el bar? —preguntó acariciándome un hombro. Me retraje al sentir su contacto.

—No, aquí no.

—¿Cojo el coche?

—No, hay otro bar un poco más adelante, cerca de la droguería.

—Vale, te sigo.

Esperó a que diese el primer paso y echó a andar conmigo. No sé él, pero yo parecía haberme quedado pegada a la acera, dado lo que me costaba caminar. Tenía los ojos clavados en el suelo y no respiraba, no tenía fuerzas para mirarlo. Su mera presencia me causaba una sensación de vértigo que me desestabilizaba. Tras dejar atrás dos manzanas, llegamos al bar. Nos sentamos a una mesa que daba a la calle, uno frente al otro. La camarera anotó lo que queríamos y luego nos dejó solos.

—¿Sophie? —preguntó al cabo de un siglo, después de que la camarera nos hubiese servido el café. Alcé la mirada.

Estaba relajado y me miraba como si fuese una niña. Bebí un sorbo de café y después de dejar la taza en la mesa empecé a hablar con voz trémula.

—Solo quería decirte… —Me detuve al ver su sonrisa afectuosa.

—Con calma, Sophie… —dijo en tono amable, un tanto preocupado.

—Sí. —Suspiré—. Bueno, en el pasado tuve ciertos problemas —dije, avergonzada.

Adam asintió con la cabeza, perplejo.

—Lo sé.

—No, no lo sabes. —Me metí un mechón de pelo detrás de la oreja e inspiré hondo. No era fácil contar la historia de mi esfínter en una cafetería. Temía que se echara a reír disimuladamente, igual que todos los médicos y enfermeras que nos habían visto esa noche absurda que había compartido con Albert—. Bueno, la primera vez, en fin, las cosas no fueron muy bien —dije con un hilo de voz inclinándome hacia la mesa.

Adam entornó los ojos y parpadeó dos veces sin despegar la espalda del respaldo, concentrado en lo que le estaba diciendo.

—En fin, digamos que tuve algunos problemas con mi esfínter... En resumen, algo raro, poco menos que imposible. —Bajé la mirada para poder soportar la vergüenza—. Es decir, nos quedamos enganchados en un espasmo y mi novio y yo acabamos en el hospital y... Bueno, no fue lo que se dice una experiencia agradable... Diría incluso que fue embarazosa y humillante... —Solté una carcajada para no echarme a llorar.

Adam, en cambio, parecía haber dejado de respirar. No sabía qué era lo que le pasaba por la cabeza, pero me pareció que estaba recordando cuando me había sodomizado, impasible, sin saber nada de mi esfínter asesino.

La camarera volvió y nos preguntó si queríamos algo más. Adam se limitó a levantar los dedos de la mesa y a sacudir levemente la cabeza, de forma que ella debió de intuir que estábamos manteniendo una discusión difícil y se marchó.

También él tenía la garganta seca, vi que tragaba saliva varias veces.

—Además, he vivido experiencias un tanto brutales; en fin, hombres que me han pegado, que me han hecho cardenales y me han roto algún que otro hueso —murmuré—. Así que, cuando estuvimos en esa habitación, los recuerdos se agolparon de improviso en mi mente.

—Lo siento, Sophie, es lo único que puedo decir; soy un miserable, ahora lo entiendo —dijo con un hilo de voz—. Te he hecho daño —añadió a la vez que sus ojos se ensombrecían.

Negué con la cabeza y esbocé una leve sonrisa.

—No, pero... —La respiración se detuvo en mi garganta.

—Denúnciame si quieres, es justo —dijo.

¿Denunciarlo? Pero ¿qué estaba diciendo?

—No quiero denunciarte —murmuré inclinándome sobre la mesa para acercarme a él—. Acepto, pero...

Adam sacó la cartera y dejó diez dólares en la mesa.

—¡No, Sophie! —dijo en tono terminante—. Yo no acepto. Debo marcharme —añadió levantándose de la mesa—. Soy yo el que no está bien. Si puedes, olvídalo todo, por favor.

Le cogí una mano para impedir que escapase.

—No quiero olvidar el resto —dije.

Me levanté y salí con él. Adam caminaba resuelto mientras yo trataba de seguirle el paso. Al final lo adelanté y me planté delante de él.

—No sabes de qué estás hablando, Sophie, además ni siquiera puedo mirarte; te lo ruego.

Agarré su chaqueta y hundí la cabeza en su pecho.

—No dejo de pensar en ti, Adam, no dejo de pensar en tu cuerpo, en tus manos, en tu lengua, te deseo de una forma increíble.

—Lo sé —dijo dando un paso hacia atrás—, pero eres muy frágil, demasiado frágil.

Con la cabeza inclinada, rogaba para mis adentros que me diese un abrazo. Le estaba diciendo que quería unirme a él, que aceptaba sus intenciones, y una parte de mí sabía que él también sentía algo único. O, al menos, eso era lo que quería creer.

—Acepto, pero tú, a cambio… —Alcé los ojos para mirarlo.

La expresión era de dulce tormento.

Lo besé con delicadeza en los labios, en las mejillas, en la cavidad del cuello, deslicé los dedos por los botones de su camisa.

—Te quiero —susurré—, quiero ser la única, solo estarás conmigo, te daré todo, podrás hacerme todo, pero no quiero que haya más mujeres.

—Me haces sentirme culpable, Sophie, lo sabes, yo…

—Podrás castigarme, azotarme, ponerme de rodillas. —Busqué sus ojos—. Podrás atarme, torturarme, y yo resistiré para que estés únicamente conmigo, con ninguna más.

Negó con la cabeza casi horrorizado por lo que estaba diciendo.

—Tengo que marcharme —afirmó—. Vete a casa, Sophie, y piensa solo en licenciarte.

—¿Volveré a verte? —pregunté como un perro apaleado. Adam sacudió la cabeza y se alejó.

—¿Volveré a verte? —grité.

Tras dar dos pasos se detuvo. Negó de nuevo con la cabeza, dio media vuelta y se acercó a mí con paso rápido y una expresión firme y contrariada.

—No quiero tener una relación, Sophie, me parece bastante claro, y tú quieres exactamente lo contrario que yo.

—Lo sé, sé que dices que no quieres tener ninguna relación, pero en el fondo no es así. Intentémoslo, encontremos un término medio.

—¿Un término medio? —susurró pasmado.

—Sí, un compromiso: yo me pongo en tus manos y tú solo te ofreces a mí.

—Dios mío —dijo alzando la mirada al cielo.

—Me pongo en tus manos, Adam, te confío todo, cada parte de mí. —Reí para aplacar la tensión—. Quiero que goces, ya no puedo prescindir de ello.

Ahí estábamos, uno frente a otro, como los dos amantes de Magritte. Un amor mudo, pero sumamente apasionado, pese a que fallaba la comunicación. Capaz de superar el conflicto entre lo visible oculto y lo visible aparente.

—Estás loca, Sophie —dijo acariciándome una mejilla con los dedos.

—Como una cabra —respondí guiñándole un ojo.

Sonrió, me abrazó con delicadeza y por fin me sentí en casa, a buen recaudo.

—¿Tienes algo que hacer?

—¿Qué?

—Ahora, ¿tienes algo que hacer?

—No, hasta las tres no.

—¿Quieres venir conmigo?

Asentí con la cabeza.

—Voy a coger el coche, espérame aquí.

Lo miré mientras se alejaba con el estómago ya revuelto. Aferrarme a él como un koala, eso era lo que quería.

Al cabo de cinco minutos Adam me recogió en el bordillo de la acera. No le pregunté adónde íbamos, me daba igual con tal de estar con él. Un cuarto de hora más tarde, después de haber dejado el coche en un aparcamiento, entramos en Central Park. Bebimos un café en un quiosco y nos dirigimos al lago.

—Ahora quiero que me cuentes todo, Sophie, sin dejar nada en el tintero, porque debo saberlo.

—¿Todo? —pregunté.

—Todo.

No le conté realmente todo, solo las breves, aunque intensas, experiencias con Albert, el treintañero que me había hecho sufrir sus obsesiones, que me había dejado en un charco de sangre con dos vértebras quebradas y el coxis fracturado, debido a lo cual había tenido que hacer un año de terapia en una clínica psiquiátrica. A continuación le hablé de Paul, de nuestra relación hecha de caricias y correazos. Adam me escuchó con aire serio. Ninguna expresión de compasión apareció en su semblante.

—¿Y dónde está ahora Albert?

—En una comunidad de rehabilitación, entró por voluntad propia. La última vez que lo vi fue hace tres años, cuando salí de la clínica psiquiátrica.

Por fin su rostro, impasible hasta ese momento, dio muestras de humanidad. Se le veía alterado.

—Pero el encuentro fue bien, él se disculpó y yo lo perdoné.

—¿Lo perdonaste? —preguntó extrañado.

—Sí, debía elegir entre conservar el rencor y seguir adelante.

Se sentó en un banco y me cogió las manos.

—Lo siento, Sophie, jamás lo habría imaginado. Suponía que habías tenido unas relaciones difíciles, pero no hasta ese punto. Deberías habérmelo dicho enseguida.

Me reí y le pasé una mano por el pelo.

—No era fácil decírtelo, no eres muy propenso a hablar.

—Siéntate —dijo risueño.

Adam me cogió las piernas y las apoyó sobre las suyas.

—Además, no quería ver la expresión de piedad que tienes ahora en la cara.

Me dio un beso en la frente y acto seguido sonrió moviendo la cabeza de un lado a otro.

—¿Por qué sonríes?

—¿Por qué? Sophie, eres la criatura más frágil que hay sobre la faz de la tierra y has ido a parar a mis manos.

—Pero tú no eres como los demás.

—Además, estás como una cabra.

Lo estreché entre mis brazos y él me secundó.

A continuación exhaló un suspiro y susurró:

—Compromiso.

Después de mil besos y caricias me acompañó al metro, se despidió y me prometió que me recogería en la librería a las ocho. Pasé la tarde haciendo paquetes sin decir una palabra bajo la mirada suspicaz de Sabrina.

—¿Se puede saber por qué estás tan silenciosa? —preguntó de repente.

Me encogí de hombros mascullando algo sobre el tiempo, pero Sabrina era demasiado inteligente para tragárselo.

—Sophie —dijo levantándose de golpe—, ¡no me digas que has ido a su encuentro!

—Sabrina —murmuré con la cabeza gacha.

—Santo cielo, pero ¿qué coño te pasa por la cabeza? ¿Lo has visto?

—Sí, hoy —balbuceé.

—Eso explica el mutismo típico de sumisa resignada.

Solté una risotada.

—No soy una sumisa.

Sabrina me miró de arriba abajo.

—Ah, ¿no? Basta con que él se pase por aquí cinco minutos para que tú corras a buscarlo como una perra en celo.

Tenía razón, pero ella no podía comprender lo que había entre nosotros.

—Y no me digas que no entiendo que entre vosotros hay algo muy especial, porque, Sophie, la vuestra es una relación enferma.

—Exacto, enferma como yo —dije apartándola de mala manera.

—No sé qué decirte, Sophie, eres lo bastante mayor y no juzgo las orientaciones sexuales de las personas, pero puedo asegurarte con absoluta sinceridad que vuestra relación empezó mal y acabará mal. Dime solo si aún vas al psicólogo.

—Sí.

—Supongo que no le habrás contado nada de esta historia; de ser así, te ruego que lo hagas. Si alguien saldrá hecho pedazos de todo esto, serás tú.

Volví a mis paquetes mosqueada y ella a sus facturas.

—¿Al menos le has dicho a Adam lo que sucedió esa noche? —me preguntó al cabo de cinco minutos de silencio sepulcral.

—Sí, le conté todo.

—¿Y?

—Y nada, Sabrina, lo entendió y se disculpó de mil maneras, eso es todo.

Gruñó algo entre dientes, pero no hice caso.

A las ocho, tal y como había prometido, estaba esperándome fuera de la librería. Vestido con ropa deportiva y con una sonrisa que me derritió al instante. Sabrina me escoltó, visiblemente irritada.

—Hola, soy Sabrina —dijo tendiéndole la mano en ademán de saludo. Adam se la estrechó, enérgico.

—Encantado, Adam.

—¿Vais a cenar? —preguntó, educada.

—Sí —contestó Adam.

—Vale.

—¿Qué piensas hacer? ¿Te quedarás despierta esperándome? —pregunté en tono irónico para aliviar la tensión.

—Es probable; esta noche reñiré con Stephanie, así que no vuelvas tarde, a menos que quieras que rompamos. —Se volvió y se alejó en unos segundos.

—Supongo que le has hablado de mí y de mis inclinaciones especiales —dijo Adam dándome un abrazo—. Me parece muy protectora.

—Diría que sí.

—¿Puedo fiarme?

—¿En qué sentido?

—En el sentido de que espero que no hable del interés que siento por ti.

—Es amiga mía, no se lo contará a nadie.

—Bien —dijo y, por fin, me dio un beso.

Por mí, el mundo podía acabarse en ese instante. Yo estaba entre sus brazos.

—Vamos —dijo cogiéndome de la mano.

—¿Adónde? —pregunté intrigada.

—A cenar.

En el coche le conté cómo había ido la jornada y después le pregunté por la suya. Reuniones, firmas, teleconferencias. Era la primera vez que le oía hablar del día a día. Por lo general nuestros encuentros estaban hechos de silencios y de alguna que otra frase susurrada durante el sexo. Mientras lo escuchaba me costaba imaginármelo sentado a un escritorio con otros directivos discutiendo sobre cuestiones financieras.

—¿No te aburre tu trabajo?

—No, me gusta perseguir objetivos y ver cómo se realizan. Me satisface idear, dar forma a un proyecto de inversión y, sobre todo, hacerlo rentable.

Entretanto, habíamos salido de la ciudad.

—Pero ¿adónde vamos?

—A comer algo —contestó.

—Eso ya lo he entendido, pero ¿adónde?

—En Long Island hay un sitio encantador, a orilla del mar. Claro que, como es de noche, no veremos mucho, pero en cualquier caso es sugerente.

Al cabo de un cuarto de hora estábamos delante de un pequeño restaurante con vistas al mar. El dueño recibió calurosamente a Adam.

—Me alegro mucho de verle, cuando mi mujer me dijo que había llamado, reservé una mesa en el sitio de siempre.

—Le agradezco la molestia —respondió Adam.

Sin soltar mi mano, me acompañó a la sala que había en la parte posterior, a una mesa que daba al mar oscuro. Me hizo sentarme y luego tomó asiento delante de mí.

—¿Te gusta? —preguntó mordiendo un colín.

—Mucho, es muy íntimo.

Solo había diez mesas y todas estaban ocupadas por parejas.

—¿Vienes a menudo?

—No tanto como querría; suelo venir en verano, pero hacía más de un año que no estaba aquí.

El dueño se presentó con el vino, que escanció en la copa de Adam primero y en la mía solo después de ver su ademán de aprobación.

—Veamos, Adam, esta noche tenemos langosta, así que le aconsejo pasta con langosta y gambas como segundo.

—Perfecto, Arthur, lo dejo en sus manos, como siempre.

—Estupendo, ¿les pongo unas ostras para empezar? —preguntó.

—Por supuesto —contestó Adam esbozando una sonrisa realmente cortés.

Me divertía verlo en una situación normal, fuera de mi habitación en el garaje y del burdel de lujo.

—¿Te parece extraño todo esto? —preguntó guiñándome un ojo cuando nos quedamos a solas.

—Bastante.

—Me lo imagino, hasta ahora solo me habías visto desnudo —dijo mordiendo otro colín.

—Lo mismo digo —respondí.

Suspiró.

—No es que no me guste verte desnuda, pero debo reconocer que prefiero mirarte cuando vas vestida.

—Me lo imagino.

—Podría hacerte una lista detallada de todos tus vestidos.

—Es fácil, ¡tengo tan pocos!

—Pero sabes sacarles partido.

—También a la ropa interior —comenté, irónica.

—Eso sí que deberías cuidarlo más, además de tu aspecto.

—¿Me estás diciendo que soy una dejada?

—No, lo único que digo es que podrías ser más atrevida. En todo caso, a mí me encantas así, sencilla.

El dueño volvió con un plato rebosante de ostras. Cuando me disponía a coger una, Adam me reprendió.

—Espera, antes brindemos. —Alzó su copa—. Entonces, un brindis por los compromisos. El mío consiste en intentarlo ¿y el tuyo?

Bajé la copa, decepcionada. ¿Quererlo?

—Resistir —contesté.

—Perfecto, tratar de resistir me parece un buen compromiso.

Mientras comíamos el entrante, le pedí que me hablara de él.

—¿Qué quieres saber?

—¿Cuántas mujeres has tenido?

—¿Qué tipo de mujeres? —preguntó, divertido.

—Mujeres normales.

—Ninguna es normal, Sophie; de todas formas, digamos que unas cien.

Oculté la turbación que sentí tapándome con la copa de vino.

—¿Demasiado pocas? —preguntó en tono irónico.

—Creía que serían menos —contesté—. ¿Y relaciones importantes?

—Bromeaba, nunca las he contado. En cuanto a las relaciones importantes, diría que un par, ya sabes que prefiero las historias más ligeras...

—¿Y cómo has llegado a tener ciertos... «gustos»? —pregunté deslizando una ostra en la boca. Adam me miró de forma extraña—. ¿Qué pasa? ¿Me la he comido mal? —pregunté ruborizándome.

—No, solo que a las mujeres les cuesta comerlas. Piensa en ello..., ¿no te recuerdan un poco a tus genitales?

Miré la ostra blanda en su concha y me la metí en la boca.

—Bah, está buena.

—Sí —respondió tragándose también una—. Muy buena.

—Entonces, ¿cómo llegaste a practicar ciertos juegos?

—Conocí a una mujer que era, digamos, «exigente» y no me eché atrás. Nos vimos durante un par de semanas, pero a pesar de que siempre me mostraba muy activo sexualmente no dejaba de tener la impresión de que no la satisfacía, de manera que le pregunté qué podía hacer y ese mismo día me introdujo en el mundo del *bondage.*

—¿Aún la ves?

—No, se casó hace unos años y se mudó a Chicago.

—¿Y cómo te introdujo? —pregunté metiéndome otra ostra en la boca.

—Abrió el armario de su dormitorio y me enseñó sus arneses —dijo con ironía.

—¿Y luego?

—Qué curiosa eres, Sophie. —Se rio y llenó de nuevo las copas—. Parece un interrogatorio.

—Entonces, ¿qué hiciste?

Suspiró, se comió una ostra y bebió un nuevo sorbo de vino.

—Sophie, te advierto que de aquí a casa hay una hora de camino y creo que no tengo ganas de esperar tanto.

Enrojecí.

—Inténtalo.

—Esa palabra empieza a gustarme. *Intentarlo.*

Me estaba divirtiendo, no tanto por la conversación como por la naturalidad con la que estábamos juntos.

—Bueno, como te puedes imaginar, el armario estaba bien provisto de objetos; contenía una variada gama de látigos, sus preferidos. Le gustaba trabajar el cuero y los había hecho ella misma a mano. Me explicó qué tipo de relación le gustaba. Para mí fue una revelación, nunca lo habría pensado, siempre lo había considerado algo violento, nada excitante, y, en cambio, entonces comprendí que era justo lo contrario.

—¿De forma que eras normal?

—¿Qué entiendes por «normal»? —preguntó, intrigado.

—Quiero decir que antes hacías cosas normales, solo después de conocer a esa mujer te diste al…

Se rio divertido.

—Sí, exacto, me di al…

Me dejó reflexionar un momento antes de retomar el relato.

—Fuese como fuese, Samantha me ayudó a comprender el arte del dominio y me enseñó a fondo esa práctica. Requiere mucha precisión, capacidad de escucha y control.

—¿Control? —pregunté, incrédula.

—Sí, puede parecer absurdo, pero es el fundamento de una buena práctica, controlarse para que el otro obtenga el máximo placer.

—¿Así que tú no sientes placer? —pregunté, sorprendida.

—Al contrario, el placer deriva, precisamente, del control: observar a la mujer mientras goza produce un éxtasis superior al del orgasmo, ver la carne temblar y sacudirse bajo la fuerza del orgasmo que tú le procuras te carga de adrenalina, y ver cómo se amplifica el placer mediante una descarga de dolor te colma igualmente.

Miré el plato vacío sintiendo cierta turbación. A saber cuántas imágenes pasaban por su mente.

—¿Te incomoda? —preguntó.

—No, me intriga. Continúa.

—Con ella aprendí todo, a acariciar el cuerpo de una mujer, a manejar los látigos dosificando los golpes, a atar las manos, los tobillos y el cuello, pero, por encima de todo, aprendí a gozar del intenso placer que ella me ofrecía sin sentir el menor deseo de tener una relación sexual con ella.

—Hablas como si fuera un arte —murmuré.

—Prefiero definirlo como una química compuesta de deseo, juego y miedo.

Los tallarines aparecieron en la mesa, cogí el tenedor y comí apresuradamente. En ciertos aspectos el tema era inquietante.

—Pero contigo es difícil —dijo de buenas a primeras.

—¿Por qué? —pregunté sorprendida.

Se limpió los labios y bebió un sorbo de vino.

—Me desorientas, digamos que no entiendo del todo cuáles son tus límites, de forma que me transmites deseo y miedo a la vez.

—¿No soy apta? —pregunté.

—No, al contrario, ahora lo entiendo, sobre todo a la luz de lo que me has contado. Entras en una dimensión toda tuya que ahoga tanto el placer como el dolor.

—¿Qué quieres decir?

—Tu cuerpo responde al placer, pero luego entras como en trance, Sophie, eres muy silenciosa y eso dificulta las cosas.

—¿Quieres decir que soy catatónica? —pregunté.

—A veces sí —contestó risueño.

—¿A veces?

—Siempre.

—¿Así que es desagradable?

—En fin, para alguien como yo digamos que es… aterrador.

Aterrador, Dios mío, qué espanto.

—Creo que sientes una especie de orgasmo tántrico. Se trata de un orgasmo totalizador…, como si te quedases suspendida, pero al mismo tiempo retenida. Ahora que lo entiendo, no sabes cuánto me excitas.

Con una sencillez arrolladora había dicho lo que yo había intuido desde el principio. Yo le interesaba porque era distinta. Una novedad que quería explorar, estudiar.

—Una vez dijiste que era un río desbordado —murmuré.

—Sí, solapado y devastador.

—Eso parece terrible, Adam.

—Para mí no; eres, sin duda, una bonita novedad.

Eso confirmaba mi intuición.

Observé el mar por el ventanal, negro y quieto. «Aterrador», había dicho.

—¿Y tú? —preguntó.

Moví la cabeza, sorprendida.

—¿Qué sientes? ¿Qué sucede en tu interior?

¿Qué sentía? De todo: humillación y exaltación, dolor y placer, libertad, abandono y vida. Sí, sentía que la vida fluía por mis venas. Pero, sobre todo, amor.

—Un remolino de placer —respondí sintética.

Adam sonrió complacido. A los hombres basta con hacerles creer que te colman para que se llenen de regocijo.

—No veo la hora de explorarte, Sophie —dijo exultante.

—¿Es que has hecho una lista? —pregunté con cierta brusquedad.

La expresión de Adam se tornó seria.

—Me has pedido que lo intente, Sophie, pero quiero ser franco: soy así. El sexo es lo único que quiero de ti, tu cuerpo libre, tu placer, no deseo ningún condicionamiento emotivo, porque entonces no podría ni follarte. Tú aceptas esto y yo acepto que no miraré a las demás mujeres.

«Claro», pensé.

—Siendo así, no vuelvas a preguntarme nunca cómo me siento; para confirmar el placer que me das debe bastarte con mirar mi cuerpo —dije, rotunda.

Asintió con la cabeza, sorprendido. En ese momento nos sirvieron el postre; nos limitamos a dar unos cuantos bocados en silencio.

—Entonces, ¿aceptas?—pregunté.

—De acuerdo. ¿Y tú, aceptas?

Sentí la tentación de decirle que no para comprobar cuál era su reacción, pero tenía un plan. Porque, al igual que Adam se había introducido en mí, yo estaba haciendo lo mismo, pese a que él no se daba cuenta.

—Acepto, confío en ti y a cambio te pido la exclusividad.

—Perfecto. En ese caso, creo que es hora de marcharnos —dijo levantándose de la mesa.

Tras salir del restaurante fuimos a la playa para dar un paseo. Cuando llegamos a la orilla, retomó la historia de Samantha y me contó lo que había aprendido en el año que habían estado juntos. Hablaba del tema como si fuera de verdad un arte, con detalles propios de un cirujano.

—¿Te turba? —preguntó mirándome de reojo.

—«Turbarme» no es la palabra exacta, diría que me siento más bien confusa.

—Ah, confusa.

—Sí, hay algo que no entiendo. Hablas como si se tratase de un arte de regalar placer, algo poco menos que mágico, pero cuando estuvimos juntos en el club…

Su expresión se ensombreció.

—Antes hablaste de escucha, deseo, juego, miedo, pero no es lo que sucedió, al menos para mí. ¿Qué fue para ti? Quiero decir, ¿te gustó?

—Sí —dijo con un hilo de voz mirándome a los ojos—. Tanto que perdí el control; el placer de poseerte era tan intenso que solo pensé en mí mismo.

—¿Has tenido otras experiencias así? ¿Ha habido otras mujeres a las que no les gustó? Quiero decir, en fin…

Sonrió.

—Te he entendido —murmuró—. No, fue la primera vez que perdí el control. Ya te lo he dicho, tú eres deseo y miedo al mismo tiempo y, a menos que hayas cambiado de opinión, no veo la hora de que me enseñes a acariciar tu cuerpo, tu sexo, con las manos. Aprenderé a besarte, a hacerte gozar, a hacerte mía —dijo apretándome la cara con las manos—. Me enseñarás todo y tú, Sophie, aprenderás a mostrarte a mí.

Antes de llevarme a casa nos detuvimos en un hotel.

Era hora de empezar a practicar.

Reconozco que la idea de follar por obligación no me gustaba mucho. Vacilante, lo seguí en el vestíbulo. Al igual que la noche de mi iniciación, aferraba con fuerza mi mano y yo me sentía como una muñequita. Tras registrarnos, subimos a una habitación que daba a Central Park.

Nada más quitarme el bolso que llevaba en bandolera, tenía ya la lengua de Adam en la boca. Arrogante, apasionada. Me quitó el jersey y me liberó el pecho del sujetador. Me hizo sentarme en la cama y me quitó las botas, los pantalones y las bragas. Yo le desabroché los botones de la camisa a la vez que él me besaba sujetándome la cara con las manos. Mientras trataba de aflojarle el cinturón, alguien llamó a la puerta.

—Espera —dijo.

Fue a abrir, oí que daba las gracias y que volvía a cerrar la puerta. Regresó a la habitación con un ramo de flores.

—Para la hermosa Sophie —dijo acercándose a mí. Sacó una y empezó a hacerme cosquillas en el pecho con ella. Me tumbé en la cama delante de él.

Adam puso las flores en la mesilla y se echó a mi lado. De un bolsillo de la chaqueta que estaba sobre la cama sacó un cofrecito azul que se apresuró a dejar sobre mi barriga. Luego, apoyándose en un codo, esperó a que yo lo abriera.

—¿Qué es? —pregunté sorprendida.

—Ábrelo —dijo desarmándome con su sonrisa.

El estuche contenía una cadenita de oro blanco con un pequeño colgante en forma de mariposa.

—Pequeñas causas, grandes efectos —dijo acariciándome la cara.

—No estabas obligado a hacerlo —murmuré.

—Sí que lo estaba, en el punto número cinco de tu lista escribiste «paseo por Central Park, cena, excursión fuera de la ciudad, ramo de flores y, por qué no, una joya». —Me acarició un pezón con los dedos—. La he leído.

Me arrodillé delante de él y me puse la cadenita al cuello.

—Es preciosa, gracias. —Me abalancé sobre él empujándolo contra el colchón, lo besé y luego me aparté—. Entonces, ¿ahora puedo venderla? —pregunté.

—Exacto —dijo.

Un segundo más tarde estaba debajo de él. Se descalzó, se quitó los vaqueros y los calzoncillos y volvió a echarse sobre mí.

Me abrió las piernas y su lengua empezó a saetear mi sexo haciendo que me retorciera.

Mientras me daba pinceladas con la lengua, su mano resbaló por mi sexo y dos dedos se abrieron paso. Alcé las nalgas y Adam clavó la lengua produciéndome una descarga eléctrica. Arqueé la espalda. Él sí que sabía lamerme. Empecé a mover la pelvis acompañando sus movimientos, mientras sus manos sujetaban mis nalgas. Justo antes de que la onda del orgasmo se liberase, se echó a un lado y volvió a mis ojos. Me besó y sentí el olor de mi sexo en sus labios salados. Poco a poco, con delicadeza, me llenó con su pene túrgido.

—Sophie —dijo gimiendo—, mírame.

Busqué sus ojos, pero tenía la vista ofuscada. Me cogió la cara con una mano apretándome las mejillas.

—Mírame, Sophie.

No conseguía enfocarlo. Adam se paró. Me cogió la cabeza con las manos.

—Mírame.

Por fin, lo vi. Me cogió una mano y la apoyó en su nalga.

—Acompáñame. —Me besó dulcemente en los labios sin apartar sus ojos de los míos.

No me gustaba que me observara, me resultaba embarazoso. Me puse encima de él, pero Adam reaccionó y me obligó a tumbarme de nuevo de espaldas.

—Quiero mirarte a los ojos. —Me aplastó contra el colchón con su cuerpo a la vez que se hundía en mi interior.

Apoyé de nuevo las manos en sus nalgas y lo empujé con fuerza dentro de mí. Cuando comprendió cómo quería que se moviese, prosiguió solo, constante y preciso. Poco a poco me extravié en el goce. Adam mantenía su frente pegada a la mía, pero yo estaba ofuscada por el placer y no podía verlo. De repente se detuvo.

—Sophie, me corro con solo mirarte.

—¿Y eso es malo? —pregunté chupándole un labio.

—No —contestó—, pero me haces perder el control. Tengo que ponerme un preservativo, porque supongo que de anticonceptivos, nada.

Cogió los pantalones del suelo y yo me apresuré a arrodillarme delante de su sexo y a chupárselo. El sabor del suyo y del mío mezclados era bueno. Adam se tumbó en la cama y me dejó proseguir.

—Estoy a punto de correrme —dijo con voz ronca.

Decidí evitar el sabor de su esperma y acompañé con las manos el orgasmo, que se vertió en mi abdomen.

Apoyé la cabeza en su pecho, envuelta en su abrazo, sonriendo para mis adentros.

—¿Me quieres someter, Sophie? —preguntó poniéndome un mechón de pelo detrás de la oreja.

«Sí —pensé—. Quiero someterte al amor».

Así que al final había decidido convertirme en su sumisa. Solo nos veíamos el lunes, el miércoles y el viernes por la noche en un piso que pertenecía a su sociedad. En él no había habitaciones de juego, solo un armario bien provisto con unos artilugios realmente ridículos. En ocasiones me preguntaba cómo podía gustarle a la gente ese tipo de cosas. Que quede bien claro: me gustaba someterme, pero ello no me llevaba a querer alterar un contacto físico que, ya de por sí, era perfecto. Un hombre y una mujer, unos cuerpos que podían unirse sin necesidad de artificios. Entonces, ¿por qué me prestaba a ese juego?

Muy sencillo: porque estaba locamente enamorada de Adam y me gustaba ver cómo gozaba representando el papel de alegre cirujano. Su mirada, mientras me plegaba a su voluntad, tenía algo de primitivo. Yo era suya por completo. Y él consideraba que su misión era procurarme placer. Sus arneses preferidos eran las cadenas y las cuerdas. Quería hacer emerger algo de mí y creo que pensaba que, atándome, mis reacciones serían inesperadas. En cualquier caso, la violencia que mi cuerpo y mi alma habían sufrido en el pasado fue quedando borrada por la intensidad del placer que me procuraba la sensación de sumisión y abandono. Además, comprobar que Adam me reverenciaba me partía el corazón. Lo quería con todas mis fuerzas y, de algún modo, estaba segura de que él también me quería a su manera.

No había dicho a mi familia que nos veíamos. Solo lo sabían mis compañeras de piso, Steven y, claro está, su hermano. Todo iba sobre ruedas, no me hacía demasiadas preguntas, hasta un miércoles por la noche en que vino a recogerme al trabajo y me llevó al piso donde nos veíamos. Nada más quitarme la chaqueta, me plegó a su voluntad. Me ató al banco y pasó una hora acariciando mi cuerpo con el pene y mis orificios con unos artilugios crueles por la constancia con la que alegraban mi carne. Me aturdió de excitación sin dejar que me corriera, sin apenas tocarme. Cuando, al final, el estremecimiento de mi cuerpo imploraba que interviniese, se limitó a masturbarse y a correrse en mi cara; después me dejó sola, atada al banco con tres bolitas vibradoras en el sexo. Cuando volvió a ocuparse de mí, yo estaba ardiendo. Sacó con un golpe seco las esferas y las sustituyó. Al principio entraba y salía de mí lentamente. Intenté mover las caderas para recibirlo en mi interior, pero él me obligó a detenerme y siguió penetrándome con parsimonia. Dios mío, cuánto lo deseaba. Mi cuerpo temblaba desde hacía varias horas y el deseo de correrme crecía en mi interior desde hacía demasiado tiempo. Adam empezó a empujar cada vez más deprisa, a un ritmo desenfrenado, y yo intenté responder a sus sacudidas.

—Córrete —murmuró con la respiración entrecortada, y el sonido de esas palabras, a la vez que sus dedos en mi joya y su vehemencia, me hizo estallar. Me tensé y me abandoné al orgasmo conteniendo la respiración y apretando los dientes. Él también se corrió, empujándome cada vez con mayor ímpetu, hundiéndose por completo en mi interior.

A continuación se levantó, me desató del banco, me ayudó a ponerme de pie y me llevó en brazos al sofá del salón. Lo abracé impulsiva, pero Adam me tiró al sofá y me ató las manos fijándolas al armazón de acero, con lo que me dejó tan al descubierto y vulnerable como si estuviera en una cruz. «De nuevo», pensé. Esa noche estaba especialmente cansada debido al trabajo y, sobre todo, a la «sesión» que acababa de concluir. Pero no era más que el preludio… No contento con haberme atado las manos para que no pudiese tocarlo, me ató los tobillos a la barra dejándome con las piernas abiertas y totalmente expuesta. Después se arrodilló sobre la barra a fin de impedir que mis piernas se moviesen y apoyó la frente en mi barriga. Dejando un rastro de besos y mordiscos, se deslizó hasta mi sexo, aún mojado. Su lengua empezó a lamer suavemente el clítoris a la vez que sus manos rodeaban mis caderas.

Mi cuerpo se estremeció y se arqueó al sentir su boca, despertándose. Eché la cabeza hacia atrás. Me sentía vacía y cansada, pero, al mismo tiempo, agradablemente atormentada por la sensación de éxtasis. Cada parte de mi ser estaba concentrada en la pequeña y poderosa central nuclear que tenía entre las piernas. El centro del universo. Cuando mis piernas se tensaron, él me metió un dedo.

—Quiero sentirte —murmuró jadeando, como si fuese una súplica—. Deja que te sienta, Sophie, hazme sentir que te corres.

Hundiéndose de nuevo en mi sexo, me lamió y me chupó con mayor vehemencia; yo no dejaba de retorcerme.

Estaba a punto de correrme, pero me resistía al pensar en lo que me había dicho. Quería moverme, levantarme y poner punto final a esa tortura, pero mi cuerpo estaba ya tan sacudido por el placer que no podía contenerme ni frenar. Arqueé la espalda y, tensándome, contuve la respiración. Cuando el orgasmo atravesó cada célula, relajé los músculos y abrí de nuevo los ojos recuperando el aliento. Adam estaba de rodillas y por un momento noté que tenía un aire extraviado y frustrado. Le sonreí y él me devolvió la sonrisa.

—Necesito darme una ducha —dijo poniéndose de nuevo de pie. Tras liberarme de las cuerdas y la barra se alejó—. La cena está en el horno, ¿puedes calentarla? —preguntó antes de desaparecer en el cuarto de baño.

—Por supuesto —murmuré.

Después de masajearme las muñecas y los tobillos, me levanté y fui a recuperar mi ropa. Luego metí la bandeja en el microondas y me dirigí al segundo cuarto de baño, el que podía utilizar en ese apartamento. Mientras me miraba al espejo, sintiendo aún un agradable cansancio, experimenté una palpable sensación de melancolía. No podía quitarme de la cabeza la expresión de Adam. Algo no iba bien. Cuando volví al salón, él ya estaba sentado a la mesa, leyendo sus consabidos documentos y comiendo sin prestar atención a lo que tenía en el plato ni tampoco a mí. Siempre se concentraba mucho en la lectura y eso me turbaba cada vez que ocurría. Tenía la capacidad de abstraerse en un segundo. Cinco minutos antes estábamos en pleno coito y ahora se mostraba ausente e indescifrable, como si no hubiera sucedido nada.

—¿Va todo bien? —pregunté.

—Sí —contestó esbozando una tibia sonrisa.

Fingí que comía y lo observé durante, al menos, diez minutos. Estaba delante de un hombre que conocía profundamente mi intimidad y que, sin embargo, parecía un absoluto desconocido. Pero, pensándolo bien, hacía meses que solo nos veíamos los días establecidos, y apenas unas horas. A medianoche me metía en un taxi y así concluía la velada. Jamás una salida extra, una cena, una película en el cine, un aperitivo...; en pocas palabras, nada de nada y, sobre todo, nunca dormíamos juntos. Mientras pensaba en la dinámica de nuestra relación, recibí un mensaje en el móvil. Fui a sacarlo del bolso y lo leí; era de Steven.

Disculpa si no te llamo nunca. Sé que Bob te ha puesto al corriente de mis últimas novedades... ☺

Estás oficialmente invitada a la inauguración del nido de David y Steven el viernes a las diez. No puedes fallar, dado que fuiste mi cupido. ¡Trae a tu hombre desconocido! XOXO,

Steven

Sonreí para mis adentros. Me alegraba que hubiera encontrado a alguien que lo quisiera después de la infinidad de historias de mierda y aventuras que había vivido en la parte trasera de los locales gais.

—¿Buenas noticias? —preguntó Adam, que había regresado de repente a mi mundo.

—El viernes por la noche Steven inaugura su nueva casa. Me ha invitado; mejor dicho, nos ha invitado.

Vi que Adam cambiaba de expresión.

—¿Steven, tu amigo homosexual?

—Sí, él. ¿Quieres venir conmigo? —pregunté, ingenua.

Su atención se concentró de nuevo en los folios.

—No —respondió fríamente—, nos veremos el lunes.

—Si quieres, podemos vernos después de la fiesta.

Adam negó con la cabeza sin levantar los ojos del papel.

—Nos veremos el lunes, pasaré por la librería a recogerte, como de costumbre.

«Como de costumbre», pensé.

—Nunca salimos juntos —dije.

Adam agrupó los folios y los metió en una carpeta verde.

—No salgo mucho y, además, prefiero verte aquí, donde puedo estar contigo. Por ahí solo sería una espera irritante —dijo guiñándome un ojo.

Sonreí, complacida por el comentario.

—¿Qué haces los otros días, cuando no nos vemos?

Era la primera vez que se lo preguntaba.

Adam se levantó de la mesa y metió el plato en el lavavajillas.

—Lo de siempre, asisto a cenas de trabajo o me quedo trabajando en casa.

—¿Y el sábado?

—El sábado me quedo en casa, ya lo sabes, porque el domingo voy a escalar y prefiero descansar. ¿A qué vienen todas estas preguntas? —preguntó acercándose a mí—. ¿Quieres que nos veamos un día más?

Sonreí.

—No, así está bien.

Como de costumbre, a medianoche estábamos en la calle. Adam mandó parar a un taxi y nos despedimos como dos simples conocidos. Un abrazo fugaz. Esta vez, sin embargo, a diferencia de otras ocasiones, noté en él una expresión distinta. Una mezcla de ternura y preocupación.

—Nos vemos el lunes, entonces —dijo cerrando la puerta.

—Hasta el lunes.

Así pues, después de varios meses, había llegado el momento del «despertar». Había estado tan ofuscada por la pasión, mejor dicho, por mi estúpido propósito de hacerlo capitular, que había subestimado los aspectos negativos de nuestra relación, pese a que eran evidentes desde el principio. ¿Qué relación teníamos?

Solo sexo, hasta ahí estaba claro, al menos para él. En cambio, yo había aceptado con un doble fin, solo que ahora, que había cumplido la mitad de mi plan, la idea de alcanzar el interior de Adam me parecía cada vez más irrealizable.

Al día siguiente por la mañana le mandé un mensaje diciéndole que, si quería, podía renunciar a ir a casa de Steven. Diez segundos después me respondió telegráfico:

Hasta el lunes.

Adam

El viernes fui a la fiesta de Steven con Sabrina y Stephanie. Steven me presentó a su David, un joven mucho más alto que él y también más robusto.

—¿Por qué no has venido con tu hombretón? Me ha dicho Bob que tenéis una relación intrincada —me dijo Steven empujándome hacia el sofá.

—Es un tipo un tanto complicado —contesté.

—Todos los hombres lo son, Sophie. ¿Por qué no ha venido? —insistió.

—Tenía un compromiso al que no podía faltar.

—Lástima, me habría gustado conocer al que ha conseguido arrancar a mi hermosa Sophie un poco de felicidad. —Lo miré desconcertada—. Tienes un aspecto estupendo —afirmó.

—Lo dices porque estás enamorado y lo ves todo con buenos ojos.

—Sí, en cierto sentido es así. —Resopló y se llevó las manos a la cabeza—. ¡Qué mierda! Cuando me acuerdo de todos los que me jodieron antes de David, me entran ganas de llorar.

—Pero ¿por qué piensas en ello? Ahora estás con él, todo eso queda atrás.

—Sí, pero me angustia que pueda acabarse en cualquier momento. Es absurdo, haces todo lo que puedes para encontrar a alguien con el que estar de verdad, alguien con el que construir una relación, te atormentas con las paranoias y, cuando encuentras a la persona en cuestión, las paranoias vuelven.

—Creo que te entiendo —murmuré.

Sabrina se sentó a nuestro lado con un cóctel en la mano.

—Vamos, al menos dime cómo se llama. ¿Qué hace? ¿Cómo os conocisteis? Mi hermano no me ha contado casi nada.

—¿De quién habláis? —preguntó Sabrina.

—Del misterioso hombre de Sophie.

—Ah, bueno —murmuró Sabrina ceñuda—, el *viveur* del sexo.

Steven se echó a reír.

—¿*Viveur* del sexo? ¡Guau! ¡Sophie! De manera que le estás dando, por eso tienes esa cara de contenta.

Me reí muy a gusto.

—Diría que sí.

—Oye, retiro lo que acabo de decir, si es uno que folla bien, entonces las paranoias no son admisibles.

—Ya —murmuró Sabrina—. Lástima que esta señora espera que un día de estos se transforme en el príncipe azul.

Steven se ensombreció.

—No, Sophie, no cometas el error de pensar que puedes cambiarlo: si solo quiere sexo, no obtendrás nada más de él.

—Es justo lo que yo le digo —sentenció Sabrina mientras se bebía el cóctel.

—Apuesto a que os veis solo para eso —dijo Steven.

No contesté.

—Así es —confirmó Sabrina en mi lugar.

—En ese caso solo puedo desearte que te lo tomes a bien… Nada más.

David se acercó para recuperar a su hombre y se lo llevó a la cocina. Era el momento de la tarta. Me quedé con Sabrina observando a los invitados.

—No te gusta nada mi relación con Adam, ¿verdad? —comenté al cabo de un rato.

—Ya sabes lo que pienso.

—Lo sé.

—Perfecto, en ese caso asunto zanjado.

—Perfecto.

Irritada, envié un mensaje a Adam:

> Me estoy aburriendo y he pensado que quizá podríamos vernos dentro de una hora.

La respuesta no tardó en llegar. Concisa y seca.

> Tengo ya un compromiso. Nos vemos el lunes, procura divertirte.

«A saber qué compromiso es ese», pensé.

Al día siguiente mi hermano me llamó a media tarde para decirme que había contratado un paquete turístico *last minute* para Hawái. Quería darle una sorpresa a Miranda, que estaba especialmente estresada por el embarazo. Me preguntó si podía sustituirlo en el garaje a partir del lunes, al menos por la mañana. Acepté. Podía saltarme algunas clases de la universidad y el trabajo de la tarde no era un impedimento. Así pues, el primer lunes de abril me presenté a las siete de la mañana en el garaje y me senté al escritorio de Fred. A las ocho vi que Adam salía de casa en compañía de Alice Truman y la respiración se me bloqueó en la garganta. Los observé mientras llegaban juntos al garaje, escondida tras el monitor del ordenador.

—¿Qué haces? —preguntó Gustav a mi espalda.

Di un respingo en la silla.

—¡Caramba, Gustav! Me has asustado. ¿Eres un fantasma?

Gustav me miró perplejo.

—Peso ciento treinta kilos, de forma que no paso inadvertido. ¿De quién te estás escondiendo? —me preguntó.

—De nadie, estaba leyendo un artículo interesante…

La puerta del despacho se abrió antes de que pudiera concluir la frase y una penetrante fragancia sustituyó el aire denso del despacho.

—Buenos días, Gustav —dijo la voz sonora de una mujer—. ¿El coche?

—Espero acabar el trabajo esta tarde, señora Truman.

La mirada de ella me traspasó. Era una mujer realmente fascinante. Sus ojos de color esmeralda resaltaban de una forma impresionante en su tez clara. A diferencia de la primera vez, llevaba el pelo suelto y este le caía en ondas bien peinadas sobre los hombros. La típica gracia de una belleza natural.

Vi que Adam trajinaba con el móvil al lado de su Audi.

—¿No está Fred? —preguntó con petulancia dirigiéndose a mí.

—No —contesté—, está de vacaciones. Yo lo sustituyo. Soy su hermana —dije de un tirón.

Con una mueca altanera se volvió de nuevo a Gustav, haciendo caso omiso de mí.

—¿Quiere que le deje otro coche? —preguntó Gustav.

—No, gracias, me llevará un amigo —dijo.

Las venas estaban a punto de estallarme, pero me contuve estrujando el ratón. El timbre de mi móvil me devolvió la atención de la diosa.

—¿Adónde ha ido su hermano? —preguntó.

—A Hawái —respondí. Me levanté y me acerqué al fichero para que Adam no me pudiese ver desde el fondo del garaje.

Alice Truman movió la cabeza de un lado a otro desconcertada.

—No entiendo por qué no me lo dijo, le habría conseguido un descuento. ¿No sabe en qué hotel ha hecho la reserva?

—No, cogió un *last minute* el sábado, quería dar una sorpresa a su novia.

—Buen chico —sentenció ella.

Cuando se volvió hacia la salida, su perfume impregnó de nuevo el aire.

—Bueno, me voy. Gustav, volveré a las siete para recoger las llaves.

—De acuerdo, señora Truman.

—Adiós —dijo al salir.

—Adiós —respondí..., «cabrona asquerosa».

Vi que se reunía con Adam, que la esperaba de pie con una sonrisa aterradora. En cuanto llegó a su lado, él le apoyó una mano en la espalda y ella hizo otro tanto. Se veía a la legua que entre ellos existía cierta intimidad, pero hice un esfuerzo sobrehumano para no tergiversar las cosas. Esfuerzo vano, porque, justo antes de entrar en el coche, ella le atusó el pelo con afecto, le ajustó la corbata y le dio un beso en los labios al que él respondió de inmediato con pasión. En ese momento cogí el móvil y leí temblando el mensaje.

Buenos días, cariño, esta tarde paso a recogerte a la hora de siempre.

¿«Cariño»?

—¿Dónde vive? —pregunté desabrida a Gustav.

—¿Quién?

—¿Dónde vive la señora Truman? ¿Aquí enfrente?

—Creo que cerca del bar de Lucas, si mal no recuerdo, justo encima.

Salí como un rayo del garaje y me planté delante de la puerta con el móvil en la mano. Tecleé un mensaje rápido y telegráfico y esperé...

Pulsé la tecla de envío en cuanto vi aparecer el coche de Adam. Lo vi abrir los ojos de par en par y frenar de golpe para no atropellarme.

Sin inmutarme por el frenazo, pasé por el lado del conductor alzando el dedo medio para que él pudiese verlo y comprender su significado. Luego, dando zancadas, volví a la oficina.

Entré en el cuarto de baño, a pesar de que Gustav acababa de estar en él, y me aferré al lavabo. Me fallaba la respiración y me temblaba todo el cuerpo. Con los ojos cerrados, hice un esfuerzo para recordar todo lo que me había enseñado Richardson sobre las técnicas de respiración. Dejar que el miedo y la rabia siguieran su curso y se apoderaran de mí, pero solo cinco segundos, justo los que me concedí.

Uno... Inspiré y espiré. Dos... Inspiré y espiré. Tres... Inspiré y espiré. Cuatro... Inspiré y espiré. Cinco... Inspiré, espiré y abrí los ojos. Y sucedió. Me observé con desprecio en el espejo. Afectada y hundida. Los golpes que había recibido en el pasado no habían sido tan devastadores. Ni siquiera lograba llorar, tanto era el asco que sentía. Por la mente solo me pasaban las imágenes de Adam poseyéndome de todas las formas posibles e imaginables. Me sentía violada en lo más profundo de mi ser.

Poco a poco, mi mente se fue apaciguando ante mi semblante deprimido. Intentaba decidir qué podía hacer y no se me ocurría nada. El teléfono sonó catapultándome a la realidad. Era Adam. Lo tiré al váter y corrí a buscar a Gustav, que estaba reparando el Mercedes rojo de esa capulla.

—Tengo que marcharme, Gustav, ocúpate de todo.

Gustav salió deslizándose con el carro de debajo del coche y se levantó de golpe, tan deprisa que me quedé sorprendida de la ligereza que demostraba un cuerpo tan macizo como el suyo.

—¿Estás bien, Sophie? ¿Ha pasado algo?

—Tengo que marcharme, disculpa, encárgate de todo, te lo ruego.

—De acuerdo, pero ¿qué te ocurre? ¿Te encuentras mal?

—Estoy cabreada, ¡muy cabreada! —vociferé. Traté de calmarme inspirando hondo dos veces—. Perdona, tengo que marcharme, no te preocupes. Si llama Fred, dile que tenía algo que hacer en la universidad.

—Vale —dijo con aire preocupado—. ¿Vendrás mañana? —preguntó.

No le contesté. No tenía mucho que decir. No pensaba volver a meter el pie allí en toda mi vida.

—Adiós —gruñí.

Corrí como una exhalación por la calle. No sabía adónde ir. La última vez que me había encontrado en esa situación había subido a un tren. En ese momento la única meta que se me ocurría era la casa de mi madre. Tras dejar atrás tres manzanas, cogí el autobús y en los veinte minutos siguientes no aparté los ojos de la nuca de una anciana.

Cuando llegué a casa, esperé unos minutos a la puerta, dudando si llamar o no. Luego, como si hubiese notado mi presencia, mi madre abrió y en un segundo estaba entre sus brazos llorando amargamente. Mi madre farfulló unas palabras, luego me llevó a mi cuarto, me tumbó en la cama, me tapó con una manta y se echó detrás de mí abrazándome estrechamente. Pasé mucho tiempo escuchando sus susurros amorosos, las únicas palabras sinceras y verdaderas que había oído en mi vida, las únicas que necesitaba en ese momento. Al final me dormí, exhausta. En mi interior, una vorágine.

A las once oí que llamaban al timbre y un instante después noté el peso de un cuerpo distinto al de mi madre tumbarse a mi lado. Sin necesidad de volverme reconocí el tintineo del colgante de Sabrina.

—Tu hermano me llamó desde Hawái. Estaba preocupado, tu madre lo llamó hace una hora.

Haber involucrado a Fred por enésima vez en mis pesares me causó el habitual sentimiento de culpa y vergüenza. Era hora de poner punto final a todo. Era realmente hora de dejar de sufrir.

—Espero que no le hayas dicho nada de Adam —dije volviéndome.

Negó con la cabeza al mismo tiempo que me acariciaba el pelo.

—¿Quieres decirme qué ha pasado, Sophie? ¿Habéis reñido?

—Nada que no fuera de esperar —sentencié.

—¿Habéis reñido? —repitió.

No contesté.

—Dime qué ha pasado. Si no me lo cuentas, no puedo ayudarte.

—No me puedes ayudar; nadie puede hacerlo, solo yo. —Cerré los ojos—. Soy la única que puede hacerlo.

—De acuerdo, Sophie, no quieres hablar. Te propongo una cosa: me quedaré aquí contigo, ya he dicho en el trabajo que estás enferma, he pedido que me sustituyan un par de horas. ¿Quieres que llame y...?

—No, Sabrina, vuelve al trabajo. Quiero estar sola, en silencio, solo así podré superar, quizá, el enésimo fracaso.

Al cabo de unos minutos mi madre se asomó a la puerta para llamar a Sabrina. Una vez sola, intenté activar mi cámara cerebral, pero lo único que transmitía era la imagen de mí quieta, inmóvil, tumbada en esa cama. El resto del mundo estaba sumido en la oscuridad.

Sabrina volvió a la habitación al cabo de unos diez minutos y se tumbó de nuevo a mi lado.

—Ha llegado Stephanie, está con tu madre en el salón.

—Lo siento —murmuré.

—Oye, Sophie, también ha venido Adam. Está en la calle, me ha preguntado si puedes bajar.

—¡Dile que se vaya! Dile que desaparezca de mi vida.

—Si fuese por mí, Sophie, ya lo sabes: solo le daría unas cuantas patadas en el culo, pero está realmente fuera de sí. Te está buscando desde esta mañana, no respondes al teléfono, te buscó en el garaje y luego vino a nuestra casa, quiere hablar contigo y parece muy ang...

—Mírame, Sabrina. ¿Qué ves? —pregunté levantándome de la cama—. ¿Qué ves? Desesperación, sufrimiento, odio, y todo esto por su culpa, así que me importa un carajo que ahora se sienta responsable. Que vuelva por donde ha venido, que vuelva a su vida y a los orificios de todas las fulanas del mundo.

Sabrina soltó una carcajada.

—¿Orificios? —preguntó en tono irónico y su expresión logró arrancarme media risotada, amarga, pero a fin de cuentas risotada—. ¿Habéis reñido? —me volvió a preguntar.

Negué con la cabeza.

—No, no hemos reñido, solo he comprendido que soy una estúpida ingenua, como me has dicho siempre.

—¿Así que no quieres volver a verlo?

—No —respondí—. Hazme un favor. —Me arranqué la cadenita—. Dásela y dile: «Sensibilidad a las condiciones iniciales, imprevisibilidad e involución«». Él comprenderá.

Sabrina me miró perpleja.

—¿Qué significa? ¿Qué es?, ¿un código secreto? ¿Cómo demonios os comunicáis vosotros dos?

—Nosotros no nos comunicamos, follamos y basta, ya lo sabes.

—Sensibilidad a las condiciones iniciales, imprevisibilidad e involución —repitió.

—Sí. —Me volví dándole la espalda—. Perdona todo este lío, Sabrina. Te lo ruego, dile que se vaya y marchaos también vosotras, quiero estar sola. No te preocupes, me quedaré con mi madre unos días, luego me levantaré de nuevo.

«Como siempre», pensé.

Sabrina me abrazó.

—De acuerdo, voy a decírselo, lo estoy deseando. Debes saber que nada más verlo le he dado un sopapo, hacía meses que me moría de ganas de hacerlo. Si Stephanie no me hubiese frenado, habría intentado partirle también su bonita sonrisa en el espejo retrovisor de esa mierda de coche que tiene.

Me hizo reír de nuevo.

—Perdona, Sabrina, perdóname, de verdad.

—No lo digas ni en broma. Venga, voy a echarlo de aquí.

Asentí con la cabeza.

—Llámame cuando te hayas recuperado, no te preocupes por nada.

—Vale.

Me tumbé otra vez y, poco a poco, me quedé dormida. Cuando abrí los ojos, no sabía si era de día o de noche, aún estaba sumida en la oscuridad. Al cabo de no sé cuánto tiempo me levanté a duras penas de la cama y fui al salón. Mi madre se había quedado dormida en el sillón con las agujas de hacer punto sobre las piernas. La observé durante unos minutos, sentada en la mesita de enfrente, y luego la desperté.

—¿Cómo estás, Sophie? —preguntó aturdida, recomponiéndose.

—Estoy bien, mamá, perdona.

—¿Tienes hambre?

Negué con la cabeza.

—No.

—Sophie, ¿me puedes decir lo que ha pasado? —me preguntó cogiéndome las manos.

—Solo que, para variar, he conocido a uno que no me quiere.

—En ese caso, lo siento por él, si no te quiere es tan solo un corazón vacío. Ven a la cocina, te calentaré un plato de verdura.

Picoteé algo, evitando la mirada angustiada de mi madre, que se había sentado delante de mí.

—Come, Sophie, te lo ruego —me exhortó.

Asentí con la cabeza y tragué un buen bocado de verdura.

—¿Cómo se llama?

—No quiero hablar de él.

—¿Te ha puesto la mano encima?

«Por todas partes».

—No, mamá, solo me ha roto el corazón.

—¿Desde cuándo os veíais?

—Desde nunca.

Mi madre rompió a llorar.

—Mamá, por favor, ya estoy bastante mal. Se me pasará, te prometo que se me pasará, dame solo un poco de tiempo para afrontarlo. Así no me ayudas, ¿entiendes?

—Lo sé, disculpa. —Se enjugó las lágrimas y esbozó una bonita sonrisa—. Ya verás cómo se pasa, todo termina pasándose, pero… es que no me cabe en la cabeza que siempre te vaya mal.

—Dios mío, mamá, ¿qué te acabo de pedir?

—Perdona, cariño, perdona.

—Ya verás cómo me repongo enseguida.

—Por supuesto. —Me cogió una mano—. En eso eres idéntica a tu padre. Nunca desistes, ni siquiera ante lo inevitable.

—Sí —asentí entre dientes. «Bonito consuelo».

En silencio, ante sus ojos desalentados, me comí toda la verdura como una buena niña. Luego ella se fue a dormir y yo me dirigí a mi dormitorio para aislarme el resto de mi vida.

Volver a empezar de nuevo

Pasé los días siguientes echada en el sofá mirando la televisión. Mi hermano me llamaba todas las noches para asegurarse de que estaba mejor. Le había dicho que había estado saliendo con un tipo que había conocido en la universidad y que habíamos roto. Como no podía ser menos, se enfadó y me soltó el consabido sermón: después de lo que había sufrido no me convenía en absoluto tener una relación; pero luego, cuando me oyó llorar, fue más indulgente. Por lo demás, al cabo de cuatro días viviendo con mi madre, la casa empezó a quedárseme pequeña y mi madre, a parecerme tan morbosa como siempre. Después de haberla tranquilizado de todas las formas posibles, volví a casa dejándola con sus agujas de hacer punto y con el fantasma de mi padre.

Al llegar al Bronx me esperaba la bolsa de la lavandería y un mensaje de Sabrina en la cama:

La envió el martes a la librería. Besos.

Vacié el contenido de la bolsa en el escritorio. Cuatro prendas de ropa interior que me había regalado Adam y que tiré a la papelera, dos pares de medias, dos camisetas, un albornoz —otro regalo que tiré también junto a las prendas íntimas—, el cepillo de dientes —que corrió la misma suerte— y el cepillo del pelo. Cosas que tenía en «la casa del sexo» de Adam.

Pasé todo el día sentada al escritorio meditando sobre el calendario. ¿Cuánto tiempo tardaría en recuperar un nuevo ritmo de vida? ¿Un día?, ¿un mes?, ¿un año? Recordé la sesión que había tenido con Richardson la tarde anterior, durante la cual le había contado todo con pelos y señales. Como de costumbre, me había dejado en la puerta con la habitual perla de sabiduría del día:

—El dolor es un paso obligado para volver a la vida, Sophie.

¿Qué había querido decir? ¿Que debía afrontarlo? Sí, eso también lo sabía yo. Tarde o temprano. Pero aún lo estaba reprimiendo en mi interior. Lo tenía cerrado y sellado. No manifestaba nada, ni una sola queja, solo silencio. No conocía otra forma de combatir el dolor. Algunos se anestesian como yo, otros lo aceptan, lo elaboran. Yo, por desgracia, solo era capaz de convivir con el dolor, porque la verdad era que no lo podía evitar.

Cuando volvieron Stephanie y Sabrina, la casa se llenó repentinamente de buen humor. Habían comprado bebidas y habían invitado a varios amigos. A las once el piso estaba abarrotado de gente. Gente como yo, normal, joven y sin mala leche. Vino también Steven con su David. Al saludarme me alzó del suelo entre sus brazos y me susurró:

—Se pasará, ya verás cómo se pasa, siempre sucede.

—Sí, lo sé —respondí.

Lo sabía, terminaría pasándose como siempre. Todo se pasa, hasta el dolor más desgarrador se atenúa con el tiempo. Siempre se sobrevive a los amores. Solo necesitaba saber cuánto tiempo iba a llevarme.

Así que, un día tras otro, me fui acostumbrando a la nueva rutina: seguir respirando, despertarse, bregar con los recuerdos, comer, hacer paquetes, comer, volver a dormir y bregar otra vez con los recuerdos. Un día tras otro, una noche tras otra, el velo de la rutina fue cubriendo el dolor. La mente fue aceptando poco a poco o, mejor dicho, empezó a convivir con el dolor. Y, tras haber sobrevivido de nuevo, volví a tomar las riendas de mi vida.

No había vuelto a tener noticias de él. No lo había buscado ni él a mí tampoco. Pero, por desgracia, no lo había olvidado.

Un mes más tarde acompañé a Miranda a comprar algunas cosas para la habitación de la niña; después nos acercamos al garaje de mi hermano. La idea de coincidir con él no me inquietaba: era mediodía y Adam estaría a buen seguro trabajando; sin embargo, me ponía nerviosa el hecho de volver a ver el lugar donde todo había comenzado. Al vernos entrar en el despacho, mi hermano se levantó de un salto de la silla.

—¡Hola, cariño! —dijo cogiendo las bolsas de las compras.

Yo me dejé caer en la silla de siempre, agotada.

—Veo que habéis comprado un montón de cosas —comentó Fred.

—Sí —dijo Miranda, con una mueca de dulzura que derritió a mi hermano al instante.

—Podías haber pedido que lo llevaran a casa en lugar de cargar con todo el peso.

—He sido yo quien ha cargado con todo el peso —dije subrayando el esfuerzo sobrehumano que me había tocado hacer.

—Al menos has sido útil por una vez —observó Fred, mordaz.

—Ja, ja, ja…

—¿Te quedas a comer con nosotros, Sophie? —preguntó Miranda.

—No, no tengo mucho tiempo, quiero darme una vuelta por el mercadillo de segunda mano, el que ponen a dos manzanas de aquí, cerca del cine, y luego tengo que ir a trabajar.

En ese momento Adam apareció en la puerta. Me costó un poco reconocerlo. Como siempre, iba vestido de punta en blanco; ese día llevaba un par de vaqueros y una camiseta azul oscuro, que parecía no haberse quitado desde hacía varios días. El pelo, más largo y despeinado, y la barba descuidada le conferían el aire de una persona que llevaba tiempo sin cuidar su aspecto.

Incómodos, nos saludamos casi con temor. Por suerte la presencia de Miranda y de las veinte bolsas logró atenuar la tensión. O, al menos, la mía.

—Siéntese —dijo Fred mirándome para que me levantase.

—No se moleste —dijo Adam dando un paso hacia delante para acercarse.

Me levanté para dejar libre la silla y me escabullí a la sala de espera a hojear el catálogo de los nuevos Rover.

—Veamos, podemos hacer la revisión el jueves —dijo Fred echando un vistazo a la agenda—, pero tendrá que dejarnos el coche todo el día.

—De acuerdo —respondió.

—En ese caso, reservaré a Gustav para el jueves.

—Muy bien, pasaré a eso de las ocho para dejar las llaves —dijo Adam. A continuación miró a Miranda, que estaba sentada en una silla a su lado, y sonrió—. ¿Cuándo nacerá el niño?

—Dentro de cuatro meses —contestó Fred orgulloso—; es una niña.

—Felicidades, eso significa que cuando nazca me permitiré hacerle un regalo.

—No tiene por qué hacerlo.

—Claro que sí, usted es siempre muy amable conmigo y tengo la impresión de estar aprovechándome.

Reí entre dientes al oír esa afirmación. En parte era cierto. Mi hermano rellenó el folio de la revisión y se lo entregó a Adam, que no apartaba los ojos de la barriga de Miranda.

—Perfecto —dijo—. Gracias, nos vemos el jueves.

Justo antes de salir me miró furtivamente.

—Adiós, Sophie.

—Adiós —murmuré sin mirarlo.

«Cabrón de mierda. Tan educado como falso». Esperé a verlo entrar por la puerta de su asquerosa casa, donde nunca me había consentido meter el pie, y me despedí apresuradamente de mi hermano y de su hermosa Miranda. Una vez en la acera, me puse los auriculares para escuchar a todo volumen a los Sigur Rós. Tras dejar atrás dos manzanas, llegué al mercadillo de segunda mano y deambulé entre los puestos, pero nada llamó mi atención. Después me compré un perrito caliente y fui al parque a comérmelo. Por fin la primavera había decidido liberar al sol del frío invernal. Y el cielo terso de Nueva York era sumamente hermoso, tan limpio y puro que me entraron ganas de volar en él. Me quité los zapatos y el jersey y me tumbé en la hierba para relajarme con la melancólica *Svo Hljótt*. Una llamada en el móvil interrumpió la canción. En la pantalla vi que era Steven. Me incorporé para contestar.

—¡Hola!

—Hola, guapa. ¿Es mal momento?

—No, en absoluto, he venido al parque a comer algo rápido, dentro de nada empiezo a trabajar.

—Bien, te llamo para invitarte mañana por la noche a cenar. Vendrá también un colega de David.

—Esto... —masculé perpleja.

—Vamos, Sophie, no tengas miedo, ha pasado un mes, te hará bien conocer hombres normales. —Se rio—. Además, tiene todo lo necesario para gustarte.

—¿A qué te refieres, si se puede saber?

—Es perspicaz, sensible e inteligente, entiende mucho de música y está bueno.

—Ah, vale, si está bueno, no puedo negarme.

—Estupendo, te espero a las ocho y media en casa.

—De acuerdo. Adiós, maravilla, saluda a David de mi parte.

—Adiós.

Colgué y la música reapareció en mis tímpanos con las notas más apremiantes y evocadoras de un epílogo desgarrador. Absorta por la melodía, noté cómo mi sombra se iba alargando en la hierba. Me volví para ver a quién pertenecía el contorno oscuro que se fundía con el mío. La música liberó el entrelazamiento armónico final; los latidos de mi corazón en la caja torácica eran tan fuertes que me dejaban sin respiración. Me calcé a toda prisa, cogí el jersey y me levanté al instante.

—No tengas miedo —dijo Adam adelantando las manos.

Me reí desdeñosa.

—No tengo miedo.

Catapultada en un remolino de sentimientos, me alejé a zancadas sin darle tiempo de decir palabra. Me confundí con la marea de transeúntes que caminaban por la inmensa acera de Nueva York, feliz de que esa ciudad estuviese siempre en efervescencia. No sabía si me estaba siguiendo y, desde luego, no tenía la menor intención de averiguarlo. Sin embargo, al llegar a un semáforo en rojo lo vi a mi lado. Sin pensármelo dos veces, me escabullí hacia el que estaba en verde, crucé y me detuve a esperar a que se abriera el semáforo de enfrente. A pesar de mi repentino cambio de rumbo Adam me seguía pisando los talones. Al cabo de un centenar de metros de persecución me paré.

—¿Tienes algo que decirme? —le pregunté mirándolo a los ojos—. Debo ir a trabajar y no me gusta que me sigan, ¿te acuerdas al menos de eso?

—¿Podemos tomar un café juntos? —me preguntó.

—No, Adam, suelta ahora lo que tengas que decirme.
—Y esperé.

—No sé qué decir —contestó.

Atónita, moví la cabeza de un lado a otro a la vez que me reía, asombrada.

—Entonces ya te puedes imaginar lo que quiero decir yo al ver tu incertidumbre. Adiós. —Eché a andar de nuevo, resuelta.

Mandarlo al infierno con un megáfono, gritarle a la cara lo que pensaba de él y de sus teorías sobre el sexo, eso era lo que quería decirle. Su presencia a mi lado despertó en mí un impulso de odio. ¿Por quién me había tomado? ¿Por una cría? ¿Pensaba engatusarme con esas maneras de seductor culpable y desesperado?

—¿Entonces? —grité apretando los dientes cuando nos paramos en el semáforo.

—Quiero seguir viéndote —dijo.

—Sí, claro. —El semáforo se puso verde y eché de nuevo a andar.

—Hablo en serio.

—Di la verdad. Lo que quieres es seguir follando conmigo. Pues lo siento, la juguetería está cerrada por tiempo indefinido. —Esquivé a una mujer con unos tacones vertiginosos y me eché a un lado dejándolo un paso rezagado.

—Nunca te he tomado el pelo, Sophie —dijo en cuanto me dio alcance.

—Por supuesto que no.

—Siempre he sido sincero.

Me paré y me acerqué hasta quedar a un milímetro de su repugnante cara.

—¿Cómo te permites decirme algo así?, ¿estás intentando darle la vuelta a la tortilla?

—No, pero desde un principio dije que no quería comprometerme en una relación.

—¡Dios mío, otra vez esa justificación! Tienes razón. La culpa es mía, me monté una película, ya está. Me equivoqué yo, fin de la historia. No quiero volver a verte, no tienes nada que ofrecerme que yo no pueda sustituir con un vibrador.

Adam me arrastró hasta una pared.

—Pero, bueno, ¿se puedes saber qué quieres de mí? Vete con tus heteras, vete con Alice Truman, *que te den por culo*, Adam.

Imperturbable, me miró sin pronunciar palabra. Sus problemas de comunicación eran deprimentes, al igual que todo lo que había habido entre nosotros.

—Volvamos a empezar —dijo con un hilo de voz.

Sin poder contenerme, le di un empellón para quitármelo de encima.

—No quiero volver a empezar una historia de mierda con un psicopático maníaco sexual.

—Me has desarmado, Sophie, no sé qué hacer contigo. Me haces sentirme inseguro y eres tan intensa que me asusté —dijo—. Por eso busqué a Alice Truman, necesitaba distraerme, pero ella no me interesa. —Se pasó una mano por el pelo—. Quiero estar contigo, Sophie.

—¿Distraerte? —pregunté desconcertada—. ¿Distraerte de qué?

—De ti.

—¿Qué? —chillé—. Pero ¿sabes lo que dices? —Me sentía realmente confusa—. La verdad es que no sé qué decirte, has perdido el juicio.

Adam apoyó la espalda en la pared y me cogió una mano.

—Escúchame, Sophie.

Me zafé de él.

—No me toques —gruñí.

—Déjame hablar, por favor.

Observé su expresión, realmente parecía deprimido, y cerré los ojos.

—¿Cuántas veces? —pregunté.

—¿Qué?

—¿Cuántas veces te has tirado a esa puta?

—Unas cuantas.

—¿Qué significa unas cuantas? ¿Mientras nos veíamos? —pregunté.

Asintió con la cabeza y tragó saliva.

—¿También cuando te vi esa mañana?

—Sí —asintió exhalando un profundo suspiro—. Pero justo esa mañana, cuando me desperté a su lado, le dije que para mí era…

—¿Durmió en tu casa? —pregunté conteniendo el instinto de partirle la cabeza.

—A veces lo hacía, sí.

«A veces», pensé, cuando follaban tanto que se hacía tarde para mandarla a casa. En cambio, yo a medianoche siempre en un taxi, ni un minuto más tarde.

—Adam —murmuré, realmente vacía—, saber todo esto solo me ayuda a odiarte aún más. Te miro y te veo con ella y con todas las mujeres con las que has sido capaz de compartir mucho más que conmigo. Lo único que he tenido yo han sido unas horas en un piso anónimo.

—Me pediste que lo intentase y yo lo hice, Sophie, a mi manera, con todas mis limitaciones, lo intenté y quiero seguir haciéndolo, más que antes.

—Y yo te prometí resistir y lo hice, pero te pedí una exclusividad que no me diste. De manera que el pacto se ha roto.

—Tienes la exclusividad. —Se acercó cogiéndome de nuevo una mano—. Siempre la has tenido, eres especial, Sophie, entraste en mí de inmediato. Me has dado mucho y no he sabido restituirte nada.

—Exacto —murmuré, extenuada ya por la conversación—, no me has dado nada, nada, solo carne y lasañas.

—Pero puedo intentarlo —dijo—. Ayúdame, te lo suplico, pídeme lo que quieras, estoy dispuesto a lo que sea... —Apoyó mi mano en su espalda, abrazándome—. Te daré todo.

Ya no entendía nada.

—No has dicho lo que yo quería oír.

Recuperé mi mano y reculé un paso. De improviso, la expresión de Adam se tornó firme y desdeñosa.

—Te lo estoy diciendo entre líneas, pero te lo estoy diciendo. ¿De verdad necesitas oír esas tres palabras tan estúpidas? —dijo alzando la voz. Su cambio de humor me irritó aún más—. ¿No te basta que esté aquí implorando tu perdón, no te basta que te diga que no quiero que me dejes, que quiero estar contigo, que te necesito, que eres la única mujer que ha conseguido apartarme de mis convicciones, que los días sin ti me parecen inútiles? ¿No te basta? ¿No te basta? —Se inclinó hacia mí—. Porque a mí me bastó el primer beso para comprenderlo, y no necesito que me lo digas, lo siento, lo comprendo cada vez que te toco, comprendo que me quieres.

En ese momento le di una bofetada.

—Solo eres un estúpido narcisista. Precisamente porque siempre has sabido lo que yo sentía habrías podido evitar todo esto, evitar venir aquí para montar la escena del perro apaleado. Hace meses que podrías haber sido lo que tratas de evitar como sea, no sé por qué. Adam, solo eres un capullo que, de repente, ha descubierto que el sexo unido a los sentimientos es mucho más satisfactorio que el sexo sin más.

Adam negó con la cabeza.

—Eres un hombre atractivo, Adam, rico, nunca te faltarán las mujeres, sabes usar el pene de maravilla, pero poco el cerebro.

—¿Recuerdas el libro que estabas leyendo en Nochevieja? —me preguntó de buenas a primeras.

—No, ¿qué coño tiene que ver? —estallé.

Dios mío, cuánto lo odiaba cuando cambiaba de tema y no contestaba a las preguntas. Se me había subido la sangre a la cabeza. Si dejaba que la rabia se apoderase de nuevo de mí, no iba a ser capaz de dominarla.

—El de los viajes en el tiempo —dijo—. Si la protagonista estuviese hoy aquí y me preguntara qué me gustaría hacer si pudiese volver atrás en el tiempo, yo solo tendría una respuesta.

Arqueé las cejas, incrédula.

—Tienes que ir a ver a un psicoterapeuta como sea... Tú... estás realmente mal.

—Volvería atrás, Sophie. Volvería a la Nochevieja y no me marcharía, volvería a esa noche y te llevaría conmigo a casa para siempre, y nunca te llevaría a ese club —dijo—. Me gustaría volver atrás y no haber tenido miedo, deseo tantas cosas que ya no puedo hacer..., pero ahora estoy aquí y te pido que me concedas una segunda oportunidad.

Cerré con fuerza los labios en una mueca acre y apreté los puños.

—Si necesitas que te diga esas tres estúpidas palabras para volver conmigo, puedo decirlas, pero, Sophie, no significan nada, no encierran lo que siento. Yo quiero estar contigo. ¿Puedes aceptarlo?

—No lo sé —contesté encogiéndome de hombros—. No lo sé, de verdad. Me has humillado tanto que ya no logro confiar en ti. Y la confianza es la base de todo.

Bastó ese primer titubeo para que empezara de nuevo a apremiarme.

—Fíate de mí, te lo ruego, no haré nada que pueda hacerte sufrir. Fíate de mí, sé que te pido mucho. —Cogió mi cara entre sus manos—. Por favor, Sophie, fíate, todo será distinto.

El teléfono sonó, era Sabrina.

—¿Dónde estás? Son las tres y media —dijo, nerviosa.

—Llego enseguida, estoy al otro lado de la calle, solo un minuto.

—Muévete, menudo lío hay aquí; ha salido el nuevo libro de los vampiros y hay un sinfín de pedidos.

—Enseguida voy, adiós. —Me dirigí a Adam—: Tengo que marcharme. Y la respuesta es... no.

—¿Podemos vernos de todas formas? Aunque solo sea para tomar un café.

—No, olvídalo, no me interesa, no tenemos nada en común.

—De acuerdo —dijo metiéndose las manos en los bolsillos—. Esperaré.

«Espera, espera», pensé.

—Adiós —dije dándome media vuelta. Crucé la calle sin mirar hacia atrás y entré en la librería.

A Sabrina no le dije que había visto a Adam para ahorrarme la regañina de rigor. Ni que decir tiene que me pasé toda la tarde analizando el encuentro, vacilando entre absolverlo o rechazarlo. Empaquetamos más de mil doscientos volúmenes que había que envíar y, agotadas, salimos a las ocho de la librería.

—A propósito, se me ha olvidado decirte que hoy me ha llamado Steven. Me ha invitado a cenar en su casa el viernes por la noche, quiere presentarme a un amigo de David.

—Bueno, espero que sea atractivo.

—Dice que es perspicaz, sensible e inteligente.

Se echó a reír muy a gusto.

—No existen hombres así, será el consabido actor.

Riéndonos, cruzamos al otro lado de la calle. De repente Sabrina me aferró un brazo.

—Sophie, Adam está ahí —susurró angustiada.

Alcé la mirada y lo vi exactamente donde lo había dejado cinco horas antes. Apoyado en la pared con las manos en los bolsillos. Sabrina se apresuró a llamar a un taxi, que se detuvo a nuestros pies.

—Sube, Sophie, vamos a casa; déjalo.

—Está ahí desde las tres —murmuré.

—¿Qué? —preguntó, incrédula.

—Lo que oyes, está ahí desde las tres. No te lo he dicho, me siguió desde el garaje hasta la librería.

—Pero ¿habéis hablado?

Asentí con la cabeza.

A Sabrina se le hundieron los hombros. Cerró los ojos y exhaló un suspiro capaz de ensanchar el agujero de ozono.

—Por la cara que has puesto sé que volveré sola a casa —protestó.

—No, pero espera un segundo.

El taxi se marchó de vacío. Me acerqué lentamente a Adam. Cuando estaba a dos metros de él, me sonrió de una forma que me arrojó al océano del melodrama más meloso.

—¿Ahora te dedicas al acoso?

—Te he dicho que te esperaré.

Sonreí.

—¿Piensas pasar aquí toda la noche?

—No tengo nada que hacer y solo quiero estar aquí.

—Te haré una pregunta.

—¿Si te contesto, vendrás a casa conmigo?

Lo miré atónita. Había perdido el juicio de verdad. Era imposible reconocer al Adam de siempre.

—Tú limítate a contestar.

—Pregunta.

—Si hoy no hubiera ido al garaje de mi hermano, no habrías vuelto a dar señales de vida, ¿verdad? Porque me cuesta creer que te haya bastado verme un segundo para despertar en ti la humanidad que has demostrado antes.

—Estuviste en casa de tu madre hasta el viernes, luego volviste a tu piso y esa misma noche celebrasteis una fiesta. Al día siguiente saliste a hacer la compra y pasaste la noche sola en casa. El domingo fuiste a comer a casa de tu madre y luego al local donde trabaja Bob con Sabrina y Stephanie. Hablaste toda la noche con una chica. El lunes volviste a trabajar. Desde entonces te he acompañado todos los días en el metro hasta aquí y luego de vuelta a casa. Te observaba desde lejos, eso me bastaba. Luego, hoy, cuando te vi bajar del taxi con Miranda, me dije que, si aún había alguna esperanza, lo comprendería al ver tus ojos. De forma que fui al garaje.

Observé su barba descuidada, su pelo desgreñado y su ropa.

—¿Desde cuándo no vas a trabajar?

—Ya no lo sé. —Cerró los ojos e inspiró hondo—. Te partí el corazón, Sophie, me doy cuenta, si no hubiera entrevisto una posibilidad, no habría dado un paso adelante, me bastaba estar cerca de ti. Invisible.

—Hasta que hubiese conocido a otro —murmuré—. ¿Qué habrías hecho en ese caso?, ¿me habrías violado, como hizo Albert?

Adam me regaló una expresión de dulce tormento.

—No encontrarás a ninguno después de haber estado conmigo —afirmó.

Me reí con desdén.

—¿Y tú cómo lo sabes? El mundo está lleno de hombres.

—Porque yo tampoco encontraré una como tú —contestó— y tú también lo sabes, desde hace mucho más tiempo que yo.

Me volví a mirar a Sabrina, que estaba trajinando con el teléfono.

—¿Vienes a casa conmigo? —preguntó acariciándome una mejilla—. Te lo ruego, arreglaremos todo, yo arreglaré todo.

—¿A qué casa? —pregunté.

—A la mía, a la tuya, a la nuestra.

¿Qué tenía de especial ese hombre que era capaz de hacer saltar por los aires hasta mis más férreas convicciones? ¿Por qué cada vez que lo miraba a los ojos solo veía un mundo inmenso al que creía pertenecer? El móvil vibró, era un SMS. Miré la pantalla y me volví hacia Sabrina, que seguía parada en la acera.

¿Me marcho?

Sí.

Dile que si te hace derramar una sola lágrima le parto los huesos.

Sabrina cogió un taxi y yo, la mano de Adam. Paseamos por las calles de Nueva York entre silencios y besos trepidantes hasta llegar a la puerta de su casa. Cuando observaba las luces del duodécimo piso, siempre había tratado de imaginar qué tipo de casa tendría. Y ahora estaba allí. El portero nos abrió la puerta acristalada y me miró sorprendido.

—Hola, Stewart —murmuré avergonzada.

—Buenas tardes —dijo vacilante—. Bienvenido, señor Scott.

—Buenas tardes, Stewart.

En el ascensor experimenté la misma sensación que había tenido hacía unos meses, cuando me estaba introduciendo en su mundo. Pero lo que estaba sucediendo en ese momento superaba mis más férvidas expectativas.

—¿Tienes miedo? —me preguntó Adam rodeándome con sus brazos.

Me hundí en su abrazo sin contestarle.

—Esta vez no nos espera ninguna máscara.

—Eso me da aún más miedo.

Adam esbozó una sonrisa.

—¿Miedo de lo que puedo hacerte?

—No, nunca he tenido miedo de ti, me asusta que lo que está ocurriendo supere todas mis expectativas.

Cuando la puerta del ascensor se abrió, estábamos encadenados el uno al otro.

Crucé el umbral con el corazón acelerado.

—Bienvenida a mi casa —dijo Adam acompañándome al centro del salón.

Era muy refinada y estaba sumamente ordenada. La decoración era moderna y en ella abundaban los objetos de diseño, entre los cuales se encontraba la inevitable lámpara de Castiglioni.

—¿Por qué te ríes? —preguntó Adam.

—Vuestros pisos, los de los ricos, siempre se reconocen por los objetos de diseño homologados.

—¿Sí? —preguntó—. ¿Crees que soy incapaz de elegir lo que me gusta? ¿Soy convencional?

—Un poco —contesté.

—¿Quieres beber algo? —preguntó acercándose a los licores.

—No, solo agua.

Adam se dirigió a la cocina americana, integrada en el salón.

—¿Cocinas? —pregunté.

—A veces —respondió esbozando una leve sonrisa—, por lo general la cena la prepara Carmen, mi asistenta.

Apuré el vaso de agua de un sorbo observando más detenidamente la decoración con cierto desasosiego. Esas paredes encerraban un pasado de Adam que yo desconocía casi por completo. Al mirar los dos sofás de piel, uno frente al otro, no pude por menos que preguntarme con cuántas de las mujeres con las que lo había visto habría follado allí. También la mesa en que acababa de dejar el vaso habría sido, a buen seguro, escenario de algún que otro coito. En mi caso se trataba tan solo de una idea vaga, pero ¿cómo era para él? Saltaba a la vista que cada rincón le recordaría sus deslices.

—¿En qué piensas? —preguntó acercándose a mí.

—En nada —contesté.

—No es verdad, ¿en qué estás pensando?

—En nada; venga, enséñame la casa. —Le cogí una mano y lo arrastré hacia el pasillo.

Abrió la primera puerta y me enseñó el cuarto de baño de los invitados, que era tan grande como mi habitación del garaje. La habitación siguiente era un gimnasio. Enfrente estaba el cuarto de lavar, donde no faltaba de nada. A continuación, la habitación de invitados, tan grande como mi salón en el Bronx. Sin abrirla, me dijo que detrás de la última puerta que había a la izquierda estaba su despacho, pero que prefería no enseñármelo, porque estaba muy desordenado. «Quizá sea la habitación de sus juegos perversos», pensé.

Por último, entramos en su dormitorio. Era amplio y daba al *skyline* de Nueva York. Contemplé el panorama con él a mi espalda. Luego eché un vistazo a la calle y observé el letrero del Parking Lether, que estaba encendido, recordando cuántas veces había mirado las luces de esa habitación desde mis cinco peldaños, mientras me preguntaba qué estaría haciendo.

—Estás muy callada, ¿en qué piensas? —preguntó ciñéndome la cintura.

—Tienes una casa muy…

—¿Impersonal?

—No, moderna y acogedora, y te pega. —Me volví y le regalé un beso.

Noté un marco en la cómoda. Me desasí de su abrazo y me acerqué para verlo mejor. Era él, más joven, en compañía de sus padres y de sus hermanas, con sus respectivos maridos e hijos. Era una bonita imagen de una familia feliz.

—¿Es tu familia?

—Sí.

Di media vuelta para tener una visión de conjunto de la habitación.

—Es grande —comenté.

Me aproximé a la cama y recorrí el perímetro de las sábanas con los dedos.

—¿Has traído a muchas mujeres aquí? —pregunté casi sin mirarlo. El rostro de Adam se ensombreció como si le hubiese clavado un cuchillo—. ¿Por qué nunca me trajiste a mí? —añadí sentándome.

—Porque si lo hubiera hecho no te habría dejado salir nunca más. —Me tumbó poco a poco en la cama y se echó a mi lado.

—¿Me quieres recluir?

—Si fuese necesario, podría hacerlo. —Me besó—. Te he echado de menos —susurró acariciándome las caderas.

Hundí la lengua en su boca estrechándome contra su cuerpo. Sus besos se intensificaron enseguida. Oí que jadeaba. Vacilé un instante, asombrada de su ardor, que era mayor del habitual.

—Oh, Sophie —murmuró mordiéndome el labio—, me has embrujado.

—No quiero hacerlo aquí —dije.

Se paró y me escrutó con atención.

—Y yo no quiero hacerlo hasta que estés segura.

Le sonreí.

—No quiero hacerlo en esta cama. ¿Hay un lugar inmaculado en esta casa?

Me llevó a su despacho y me tumbó en el sofá.

—Aquí solo entro yo —dijo.

Un segundo más tarde me había descalzado y estaba enroscada a él.

—¿Aún me quieres? —preguntó.

—¿Por qué me lo preguntas? Nunca lo has hecho.

—Haces que me sienta inseguro, y no quiero equivocarme más contigo, no quiero decepcionarte.

Sonrió y me acurruqué sobre él, con la cabeza apoyada en su pecho.

—No tienes cerebro, Adam. —Deslicé una mano hasta su erección—. Pero tienes una bonita polla y te quiero. —Le besé la barbilla, luego subí a los ojos, los pómulos, la nariz y me hundí en su boca. Adam me quitó el vestido y, como de costumbre, me destrozó las bragas.

Me tumbó, me abrió las piernas con las suyas y después, con una lentitud deliciosa, me hizo suya. Ya estaba preparada para él, de forma que, cuando entró definitivamente en mí, cerré los ojos para gozar de esa plenitud y de la sensación de ser de nuevo suya. Alcé la pelvis de forma instintiva para salirle al encuentro, para unirme a él. Sus besos se hicieron más ávidos, sus movimientos, cada vez más rápidos e implacables, como me gustaba.

—Amor mío —susurró jadeando.

Al oír esas palabras inesperadas me abandoné por completo, estallé de forma magnífica, olvidándome de todo lo que había sucedido.

—Eres preciosa. —Oí que jadeaba cada vez más fuerte y que se tensaba. Abrí los ojos.

—¡Adam!

—Sophie.

—Adam.

—Sí.

—Adam, ¡ya no tomo la píldora!

Un jarro de agua fría lo despertó al instante, salió de golpe de mí apretando los dientes, pero ya era tarde. Me arrojé entre sus brazos y se la cogí con la mano acompañando su orgasmo, que estalló en mi vientre.

—Coño, Sophie. —Me abrazó respirando entrecortadamente y permanecimos unos minutos en esa incómoda posición, entre besos y suspiros aterciopelados. Exhausto, se derrumbó encima de mí empujándome sobre el sofá, abandonando su cabeza en mi cuello. Su respiración se fue relajando poco a poco. Le acaricié la cara y la barba, que mi tacto desconocía.

—¿Y esta barba?

—¿Y los kilos que has perdido? —respondió pellizcándome las caderas.

Sonreí.

—No puedes vivir sin mí —dije con ironía.

—Qué perspicacia —contestó con aire más serio—. Te he echado de menos, Sophie —dijo mostrándose por primera vez más frágil de lo que yo pensaba—. No vuelvas a dejarme —añadió—, sin ti estoy muy solo.

Después de mil abrazos y caricias, Adam se puso de pie y me pidió que lo esperara tumbada. Sin embargo, lo desobedecí —algo que nunca hacía— y me puse a curiosear. El despacho no estaba desordenado, al contrario. Me senté al escritorio dando la espalda a la ciudad iluminada y miré los objetos que tenía sobre la mesa. Mis ojos se posaron de repente en unos folios escritos con bolígrafo. Su escritura. Era la primera vez que la veía. Leí dos líneas y me quedé helada.

Era una lista detallada de nuestros encuentros con referencias a secuencias de vídeo. Las posiciones, los arneses que habíamos utilizado, los minutos que había durado mi agonía y los segundos de orgasmo. Me puse de pie de golpe, turbada. Hojeé rápidamente todos los folios sin poder creerme lo que estaba leyendo. Alcé los ojos, presa de nuevo del desasosiego por haberle creído. Por haber sido tan estúpida de pensar que yo era algo más para él. En la mesita que había delante del sofá vi el mando a distancia. Iracunda, me puse delante del televisor, lo encendí y seleccioné el vídeo.

Apesadumbrada, vi que la única carpeta presente llevaba mi nombre. Apreté «OK» en el mando, elegí el primer vídeo de la lista y me vi haciendo el amor con él. Era peor que una película de terror, apenas podía mirarme. Apreté el avance rápido y vi nuestros encuentros a la velocidad de la luz. Con los folios en la mano, inicié la escena treinta y cuatro de la lista y miré las imágenes a la vez que leía los pormenores de su análisis, preciso y detallado. Sentí un nudo en la garganta incontrolable. Como no podía ser menos, de inmediato recordé al oso polar detrás de los barrotes. Yo era como él. Un animal que debía ser analizado y estudiado.

—Sophie.

Aparté los ojos del vídeo y los posé en los suyos. Adam estaba en el umbral con un paquete de toallitas húmedas y un plato con dos sándwiches en las manos, y una manta bajo el brazo.

—¿Y esto? —pregunté agitando los folios—. ¿Qué haces? ¿Me analizas? ¿Me follas y tomas apuntes? —Los lancé al aire como si fueran confeti y recogí a toda prisa el vestido del suelo.

Un segundo después Adam me sujetó por los brazos.

—No es lo que piensas, Sophie, no es lo que piensas —dijo agitado.

Alcé la rodilla, decidida a golpearlo. Su maldito pene. Adam me soltó para defender ese pedazo de músculo que yo le habría arrancado a mordiscos.

—¡Pienso tantas cosas, demasiadas, contigo nunca hay límites!

—Cálmate, te lo ruego, puedo explicártelo. —Me cogió la cabeza con las manos para que lo mirase.

¿Calmarme?

—¿Qué se supone que soy? ¿Un conejillo de Indias? —grité aturdida.

—Nunca lo has sido.

—¿Y estos? ¿Y esto? —Apreté «Play» y los jadeos se propagaron a través de los altavoces. Me puse el vestido.

Adam se apresuró a apagar la televisión, luego volvió rápidamente a mi lado.

—Nunca has sido un conejillo de Indias, solo quería entender lo que debía hacer.

—¿Para qué? —gruñí—. ¿Para darme más placer?

Adam se calló. Dios mío, enseguida me vino a la mente lo que me había dicho en nuestra primera cena en Long Island. *El orgasmo tántrico.*

—¿Lo haces porque caigo en trance? —pregunté reculando.

—No hay nada malo en ti, veo que sientes placer, pero no…

—No digo palabra —proseguí dolida.

—No, no, no. —Me cogió la cara entre las manos—. Mírame, Sophie, todo va bien, eres preciosa.

—Pero te transmito inseguridad.

—No, amor mío, lo entendí tarde, fui un idiota. —Me hizo sentarme en el sofá y empezó a besarme, embriagándome—. No necesito ningún artificio contigo, ¿lo entiendes? Solo nosotros, así —dijo aflojando con delicadeza un tirante del vestido—. Bastan los besos, las caricias. —Se deslizó poco a poco hasta el pecho —. La respiración —concluyó volviendo a mis ojos.

—Pero ¿gozas conmigo? —pregunté vacilante.

—Por supuesto, como no lo he hecho con nadie, me arrollas. Ya sabes que me gusta dar placer y que nunca he pensado en otra cosa.

Cerré los ojos avergonzada.

—Abre los ojos, Sophie —dijo—, mírame, no eres un conejillo de Indias, era yo el que no entendía nada. Solo quería estar a tu altura.

Lo miré a duras penas y me eché a llorar.

—Yo, yo nunca he sentido nada igual, no existía antes de conocerte, me arrastras en todo y, no sé, me siento tan libre cuando me tocas…

—Amor mío —dijo—. Lo mismo me sucede a mí, ¿me crees? —Me enjugó las lágrimas con los dedos—. ¿Me crees? —repitió. Luego se levantó de golpe—. Tiraré todo, Sophie.

Recogió los folios del suelo, los dobló y los pasó por la trituradora de papel, luego seleccionó en la televisión la carpeta de nuestros coitos y la borró de la memoria. A continuación se aproximó de nuevo a mí.

—Me he equivocado por completo contigo. Intenté mantenerte apartada, creía que así podría estar cerca de ti sin tener miedo de perderte. Pero luego tú…, tú…, tú… —Le acaricié los labios y apoyé la frente en su mejilla—. Te entregaste a mí por completo, y yo no lo hice…

—Adam.

—Déjame terminar, Sophie —dijo con firmeza—. He tenido muchos cuerpos, incluido el tuyo, pero lo único que buscaba en ti era tu corazón.

—Siempre lo has tenido —susurré.

—Lo sé —respondió quedamente—, y tú tienes ahora el mío. Te quiero, Sophie.

Abrí los ojos y le rodeé el cuello con los brazos sonriendo.

—¿Lo has dicho?

—Lo he dicho —murmuró riéndose— y lo repito. Te quiero, pese a que… las palabras no son nada comparadas con lo que siento.

Lo eché en el sofá cubriéndolo de besos. Adam se incorporó y me obligó a ponerme a horcajadas sobre él.

—Espera —me dijo con voz ronca.

Me cogió en brazos y fuimos a su dormitorio.

—No quiero…

—Chis —siseó. Metió su lengua en mi boca dejándome sin conocimiento—. Debo coger los preservativos y no quiero que te vuelvas a quedar sola y te dediques a buscar a saber qué en mi ordenador. Te prometo que luego borraré todo.

Diez segundos más tarde estaba de nuevo dentro de mí y todo fue más intenso y apasionado que nunca.

Al día siguiente me desperté sola. Me puse el vestido y seguí las voces que procedían de la televisión encendida. Adam estaba en la cocina mirando las noticias económicas. Estaba vestido de punta en blanco y tenía una taza de café en la mano.

—Buenos días —dije de pie detrás de él.

Se volvió y me dirigió una sonrisa de sorpresa.

—Buenos días, preciosa. No quería despertarte, te he dejado una nota. —Me abrazó y me dio un beso en la frente. Surqué con los dedos su cara rasurada.

Me senté en el taburete con la espalda encogida.

—Veo que te cuesta despertarte —dijo con ironía—. ¿Quieres un café?

—Sí.

—Amargo, ¿verdad?

—Sí.

Me sirvió una taza abundante y me cortó dos rebanadas de pan.

—¿Qué prefieres, mermelada, mantequilla de cacahuete, otra cosa?

—Pan nada más.

—Perfecto.

En la mesa había un folio, un cepillo de dientes aún en su envase y un manojo de llaves.

—¿Son para mí? —pregunté metiéndome el anillo del llavero en un dedo.

Adam sonrió, apagó la televisión y se sentó frente a mí para proseguir nuestro primer desayuno juntos. Era bonito estar allí, aunque también un poco embarazoso.

De golpe y porrazo, Adam soltó la siguiente frase:

—Me gustaría hablarle a tu hermano de nuestra relación.

Dejé la taza en la mesa, temblando.

—Tiene que saberlo, es inevitable, vivo delante de su garaje y tarde o temprano nos verá.

—Esto... —resoplé—, no lo sé, verás...

—¿Tienes miedo de tu hermano?

—No —contesté—, de él no, sino de lo que dirá.

—¿Y qué crees que dirá?

—No lo sé. —Mentira, lo sabía de sobra. Que era un error, que estaba cometiendo la enésima gilipollez y otras cosas por el estilo.

—Bueno, en ese caso propongo que vayamos a oír lo que dice.

—¿Ahora? —Lo miré de hito en hito, presa del pánico.

—Sí, ahora. Arréglate, vamos.

Me arrastré hasta el cuarto de baño de invitados. Después de refrescarme un poco me demoré leyendo los ingredientes de unos tarros de esencias de baño. Olfateé varias cremas, espié en los armaritos...; en pocas palabras, hice todo lo que pude para posponer un encuentro que me aterrorizaba. Pero luego me miré al espejo unos segundos y sonreí al recordar lo que había ocurrido en las últimas horas. Hice acopio de valor y volví al salón. Adam estaba sentado en el sofá, oyendo de nuevo las noticias económicas y hablando por teléfono.

—Calculo que estaré ahí en una hora, prepárame los informes del último mes y avisa a Seth de que debe ponerme al tanto. —Me acerqué al sofá y Adam alargó una mano para indicarme que me sentara a su lado—. No, no quiero ninguna reunión. —Puso mis piernas sobre las suyas, y yo apoyé la cabeza en la cavidad de su cuello, envuelta de nuevo en su olor—. Perfecto, nos vemos dentro de una hora, hasta luego. —Nada más colgar me tumbó en el sofá y sedujo mi boca.

—¿Estás lista? —preguntó deslizando sus labios por mi cuello y despertando en mí el deseo de desprenderme de todo al instante.

—¿No podemos ir otro día? —pregunté—. No entiendo a qué vienen tantas prisas.

—Nunca dejes para mañana lo que puedes hacer hoy. Libera la mente —contestó levantándose de golpe.

—Te lo ruego, hagámoslo otro día. Yo ahora me voy a casa. Podemos pensarlo esta noche o mañana, cuando quieras verme, vaya.

—Esta noche te recogeré a la salida del trabajo y quiero que traigas tus cosas aquí.

Cogió mi bolso, me tomó de una mano y me arrastró hasta el rellano.

—No puedo y, además, no quiero —contesté soltándome de él.

Adam me miró vacilante.

—Mientras esa cama siga en tu casa, no volveré a poner el pie en ella; además esta noche ceno en casa de un amigo.

—¿Qué amigo? —me preguntó con aire serio.

—Steven —respondí.

—Ah, el homosexual —murmuró—. Eso significa que luego compraré una cama nueva y que después vendrás a mi casa. Vamos, Sophie, no pensaba que tuvieras tanto miedo de tu hermano.

En el ascensor, observé en silencio la cuenta atrás de los pisos; no hablé hasta que no llegamos al tercero.

—Sí, tengo miedo de él. Además, ¿dónde piensas encontrar una cama en un día?

—Tengo mis métodos, no te preocupes. En cualquier caso, ya verás cómo todo va bien con tu hermano. Puede que se contraríe un poco, pero tendrá que resignarse. Todo irá bien, fíate.

Las puertas se abrieron mientras nos besábamos. Noté que el portero nos miraba confundido. Me hice la loca, avergonzada.

Tras salir a la calle me solté de Adam, pero él me cogió otra vez de la mano con renovado vigor. Me volví a zafar de él.

—Paso a paso, ahora eres tú el que me avasalla.

Desde la calle veía ya a mi hermano sentado al escritorio, ocupado con sus negocios. Recé para que no levantase la cabeza antes que entrásemos en su despacho.

Adam entró en primer lugar; yo lo seguía, escondida detrás de su espalda.

—Buenos días, señor Scott —dijo Fred.

—Buenos días, Fred —contestó Adam.

Poco a poco, casi a cámara lenta, aparecí por detrás de Adam, procurando no llamar demasiado la atención.

—Hola, Sophie —dijo mi hermano perplejo al verme allí a las ocho de la mañana, pero luego se dirigió de nuevo a Adam—: Dígame, ¿tiene algún problema? —preguntó, ajeno a todo.

—No —contestó Adam con calma—. He venido para hablar con usted. Para empezar, me gustaría pedirle que nos tuteemos.

Oí cómo mi hermano carraspeaba, confuso ante esa extraña afabilidad. Entretanto me había apoyado en el fichero con las manos a la espalda. Alcé los ojos solo lo suficiente para mirar a mi hermano, que estaba justo debajo de la fotografía de mi padre, y después los clavé en el folleto del restaurante sobre el que se veía un pósit en el que figuraba una fecha bien subrayada.

—Por supuesto —dijo Fred.

—Fred, quiero que sepas que Sophie y yo estamos saliendo juntos y que, dado que soy cliente tuyo y que, sobre todo, vivo aquí enfrente, he pensado que debía decírtelo para evitar que lo descubrieses de otra forma.

Al oír esa declaración tan firme, me escondí de nuevo poco a poco detrás de Adam. Sin embargo, él me cogió de una mano y me obligó a permanecer a su lado. Me rodeó con delicadeza la cintura y me atrajo hacia él.

Mi hermano se sentó al escritorio, a todas luces asombrado. Mis ojos iban de él a mi padre, sentía una gran confusión.

—¿Desde cuándo? —preguntó.

—Desde hace varios meses —contestó Adam con naturalidad—, pero hace poco hemos tomado una decisión: Sophie se vendrá a vivir conmigo.

En ese momento mis hombros se aflojaron, vencidos por todo el peso del mundo. Fred masculló algo, luego carraspeó.

—Te agradezco la sinceridad, Adam… ¿Qué puedo decir?

Empezó a repiquetear con los dedos en el escritorio.

—Danos tu aprobación —contestó Adam sereno.

Fred soltó una carcajada ahogada.

—¿Nos puedes dejar un momento solos, Sophie? —preguntó al cabo de unos segundos interminables.

Sin decir palabra, di un paso hacia atrás y salí a toda prisa del despacho. Fui a sentarme en la escalera del portal de al lado tratando de imaginarme el diálogo entre los dos mientras esperaba. Seguro que mi hermano le estaba contando mi pasado y diciéndole lo frágil que yo era. Todo era tan embarazoso… Al cabo de cinco minutos Adam se reunió conmigo.

—Todo ha ido bien —dijo acuclillándose—, tu hermano está contento.

—¿Qué te ha dicho?

—Me ha dicho que me romperá los huesos si te hago sufrir. —Me acarició la cara y soltó una carcajada.

Mi semblante se ensombreció. Al verme, la expresión de Adam se volvió más condescendiente.

—No te pongas así, Sophie, todo va bien. Ve a verlo y lo comprobarás, está tranquilo.

—No habíamos hablado de vivir juntos —masculle buscando sus ojos.

—¿Qué pensabas, que nos veríamos en días alternos?

—No lo sé, todo va tan deprisa... Tú estás acelerado, solo empecé a conocerte ayer por la noche.

—¿Y eso no basta? —preguntó cogiéndome las manos.

En ese momento Fred se acercó a nosotros y yo me aparté instintivamente de Adam, quien sonrió lanzando una mirada de complicidad a mi hermano.

—Oye, ahora tengo que marcharme, llámame cuando hayas puesto en orden las ideas.

—Ya no tengo tu número —murmuré mirando al suelo.

—Te lo he grabado en la agenda del móvil, es el primero de la lista. —Me dio un beso en los labios y fue a recoger su coche. Cuando el automóvil pasó la barrera hice acopio de valor y me acerqué a mi hermano.

—Lo sé, también con él acabará mal —murmuré alzando la mirada hacia Fred.

—Puede que sí, puede que no —dijo mirando hacia delante.

—¿Qué le has dicho? ¿Le has hecho un resumen de todos mis errores?

—Soy tu hermano y debía asegurarme de que fuese consciente de tu fragilidad.

—¿Y le ha quedado claro?

Fred sonrió dándome una palmada en la cabeza.

—Me ha dicho que está al corriente de todo y que lo último que desea es perderte; creo que le gustas de verdad.

—¿Te parece bien? —pregunté.

—Nunca has seguido mis consejos y, por supuesto, supongo que no empezarás a seguirlos ahora; solo me preocupan las diferencias que hay entre vosotros.

Moví la cabeza extrañada.

—Es rico, no le falta de nada, sobre todo mujeres. —Arqueó las cejas para que captase el sentido de sus palabras, que era evidente—. Justo por eso él tiene algo que, en mi opinión, no es muy bueno para ti.

—Ya —murmuré.

—Pero te quiere.

—¿Te lo ha dicho él? —pregunté alzando levemente la mirada.

—No lo ha dicho, pero se intuía: quiere cuidarte.

—Tengo miedo —dije apoyando la frente en uno de sus hombros.

Fred me estrechó contra su cuerpo.

—Me lo imagino.

En cuanto oímos la voz de Alice Truman a nuestras espaldas, nos separamos.

—¡Buenos días, Fred! —dijo con voz sonora.

La pantera rubia pasó por delante de nosotros, elegante con sus tacones de doce centímetros, que lucía como si fueran un par de bailarinas.

—¿Sabes que ha follado con ella? —murmuró Fred mirando a la diosa subir a su Mercedes.

—A lo bestia —murmuré soltando una risotada nerviosa.

Fred sacudió la cabeza.

—No me hagas pensar en eso —dijo alejándose con las manos en los bolsillos.

Pobre Fred, a saber qué tormento le había causado. Seguro que en ese momento me imaginaba sobre el capó del Audi follando con Adam. Preferí no pensar en ello.

Después de la conversación entre Adam y Fred, decidí volver a mi casa. Mientras regresaba en el autobús, recibí un mensaje de Sabrina y otro de Steven. El de mi amiga decía:

No has vuelto y eso me hace pensar que eres de nuevo Adamdependiente. Llámame en cuanto dejes de tomarlo…

En cambio, el segundo mensaje, el de Steven, decía:

Confirmo la cena a las ocho y media en mi casa. Besos,

Steven

Una vez en casa, mientras escuchaba la radio, reflexioné sobre las últimas doce horas y a eso de las once decidí hablar con él. Respondió a la segunda llamada.

—Te has dado prisa —dijo.

—Sí, bueno, te llamaba para decirte que lo he estado pensando… y que… no quiero dejar mi casa.

—¿Quieres conservar un refugio? —preguntó.

—Sí.

—De acuerdo, como prefieras.

—Y quiero tener la libertad de ver a mis amigos y que tú vengas conmigo alguna que otra vez; es decir, quiero salir, ver gente.

—De acuerdo.

—Y prométeme que, en caso de que haya problemas, hablarás de ellos.

—¿Por qué me lo pides?

—Porque yo no hablo mientras hago el amor, pero tú no hablas en general.

Oí que se reía.

—De acuerdo.

—Vale, en ese caso, acepto, pero solo iré a tu casa cuando te hayas desembarazado de la cama.

—He pedido ya muebles nuevos para la habitación, mañana vienen a traerlos.

—Entonces mañana por la noche me mudaré a tu casa, pero dejaré algunas cosas aquí y seguiré pagando el alquiler, no quiero que Sabrina y Stephanie corran con todos los gastos.

—Todo lo que tú quieras.

—Perfecto, en ese caso ven a recogerme mañana a las ocho a la librería y veremos qué pasa.

—Me muero de ganas.

—Adiós.

—Adiós.

Nada más colgar recibí la llamada de Ester.

—¡Dime que no es cierto, Sophie! —dijo dejándome aturdida.

—¿El qué?

—Ben acaba de enterarse por el propietario del bar Lucas de que sales con Adam Scott. Sophie, dime la verdad.

Me llevé un puño a la frente y apreté los dientes.

«¡Maldito bocazas! —pensé.— ¿Por qué mi hermano tiene que meterse siempre donde no le llaman?».

—¡¿Sophie?! —me apremió Ester—. Entonces, ¿qué dices?

—Esto…, Ester, para empezar, hola.

—Oh, madre mía, *madre de Dios**, entonces es cierto, qué desgracia. ¿Qué te he dicho siempre? Ese tipo es el demonio, Sophie, Sophie, Sophie, *Jesús santo**, pobre *niña****.

Su voz era tan melodramática que no pude contener la risa.

—Es una persona normal, Ester.

—¿Normal? —exclamó con voz aguda—. Pero ¿desde cuándo dura lo vuestro? ¿Desde cuándo, Sophie?

—Desde hace un tiempo —respondí.

En ese momento se puso a hablar en su idioma. Una letanía incomprensible.

---

* En español en el original. *[N. de la T.]*

** En español en el original. *[N. de la T.]*

*** En español en el original. *[N. de la T.]*

—¿Qué estás diciendo, Ester?

—Estoy rezando, estoy rezando por ti. ¿Estás enamorada, Sophie? —preguntó, ya más calmada.

—Creo que sí —contesté.

Oí que exhalaba un hondo suspiro.

—Siendo así, no tengo nada más que decir —concluyó—. Oye, ven a comer el domingo a mi casa, quiero saberlo todo.

Alcé los ojos al cielo.

—Como quieras, te llamo para confirmártelo.

Colgué y me eché en la cama. Tenía una extraña sensación, algo así como un presagio funesto, pero, pese a todo, creía en él, en el fondo creía en Adam.

Por la tarde, entre un paquete y otro, le conté todo a Sabrina, salvo el detalle de que me mudaba. Prefería decírselo cuando estuviera presente Stephanie. Por primera vez no hizo ningún comentario cínico. Se limitó a decirme: «Esperemos a ver qué pasa». Era lo mismo que pensaba yo.

Tras salir del trabajo fui directamente a casa de Steven y David. Este me abrió la puerta.

—Hola, Sophie. Ven, entra.

Al perro de David le dio por atacar los cordones de mis sandalias, de forma que un segundo después estaba en el suelo.

—¡Coño, Sophie! —exclamó Steven.

—Esto, perdonad, Miss Lentejuelas me ha tendido una trampa… —dije a cuatro patas.

Dos manos desconocidas me ayudaron a levantarme y me encontré delante de un hombre. Tenía el pelo de un ligero tono ámbar y los ojos azules, límpidos y profundos.

—¿Estás bien?

—Sí, estoy bien. Soy Sophie —dije estrechándole la mano, apurada.

—Thomas —contestó él.

Steven, que estaba a su espalda, se mordió los labios aguantándose la risa.

—Bien, veo que os habéis conocido de golpe.

Estrujé entre mis brazos a la pequeña perrita.

—No lo vuelvas a hacer —le susurré en tono amenazador.

Tras un breve aperitivo nos sentamos a la mesa y nos entretuvimos con la conversación de rigor: el trabajo, las películas que habíamos visto, chismes sobre conocidos. De mala gana les hablé de mí, de la universidad y del trabajo en la librería, pero conscientemente evité mencionar el tema «Adam». El colega de David era brillante, un arquitecto. Hablando con él, descubrí que su estudio estaba justo delante de Barnes & Noble.

—Bueno, así podréis comer juntos alguna vez —sugirió David guiñando un ojo.

Sonreí sin responder.

—Me gustaría mucho —dijo Thomas.

—Esto…, la verdad es que trabajo por la tarde, a partir de las tres.

—Bueno, en ese caso, cenar —terció de nuevo David.

—Basta, David, ya son mayores, déjalos que se las arreglen solos —dijo Steven.

Lo miré indignada. ¿Qué se les había metido en la cabeza? Por suerte Thomas salió en mi ayuda:

—¡Sois dos insolentes!

—Está en nuestro ADN, siempre somos sinceras —replicó David.

Después de cenar salimos a la terraza a beber un licor y tomar el postre. Tras dar un sorbo de coñac, David y Steven desaparecieron en la cocina dejándome a solas con el fascinante arquitecto, que, debo reconocerlo, era realmente agradable y atractivo. Entre una copa y otra, me pregunté cómo habría acabado la velada si mi relación con Adam no se hubiese reanudado.

—Me ha dicho Steven que estás a punto de terminar la universidad.

—Sí, espero licenciarme en diciembre, aunque he perdido un par de años.

—¿Tienes algún proyecto para después?

—Aún no lo sé, pensaba buscar trabajo en el mundo del arte, pero no sé bien qué... Voy paso a paso.

Me contó que él también se había licenciado en la Universidad de Nueva York. Me preguntó por algunos profesores que yo desconocía por completo.

Luego hablamos de música y descubrimos que nuestros gustos eran muy similares. A los dos nos apasionaba el post-rock instrumental.

—¿Te gustan los Sigur Rós? —me preguntó.

—¿Bromeas? Podría pasar horas aturdiéndome con su música. ¿Has oído el nuevo álbum?

—Por supuesto —dijo—. ¿Y PJ Harvey?

—La adoro —respondí eufórica—, ¡la sigo desde siempre!

—¿Tu canción preferida?

—No es fácil, pero, veamos, en este momento diría que *Silence*.

—No la recuerdo, ¿cómo es?

Me serví un vaso de coñac y lo apuré de un sorbo. Saqué el móvil del bolso y seleccioné la canción en mi *playlist*. Escuchamos en silencio, recogidos, la melodía. Cerré los ojos para dejarme arrebatar por las palabras. Por esa íntima súplica de poner todo a cero.

Silence
Silence
Silence
Silence

Cuando los abrí de nuevo, vi que los ojos azules de Thomas me estaban examinando. Sonreí y apagué el móvil.

—Bonita... —dije exhalando un suspiro.

—Preciosa —comentó. Bebió otro sorbo de coñac, divertido.

Al final me quedé hasta las dos y Thomas se ofreció a acompañarme a casa.

Cuando me bajé de su coche, noté la presencia de un automóvil muy familiar aparcado delante de mi casa. Sentí que la sangre se me helaba. Me despedí a toda prisa de Thomas y me acerqué al coche negro. Nada me separaba de la catástrofe que me iba a arrollar en breve.

—No has contestado a ningún mensaje —dijo en cuanto se apeó del Audi.

Cogí el móvil del bolso y con las manos trémulas vi que tenía once SMS en la pantalla.

—Perdona, no los he visto; estaba entretenida con la charla y no los he oído.

—¿Quién era ese?

—Un colega de David, el novio de Steven —contesté hundiendo la cara en la cavidad de su cuello—. No he hecho nada, Adam, no ha sucedido nada, no te enfades.

—¡Has bebido! —sentenció apartándose de mí.

—Unos cuantos vasos de coñac, pero te juro que no ha sucedido nada, fíate de mí.

—Necesito que vengas a vivir a mi casa lo antes posible, me atormenta no saber dónde estás. —Me apretó la cara con las manos y se quedó a unos milímetros de mí—. Perdona que sea enfermizo, pero necesitaba verte, no podía esperar a mañana.

La luna asomó por detrás de una nube. Sonreí.

—¿Quieres subir? ¿Quieres dormir conmigo?

—Sí, a menos que quieras que pase la noche en el coche, aquí delante.

Lo abracé y lo arrastré a casa. Esa noche no hicimos el amor, solo dormimos abrazados. Si hay algo maravilloso en este mundo, es dormir acompañados.

Cuando me desperté al día siguiente, vi a Sabrina en la puerta. De Adam no había ni rastro.

—Ha dicho que pasará a recogerte esta noche después del trabajo y que lleves tus cosas. ¿Cuándo pensabas decirme que te marchas?

Me levanté de un salto, me vestí a toda prisa y la seguí a la cocina.

—Lo decidimos ayer, quería decíroslo hoy. En cualquier caso, seguiré pagando mi parte del alquiler.

—Podemos arreglárnoslas solas —dijo contrariada.

—No es por eso —murmuré.

—Ah, vale, como la relación es problemática..., quieres dejarte una puerta abierta por si acaso.

—Así es.

—Bonita forma de iniciar una relación —observó sentándose a la mesa de la cocina.

—Sabrina, por favor, ¿qué se supone que debo hacer?

Su expresión se tornó más comprensiva.

—Perdona, es que me preocupa. Sabes que soy de mentalidad abierta, pero Adam, coño, Sophie, me da miedo, es muy raro.

—Solamente es una persona cerrada, y está solo.

Mojó en el café una rebanada de pan untada con crema de chocolate.

—No me queda más remedio que creerte, es evidente que lo conoces mejor que yo. De todas formas, siempre puedes volver aquí aunque no pagues el alquiler.

—Quiero pagarlo, te lo ruego, así me sentiré más libre.

—Como prefieras. —Se preparó otra rebanada de pan con una capa de crema de chocolate y hundió los dientes en ella dejándose dos bigotes golosos en las mejillas.

Stephanie entró en la cocina con los ojos cerrados, pero antes de servirse el café se inclinó hacia Sabrina para lamerle el chocolate de la cara.

—Buenos días —masculló.

—Sophie nos abandona por un pene, Stephanie —dijo mirándola de reojo.

Stephanie se volvió divertida.

—Espero que sea un buen pene duro.

—Por supuesto.

El día pasó volando y a las ocho en punto Adam estaba esperándome. En cuanto lo vi, no pude contener la sonrisa. Era condenadamente sexy y estaba ahí por mí.

Adam y Sabrina se saludaron con un apretón de manos especialmente vigoroso.

—Recuerda —dijo mi amiga con firmeza— que el bofetón fue solo el principio.

Adam esbozó una sonrisa.

—No tendrás que darme ninguno más, te lo prometo.

—No acabo de creérmelo —respondió Sabrina irónica—. En cualquier caso, estás advertido, y detrás de mí habrá una larga fila. —Se puso los auriculares y me guiñó un ojo—. Nos vemos mañana.

La observé mientras se alejaba con un nudo en la garganta cada vez más grande.

—¿Lo sientes? —preguntó Adam abrazándome.

—Un poco. Sé lo que dejo, pero no lo que encontraré.

—Me encontrarás a mí —dijo divertido.

Me eché a reír.

—Precisamente.

—Vamos, mujer de poca fe…

Cuando entré en su apartamento, creí por un momento que me había confundido de casa. No sabía cómo lo había hecho, pero muchos de los muebles eran distintos o nuevos.

En la cocina había unos armarios nuevos, los dos sofás habían sido sustituidos, había sillones y alfombras nuevos, además de un sinfín de accesorios. Todo de diseño, claro está.

Tras cerrar la puerta, dejó mi bolsa de la lavandería en el mueble del recibidor y me acompañó a ver las habitaciones. La habitación de invitados, la de los arneses y, por último, su dormitorio, que era completamente distinto.

Al entrar me reí con amargura.

—¿No te gusta? —preguntó preocupado.

—No, me gusta todo, pero esto significa que... —Miré alrededor desconcertada.

—Es todo nuevo, para ti y para mí. —Se acercó—. Dije que se llevaran todo lo que pudiera molestarte.

Reí sarcástica.

—Salvo el suelo —dije. Le pasé las manos por el pelo y me colgué de su cuello.

—En ese caso, nunca lo rozarás. —Me levantó y me echó en la cama.

—¿Cuándo te vendrá? —preguntó.

—Dentro de dos semanas.

Exhaló un profundo suspiro y luego me sonrió.

—Tendré que esperar, paciente y vestido...

Me desabrochó los pantalones y su mano resbaló buscando mi pequeña avellana.

—Te pediré una cita con mi médico para que te ponga la inyección anticonceptiva, al menos así estaremos seguros durante tres meses.

Sus dedos encontraron el punto justo, al igual que sus labios dieron con los míos.

—¿Quieres ponérmela tú ahora? —pregunté provocadora.

—Oh, sí —respondió.

Eso marcó el verdadero inicio de nuestra relación. Se había acabado la época de los días alternos. Ahora podía estar con él a diario. Una vida hecha de despertares a su lado, desayunos, estudio, trabajo vespertino, amor y pocas horas de sueño. Por la noche venía a recogerme al trabajo y yo no veía la hora de volver a casa. En un abrir y cerrar de ojos estábamos en la cama.

En ese primer mes tuve la impresión de vivir suspendida en una realidad integrada exclusivamente por nosotros dos. El único día que no pasábamos juntos era el domingo, cuando Adam iba a hacer sus excursiones. O cuando debía acudir a cenas de negocios entre semana. En esos casos me iba a comer con mi madre y luego visitaba a Ester, o a Sabrina y Stephanie. El resto del tiempo lo pasaba en casa de él. La pasión prevalecía.

Inexplicablemente, a Fred le gustaba Adam, si bien en una ocasión mi hermano me preguntó si yo había entendido con qué tipo de mujeres salía en el pasado. Le confesé que lo sabía todo. Y el obstinado lado romántico de mi hermano lo había convencido de que el amor podía cambiar de verdad a las personas. También presenté a Adam a mi madre, quien se sorprendió de que un joven, rico para más señas, conviviera conmigo. Pero me veía más gorda y en forma, y eso calmaba cualquier perplejidad. Me había puesto la inyección, de forma que no ovulaba. Podía hacer el amor sin preocuparme de quedarme embarazada involuntariamente, pero los tres kilos que había engordado me molestaban un poco.

Entretanto, llegó el día de mi cumpleaños. Para celebrarlo, después de llevarme a cenar a un restaurante del Upper Side, en lugar de volver a casa nos dirigimos a una zona de Nueva York que yo apenas conocía. Tras aparcar el coche en el interior de un patio, me vendó los ojos antes de bajarnos. Me aseguró con un beso que no iba a suceder nada extraño. Le seguí el juego confiada.

Me dejé llevar vacilante, aferrada a su brazo. Había oído el chirrido de una puerta. Tras cerrarla, me hizo quitarme el abrigo, el vestido y la ropa interior. Cogida aún de su brazo, bajamos por una escalera por la que ascendía una ligera corriente de aire que me endureció los pezones.

En el aire flotaban unos aromas dulzones. Después de echarme en una cama, me ató las manos por encima de la cabeza y las enganchó a no sé qué cosa. Supuse que era una viga, un anillo o un gancho, y permanecí allí arrodillada unos minutos, rodeada de crujidos.

Al cabo de poco tiempo oí el repiqueteo de unos tacones femeninos en el suelo y unos susurros. Luego los tacones se acercaron y un instante después sentí el cuerpo de Adam, desnudo, detrás de mí, también de rodillas. Me apartó un mechón de pelo del hombro con suavidad y, también suavemente, empezó a besármelo y a subir hasta el cuello. Eché la cabeza hacia atrás estremeciéndome.

—Sophie, hay una mujer con nosotros —susurró a la vez que me acariciaba el pecho con las manos—. Solo puede tocar tu cuerpo —añadió, y mi respiración empezó a intensificarse. El corazón me latía acelerado y jadeaba—. Acariciará tu cuerpo, primero con las manos, después con los labios y luego con la lengua. —Poco a poco deslizó sus manos hasta mi sexo—. Luego te lo lamerá a fondo, mucho tiempo, pero no podrás correrte, solo podrás conmigo. Tienes que resistir, contenerte e invocar mi nombre al menos cien veces.

Sus dedos se abrieron paso entre los labios mayores. Estaba ya a punto de estallar.

—Cien veces —dijo de nuevo— antes de tenerme.

A la vez que mi respiración se iba haciendo cada vez más espasmódica bajo sus besos y sus palabras ardientes, noté su pene justo encima de las nalgas, túrgido y caliente. Traté de acercar el culo a él. Adam me estrechó contra su cuerpo.

—Y yo te miraré, veré cómo te estremeces, cómo gozas, mientras mis manos te sostienen.

Dios mío, cada palabra me cargaba, si hubiera podido moverme, me habría abalanzado sobre él, pero la única posibilidad que tenía era apretarme contra su cuerpo, caliente e incitante.

—Tu regalo es gozar, Sophie —dijo.

En ese momento unos dedos calientes me acariciaron el pecho derecho y poco a poco se deslizaron hacia el costado causándome unos estremecimientos que me pusieron la piel de gallina. De inmediato noté la tibieza de un cuerpo y dos senos que se unían a los míos. Una mano bajó desde el cuello a través del pecho, el esternón y el vientre hasta recorrer las caderas. Percibí un delicado perfume. Dos labios desconocidos y suaves se demoraron en los míos. La mano de Adam sustituyó a la de la mujer, que ahora me acariciaba el sexo levemente. A continuación una boca suave y una lengua también blanda empezaron a chuparme el pezón.

Adam seguía besándome el cuello y me acariciaba la espalda con los dedos.

—Adam —dije.

Él respondió:

—Una.

—Adam —repetí.

—Dos.

Oh, qué agonía pensar en todo lo que quedaba todavía.

La mujer insistió más en los pezones, que mordía y chupaba enérgicamente, hasta tal punto que ya podía percibir a lo lejos, remota, la llegada del orgasmo. Descendió poco a poco, su lengua se arrastró con delacadeza por la piel alternando los besos y unas leves chupadas.

—Adam —dije a duras penas.

—Tres —contestó.

Mientras la lengua desconocida se dirigía hacia mis partes íntimas, sabía que no iba a poder soportarlo, que apenas me lamiese la punta me ahogaría en el placer más profundo. Adam me mordió el cuello con tanta fuerza que me sobresalté y tiré de la cadena.

—Dilo.

—Adam.

—Cuatro.

Oh, qué dulce, qué violenta y desmesurada agonía. La lengua atacó resuelta apenas cruzó la puerta de los labios mayores. Me estremecí al sentir cómo subía la onda. Haciendo acopio de todas mis fuerzas, intenté dominar ese arrogante, lento y agradable goteo.

—Adam, Adam, Adam, Adam, Adam.

Acto seguido respiré.

—Nueve —dijo.

Las manos de la mujer me agarraron las nalgas para acercarme a su boca. Intenté resistir, pero Adam me empujó con su cuerpo contra esos labios distintos, dulces, suaves y perfectos. La lengua acometió de nuevo y, presa del placer, no pude contenerme más, empecé a mover la pelvis a su ritmo, y Adam me apretó con fuerza los senos, como si quisiera arrancármelos, a la vez que su miembro me oprimía la espalda, duro e insistente.

—No puedes —dijo—, no debes, no me tendrás —susurró.

Al oír esas palabras relegué el orgasmo al rincón más remoto de mi mente, pero mi cuerpo estaba poco menos que al borde del precipicio. ¿Cómo podía frenar esa ola? Era inhumano. Empecé a invocar su nombre, «Adam, Adam, Adam, Adam, Adam», repetidamente, concentrándome en esas cuatro letras a la vez que mi cuerpo se debatía para resistir.

—Si te corres, volveremos a empezar —dijo con una voz que desencadenó unas reacciones aún más intensas.

En el silencio de mi respiración percibí un zumbido que conocía bien. Al cabo de un segundo sentí el sexo invadido.

Mientras la mujer me lamía con creciente intensidad, Adam deslizó un vibrador en mi interior. Lo movía con lentitud.

—Adam, Adam, Adam, Adam, Adam, Adam, Adam, Adam.

Doblada como un sauce llorón, solo lograba pronunciar su nombre.

—Treinta y cuatro.

Volví la cabeza sobre el hombro de Adam en éxtasis total. Adam me apretó el cuello.

—No debes correrte, Sophie —repitió de nuevo—. Sophie, Sophie.

Lo oía, pero era ya carne trémula, igual que el cerebro, perdido en aquella maravillosa lujuria.

La mujer dejó de lamerme y subió con la lengua hasta mi boca. Eso bastó para que tocase tierra por un instante. Me saboreé en sus labios, que eran de una suavidad asombrosa, al igual que su cutis.

Mientras tanto, Adam seguía pinchándome con el vibrador.

La mujer apretó mis pezones duros con sus dedos.

—Dilo, Sophie —repitió Adam.

Y susurré de nuevo su nombre, como si fuera un mantra, sin detenerme, sin respirar.

Entretanto, las manos de ella apretaban mi cuerpo y mi sexo, hinchado y preparado ya. Preparado desde hacía una eternidad.

Conseguí oír el «setenta» apenas en un susurro antes de caer con la cabeza hacia delante, agotada.

Adam sacó el vibrador. Aflojó la cadena que me obligaba a estar de rodillas y me puso a cuatro patas. Noté que la mujer se colocaba detrás de mí a la vez que Adam se ponía delante; me di cuenta cuando sus dedos se insinuaron en mi pelo.

—Elige: o dices mi nombre treinta veces más o te la metes en la boca.

Elegí la segunda opción, era la más fácil.

Apenas la tuve entre los labios, empecé a chuparla con fuerza, pero mi vehemencia se aplacó cuando los dedos de la mujer se hundieron en mi interior y su lengua volvió a atormentarme el clítoris. Demasiados estímulos, mis sentidos estaban ofuscados.

Ella sabía lo que hacía, puede que gracias a un conocimiento innato del género femenino. Sabía de sobra lo que debía estimular y también cómo aflojar la presión. Me ayudaba a controlar el orgasmo, me llevaba hasta el borde del abismo y luego me obligaba a retroceder.

Adam se deslizó fuera de mi boca. Oí que respiraba largo rato. Si lo conocía bien, él también estaba punto de precipitarse en el vacío. No obstante, los años de práctica le habían enseñado a controlarse.

Tirando de la cadena, volvió a ponerme de rodillas, a la vez que la joven proseguía.

Adam me cogió la cabeza entre las manos y empezó a besarme. De una forma que me dejó sin aliento. Luego presionó durante unos minutos mi frente con la suya. Sentir su aliento, su respiración tan próxima, me desestabilizaba. Porque lo deseaba, pero no me quedaban ya fuerzas para buscarlo, solo podía respirar.

—Te lo ruego, Sophie, di mi nombre, te deseo.

Así que me puse a repetirlo sin cesar. Cada vez que lo pronunciaba, respiraba tres veces, luego volvía a comenzar. No sé cuánto tiempo estuve así, ignoro si lo dije mil veces o solo una. Comprendí que había llegado a cien cuando mis manos quedaron libres de repente.

Le eché los brazos al cuello y, acompañada por los suyos, me tumbé en el colchón.

Me quitó la venda y, exhausta, busqué sus ojos. Dejé caer los brazos sobre el colchón, incapaz de moverme, y en nuestros cuerpos, ya fundidos, me abandoné al orgasmo más profundo que había tenido nunca. Un placer subterráneo que crecía poco a poco, como un *tsunami*. Dejé que saliera libremente de mi campanilla. Y por primera vez mi gemido de placer se elevó alrededor de nosotros. Cuando regresé al planeta Tierra me esperaban sus ojos y una sonrisa agradecida. Nunca como la mía, que esbocé haciendo un esfuerzo. Fue, sin lugar a dudas, el cumpleaños más bonito de mi vida.

Consecuencias

finales de junio festejamos que llevábamos casi dos meses juntos; se habían pasado volando. Para celebrarlo fuimos al habitual restaurante de Long Island. Nada más sentarnos a la mesa, Mildred nos sirvió un plato de ostras, como siempre.

Pero a mitad del entrante...

—El próximo fin de semana tengo que viajar a Filadelfia —dijo Adam mirándome con aire grave.

—Está bien —contesté tranquila metiéndome una ostra en la boca y lamiéndome los labios.

Adam movió la cabeza de un lado a otro, divertido por la provocación.

—Voy a casa de mis padres a celebrar el Cuatro de Julio y me quedaré una semana.

—Ah —logré decir. Era la primera vez que le oía hablar de su familia. No esperaba que me invitase, aunque, considerando que vivíamos juntos, quizá se disponía a hacerlo—. ¿Una semana? —repetí.

—Por mí no iría, Sophie, pero no me queda más remedio; no tanto por la fiesta como por cuestiones familiares. Están vendiendo algunas propiedades y tengo que resolver varios asuntos pendientes.

—Comprendo, no hay problema, basta con que me llames todos los días.

Adam ladeó la cabeza.

—¿Piensas que no te iba a llamar? Lo hago siempre.

—Sí, lo sé, pero una semana es mucho tiempo, teniendo en cuenta el poco tiempo que llevamos juntos.

—Lo sé. —A continuación se puso aún más serio—. ¿Puedo pedirte que pases esa semana en casa de Sabrina?

Tosí en la servilleta, estupefacta.

—¿Por qué?

—Me quedaría más tranquilo.

—¿Por qué? —pregunté divertida—. ¿Te asusta que me seduzca otro hombre en tu ausencia?

Adam no se rio con la broma, al contrario, me fulminó con la mirada.

—¿Qué quieres que haga? Me aburriré como una seta sin ti, pero haré lo de siempre, casa y trabajo.

—No quiero que estés sola y, a pesar de que me odia, Sabrina me parece muy responsable.

Solté una carcajada.

—¿Estás diciendo que yo no lo soy?

—No digo eso. Vamos, Sophie, estarás en casa de tus amigas y yo me sentiré más tranquilo, así no estaré en la otra punta del país imaginándote en cualquier sitio menos en casa.

—Como quieras, pero debes hacer algo para resolver ese problema.

—Contigo es difícil, te conozco, apenas doblas la esquina te pones a hablar con todos, tienes una tendencia innata a relacionarte con la gente.

—Algo que a ti te falta —respondí con frialdad.

—Algo que a mí me falta, porque no me fío —dijo con absoluta firmeza.

—¿Puedo saber el motivo?

—La gente no es como piensas —afirmó en tono seco.

Por el rencor con que lo dijo, noté algo desconocido en él. En esos dos meses, además de no mencionar nunca a su familia, no me había contado mucho sobre su pasado, exceptuando algunos episodios de la época universitaria. De repente tuve una iluminación. ¿Cómo era posible que no se me hubiera ocurrido antes? Adam había sido víctima de una traición. Quizá eso explicaba su reticencia a entablar relaciones y su morbosidad. Decidí preguntárselo.

—¿Puedo hacerte una pregunta, Adam? ¿Te han traicionado alguna vez?

Adam dejó la concha de la ostra en el plato y cogió la botella de vino. Bebió un sorbo y se puso de nuevo a comer sin contestarme.

—A mí sí —dije y al cabo de un par de segundos añadí—: Tú me traicionaste.

Tocado por mi afirmación, Adam alzó los ojos del plato y me miró iracundo.

—No es lo mismo —dijo con rencor y con un brillo inquietante en los ojos.

—¿Qué te pasa, Adam? ¿Por qué me contestas así? Solo te he preguntado si te han traicionado alguna vez.

—¿Qué quieres saber? Sí, Sophie, me traicionaron —contestó seco—. Y no quiero hablar de eso.

—Sin embargo, deberías hacerlo —lo exhorté—. Somos una pareja, tú y yo, si nos guardamos las cosas, todo se complicará entre nosotros.

Adam cerró los ojos e inspiró hondo. Por su expresión de dolor comprendí que lo había arrojado al interior de unos duros recuerdos.

—Adam.

Me miró de nuevo.

—Encontré a mi esposa al séptimo mes de embarazo dejándose encular por mi mejor amigo —explicó.

Lo miré largo rato, sin decir palabra. ¿Qué había dicho? Mujer… embarazada…, encular…, mejor amigo…, casado…, embarazada. Oh, Dios mío. Estaba delante de un hombre de cuyo pasado no sabía nada. ¿Por qué me ocultaba todo?

—¿Has estado casado? ¿Tienes un hijo? —pregunté con la voz quebrada.

Respiró con dificultad. Se veía que le suponía un gran esfuerzo, pero no como el que tenía que hacer yo para no volcar la mesa, abalanzarme sobre él y estrangularlo.

—Sí —dijo moderando el tono—, estuve casado tres años, pero no tengo ningún hijo, no era mío.

—¿Y cuándo pensabas decírmelo? —pregunté con la voz quebrada.

—No lo sé.

—¿Qué respuesta es «No lo sé»?

—Sophie, por favor, no quiero hablar de eso, de verdad.

—Bueno, en cambio yo sí que quiero hablar, porque si tus problemas son a causa de eso, debes contármelo.

—Volvamos a casa —dijo con firmeza—, te espero en el coche.

Se precipitó hacia la caja mientras yo me quedaba sentada delante de la pobre Mildred, que acababa de volver con nuestros platos.

—¿Ha ocurrido algo? —preguntó inquieta—. ¿No estaban buenas las ostras?

Con los ojos anegados en lágrimas, cogí la copa de vino y la apuré.

—No, todo va bien. Discúlpenos, Mildred, tenemos que marcharnos. —Me puse de pie para seguirlo.

Mientras me reunía con Adam en la caja con el estómago encogido, recordé lo que había dicho la noche en que me había llevado a casa. Había hablado de renegar de sus sentimientos por mí, de mantenerme apartada por miedo a perderme. Su «agresión» la noche del cumpleaños de mi hermano. ¿Todos sus problemas derivaban de eso? Cuando estaba a dos pasos de él, decidí ir al cuarto de baño, estaba mareada. En la mente solo tenía tres palabras. «Esposa. Casado. Embarazada». Había dado el gran paso, había esperado a una mujer en el altar. Había jurado fidelidad, amor y respeto a una mujer de cuya existencia yo no sabía nada hasta ese momento, una mujer que le había partido el corazón.

—¿Se encuentra bien, señorita? —preguntó Mildred a mi espalda.

Me eché a llorar como una niña.

—No —contesté—, en absoluto.

Asombrada por mi reacción y, sin lugar a dudas, también incómoda, Mildred me ofreció un pañuelo.

—Perdone —dije consternada entre un sollozo y otro—, las ostras estaban tan buenas como siempre, Mildred.

—Oh, pequeña, estoy preocupada, te he visto correr al cuarto de baño y luego he notado que Adam estaba alterado. ¿Habéis reñido?

Asentí con la cabeza y sorbí por la nariz.

Me sonrió y me enjugó las lágrimas.

—Los disgustos del primer amor. Vamos, inspira hondo, no sabes cuántas veces reñimos mi marido y yo, pero seguimos aquí, después de treinta años.

«Primer amor», pensé.

—Qué suerte tiene, yo después de dos meses no sé a qué atenerme con ese monstruo y treinta años de pesares no es lo máximo a lo que se puede aspirar.

—Sí, es un monstruo por hacer llorar a una chica tan guapa como tú.

La condescendencia maternal con la que intentaba consolarme me hizo sonreír.

—Eso es, sonríe, ya verás como todo se arregla, en menos de diez minutos ni siquiera te acordarás de por qué habéis peleado, siempre pasa lo mismo.

Me enjuagué la cara y me recuperé. No me parecía posible olvidar lo que Adam me acababa de echar encima.

Me despedí de Mildred y de Arthur y salí del local. Adam estaba en el coche. Me puse el cinturón de seguridad en silencio y él arrancó. En el trayecto lo observé mientras conducía, sintiendo por él una increíble piedad. No pensaba dirigirle la palabra hasta que no me volviese a hablar. Solo debía esperar. Poco importaba lo que le preguntara, porque él no me iba a contestar. Era así, igual que todos los hombres. Hay que darles tiempo para que pongan en marcha su cerebro, que es lento.

Una vez en casa, Adam desapareció en su estudio y yo fui al dormitorio. Lo esperé toda la noche con los ojos clavados en el techo y un hervidero de pensamientos en la mente.

Al alba sentí que se metía bajo las sábanas dándome la espalda. Lo abracé y al cabo de unos minutos rompió el silencio.

—Me casé con Elizabeth nada más terminar la universidad, salíamos juntos desde el instituto. Cuando nos mudamos a Nueva York, yo puse en marcha con Tom, un viejo amigo de la infancia, una sociedad de inversión en el campo inmobiliario y Elizabeth se vino a trabajar con nosotros. Ella era arquitecta. Todo iba sobre ruedas, teníamos trabajo, ganábamos dinero y vivíamos bien. No nos faltaba nada. Pero entonces no veía, jamás había sospechado. Los tres éramos amigos desde siempre. Y puede que yo estuviera demasiado concentrado en el trabajo para darme cuenta. Un día Elizabeth me dijo que estaba embarazada. La mejor noticia de mi vida. Todo era perfecto, con ella siempre era así, todo era fácil, cualquier decisión, nunca peleábamos, nuestra sintonía era perfecta.

«A diferencia de conmigo, con quien es muy difícil estar», pensé con rencor.

—Luego, un día los sorprendí. Imagina lo que es ver a tu mujer embarazada de siete meses en la cama con el que casi es tu hermano. Descubrí que su relación duraba ya varios años, desde antes de que nos casáramos. No te digo la impresión que me produjo, sobre todo cuando ella me aseguró que no quería finalizarla.

Abrí los ojos de par en par, no estaba segura de haber comprendido bien.

—Se justificó diciendo que se acostaba con Tom porque le gustaba hacer el amor con él, que sentía una gran atracción física por él, pero que me quería a mí. —Se volvió lentamente—. ¿Crees que eso es posible?

Bajé los ojos. ¿Justo a mí me estaba haciendo una pregunta tan idiota?

—¿Crees que es realmente posible estar con alguien, quererlo y no sentirse atraído por esa persona?

—No, no lo creo. —Le acaricié la cara y lo besé.

—En cualquier caso, la dejé y abandoné la sociedad cediendo mi participación a los dos. No quería volver a saber nada de ellos.

—¿Y el niño? —pregunté en un susurro.

—Un mes después de separarnos, Elizabeth y el feto murieron a causa de ciertas complicaciones. Como no podía ser menos, todos me acusaron de su muerte y yo asumí el papel del culpable, porque así fue como me sentí durante mucho tiempo.

Los golpes que había recibido yo me parecían una nimiedad comparados con su historia. No sabía qué decir, de forma que me limité a permanecer acurrucada entre sus brazos.

—Desde entonces no he querido tener otra relación, el resto lo puedes comprender sola —concluyó—. Te lo habría contado, Sophie…

—Entiendo, Adam —dije—, haré lo que quieras. Iré a casa de Sabrina y Stephanie.

Adam me cogió la cara entre las manos.

—Me fío de ti, Sophie, me fío, te lo juro.

—Lo sé, comprendo, ahora que me has explicado todo las cosas son más sencillas.

—Y te quiero —dijo con firmeza levantándome la cara—. Mírame, Sophie, te quiero.

Asentí con la cabeza y apoyé la cara en la cavidad de su cuello. No podía mirarlo, sentía pena por él y, sobre todo, era consciente de que la nuestra no era una relación entre dos personas, sino entre cuatro. Él, yo, el fantasma y el otro. Hasta que no deshiciese el nudo que lo mantenía atado a su pasado, las cosas no funcionarían entre nosotros. Todo lo que Adam era, sus obsesiones, sus miedos y sus necesidades, todo estaba entrelazado alrededor de ese único nudo. Entre nosotros no había nada verdadero.

—¿Qué te pasa? —me preguntó acariciándome la cabeza—. Dime qué piensas.

Las palabras se ahogaban en mi garganta.

—¿Qué te pasa? ¿Te he turbado? Lo siento, no quería hacerlo.

Me besó la cabeza y me abrazó.

—Lo siento, amor mío, háblame, te lo ruego, ¿es porque he estado casado? ¿Crees que lo que siento por ti no es tan importante? Te aseguro que no es así. Tú eres la única, mi ángel, mi mariposa.

Me volví, gélida, y le cogí la cara entre las manos.

—Adam —dije—, ¿te das cuenta de que en todos estos meses lo nuestro ha sido una relación entre cuatro personas?

Adam me miró perplejo.

—Tú, yo, Elizabeth y Tom —dije.

—No es cierto —me contradijo disgustado.

—Sí que lo es y yo he tenido que sufrirlo sin saber nada, adecuarme a algo que no me pertenecía. Yo también he tenido problemas, pero los he dejado a un lado.

—No es lo mismo.

—Escúchame, no estoy haciendo comparaciones, lo que te sucedió es, sin lugar a dudas, traumático, pero si yo hubiese arrastrado también mis restos, jamás te habría dejado que me tocases ni que me poseyeses como, en cambio, has hecho. ¿Entiendes adónde quiero ir a parar?

Adam se levantó de golpe.

—¿Adónde vas? —Salté fuera de la cama y me interpuse en su camino—. ¿Te comportas como siempre, sin hablar?

—Sophie, me he abierto a ti y acabo de contarte algo que para mí fue realmente espantoso.

—Muy bien, ¿y ahora qué? ¿Qué hacemos? ¿Qué quieres que haga, que te compadezca? ¿Que te diga «Pobre Adam, lo siento, no tengas miedo, mejor dicho, descarga tu miedo sobre mí, descarga tus obsesiones sobre mí, imponme tu virilidad»?

Adam me miró con aspecto extraviado.

—¿Qué se supone que debería hacer? Creo que el mero hecho de que logre estar contigo ya es mucho.

—Eso es, muy bien, lo has dicho, ya es mucho, ¿cómo crees que debo sentirme? ¿Debo alegrarme por eso?

—Me estás cabreando, Sophie —dijo apartándome de un empellón.

—Cabréate todo lo que quieras, pero hasta que no decidas enfrentarte a tu pasado no recibirás nada más de mí.

Entré decidida en el vestidor, me vestí a toda prisa, recogí mis cuatro trapos y los metí en la bolsa de la lavandería.

—¿Adónde vas? —preguntó Adam desde la puerta.

—Me voy, entre nosotros hay demasiadas personas que ni siquiera conozco.

—Detente —dijo bloqueándome el paso—, detente, Sophie, por favor, ¡ayúdame a entender qué coño está sucediendo! —vociferó. Acto seguido se llevó las manos a la cara e inspiró hondo—. Me estás mandando al manicomio —murmuró.

—Bueno, quizá es el lugar donde deberías estar —dije empujándolo para que me dejara pasar.

Adam me agarró y me obligó a sentarme en sus piernas en el banco que había a la entrada del vestidor.

—Sophie, por favor, no perdamos la calma, no quiero que te vayas, así que haré todo lo que quieras para comprender, pero ayúdame.

Traté de relajarme.

—Eso es, ahora te ruego que te calmes, respires hondo y nos quedemos aquí quietos, en silencio, diez minutos. Luego hablaremos de tus teorías.

—No son teorías —gruñí.

—¿Qué te acabo de pedir? Yo no hablaré ni tú tampoco.

Al cabo de diez minutos Adam me sonrió y yo le respondí. Luego lo abracé.

—¿Qué te ha ocurrido?, ¿un ataque de celos? —susurró.

—Quizá.

—Te has pasado un poco —dijo.

—Perdona, pero estoy en lo cierto, Adam, y tú lo sabes, ¿verdad?

Exhaló un suspiro y me dio un beso casto en los labios.

—Es probable que tengas razón, tengo problemas que te afectan y que he guardado mucho tiempo dentro de mí, lamento todo lo que te he hecho en el pasado. Pero te he jurado que no volverá a ocurrir.

—Es cierto, pero ¿qué sucedería si mañana, por casualidad, te alterases, si una chispa insignificante te hiciese perder la razón? ¿Te acuerdas de la noche del cumpleaños de mi hermano?

—Me fío de ti.

—No es suficiente, Adam.

—¿Qué debo hacer entonces?

—¿Por qué no empiezas una terapia?

Cerró los ojos y exhaló un suspiro.

—No sé.

—¿No puedes pensar un poco en ello?

Adam esbozó una sonrisa forzada.

—Lo pensaré, siempre y cuando vuelvas ahora a la cama y mañana tires la bolsa de la fuga, no puedo verla más.

Dejé caer la bolsa al suelo y volvimos a la cama cogidos de la mano. Nos miramos abrazados durante unos minutos.

—A propósito, yo no conozco a tus amigos y los míos son homosexuales.

Me estampó un beso en los labios.

—No hablaré con nadie, no levantaré la cabeza hasta que vuelvas.

—Eres un demonio.

Un segundo después sonó el despertador y Adam tuvo que levantarse para ir a trabajar. Yo, en cambio, me dormí de nuevo en cuanto cerró la puerta.

A las once llegó la asistenta y me vi obligada a ir a la cocina. Aferrada a la encimera, bebía café pensando en la noche que acababa de pasar, en las palabras de Adam y en cómo había sido nuestra relación. Sentía mucha pena por él. Lo llamé al móvil.

—Hola.

—Estoy despierta.

—¿Ha llegado Carmen? —preguntó.

—Sí.

—Volveré antes, estoy deshecho, asistiré a un par de reuniones y a eso de las tres volveré a casa. No tengo ningunas ganas de estar aquí.

—No vengas a recogerme a la librería, regresaré con un taxi, así podrás descansar, ¿de acuerdo?

Se produjo un segundo de silencio.

—Te lo juro, no hablaré ni con el taxista, le escribiré la dirección en un papel.

—Así está mejor —dijo.

—Vamos, nos vemos esta noche, y, Adam, quería decirte que me gusta hacer el amor contigo, pero, sobre todo, que te quiero.

Era la primera vez que se lo decía y, como era de esperar, mis palabras fueron seguidas de un prolongado silencio.

—Quería que lo supieras.

—Nos vemos esta noche —contestó.

—Un beso.

Pasé la tarde bostezando y oyendo hablar a Sabrina sobre la fiesta sorpresa de cumpleaños que había organizado para Stephanie, prevista para el viernes siguiente. Le dije que pensaba mudarme a su casa una semana para la ocasión. Le conté que Adam había dicho que quería que ella se ocupase de mí durante su ausencia. En cierta manera se sintió sorprendida y complacida.

Al finalizar el día cogí un taxi y en lugar de volver a casa le pedí al taxista que me llevara al restaurante de Frank. Quería darle una sorpresa a Adam y llevarle lasaña, que le gustaba tanto. Mientras esperaba, estuve jugando con el móvil sentada en la barra cuando, de repente, apareció Thomas.

—Hola, Sophie —dijo a un centímetro de mi cara.

—Hola, Thomas, ¿cómo estás? Qué sorpresa verte aquí.

—Pues sí —dijo—. He venido con unos colegas del trabajo. ¿Quieres acompañarnos?

—No, he venido a comprar un plato de lasaña para llevar, pero ¿David está aquí?

—No, David ha vuelto a casa. ¿Puedo invitarte a un aperitivo mientras esperas?

—Por qué no —dije.

En mi mente resonaron de inmediato las palabras de Adam sobre mi facilidad para entablar relaciones. El camarero nos sirvió dos cócteles y Thomas se sentó a mi lado.

—¿Cómo te va en la librería?

—¡Como siempre! Paquetes rojos y azules, y cajas. En estos días no hay mucho trabajo debido a las vacaciones, las próximas publicaciones están previstas para septiembre. ¿Y tú?

—Todo bien, acabamos de recibir un trabajo importante, la rehabilitación de un edificio en la Quinta Avenida. Serán unos meses muy ajetreados. ¿Sabes que quería llamarte? El próximo jueves actúan los Sigur Rós y pensaba ir a verlos. ¿Te apetece acompañarme?

«Será mejor que no», pensé recordando la noche terrible que acababa de pasar.

—No, gracias, ya tengo una cita.

—Ah —dijo desolado—. Está bien, en otra ocasión.

La bandeja de lasaña llegó a la barra. Apuré el cóctel y me despedí de Thomas.

En casa encontré a Adam en la cama. Me acurruqué a su lado sigilosamente y lo desperté dándole besos. Un segundo después estaba debajo de él, que parecía famélico.

—Llevo horas esperándote —dijo besándome con intensidad.

—Pero si estabas durmiendo.

—Sea como sea, te estaba esperando. —Luego, con aire desconfiado, añadió—: ¡Te has retrasado!

—He ido a comprar una bandeja de lasaña al restaurante de Frank.

—Hum, lasaña —dijo besándome en el cuello a la vez que me desabrochaba la blusa—, sabrosa, gustosa.

Un segundo más tarde estábamos en nuestro limbo de lujuria y lo que había sucedido la noche anterior cayó en el olvido.

La mañana de su partida Adam me acompañó a mi segunda casa y me dejó en manos de Sabrina y Stephanie.

De nuevo en mi cuarto, me sentí enseguida sola, pero tenía un sinfín de cosas que hacer. Había pedido un día de vacaciones para preparar la fiesta sorpresa de Stephanie; y Steven, demostrando lo buen diseñador que era, se prodigó conmigo para decorar la casa. A las nueve una marea de personas invadió el piso. A oscuras y en silencio esperamos a que llegase Stephanie. Solo entonces estalló la fiesta, envuelta en una música rock arrolladora.

Por desgracia, dado que éramos los organizadores, Steven y yo nos vimos obligados a hacer de todo. Corríamos de una parte a otra de la casa recogiendo vasos, llenando jarras de cerveza y preparando cócteles, muchos de los cuales acabaron en mi estómago vacío. A mitad de la fiesta estaba ya medio borracha y salí al porche a tomar un poco de aire fresco. Sentada en el balancín, envié varios mensajes a Adam para tenerlo al corriente de la fiesta. De repente, Thomas apareció dándome una buena sorpresa.

—Bonita fiesta —dijo sentándose a mi lado.

—No te había visto —dije asombrada.

—Cada vez que intentaba acercarme a ti salías disparada para recoger vasos.

—Sí, de hecho me he concedido una pausa.

Leí el mensaje de Adam y tecleé a toda prisa la respuesta.

—¿Sabes? Cuando cenamos en casa de David me preguntaste cuál era mi canción preferida de PJ Harvey. He estado dándole vueltas.

—¿Y cuál es?

—*To bring you my love*, sin ninguna duda.

Solté una risotada «alcohólica» y me puse a cantar las estrofas que recordaba

I was born in the desert
I've been down for years
Jesus, come closer
I think my time is near
And I've travelled over
Dry earth and floods
Hell sud high water
To bring you my love
To bring you my love...

—Exacto —dijo riéndose. Después se acercó a mí. Lo miré turbada. Me acarició el cuello y yo me aparté de inmediato.

—Estoy comprometida, Thomas —dije.

—Oh, perdona. He visto que no había nadie contigo. —Miró alrededor.

—No, está de viaje por trabajo.

—Perdona otra vez —dijo, a todas luces avergonzado.

—Da igual, no te preocupes.

—¿Hace mucho que estáis juntos? —preguntó.

—Unos meses.

—Discúlpame de nuevo, no me lo imaginaba. David me dijo que acababas de salir de una historia cuando nos vimos para cenar.

—Sí, habíamos roto, pero hemos vuelto a empezar.

—Ah, ¿así que es un tira y afloja?

—Más o menos.

—¿Y ahora en qué fase estás?

—Tirando.

«Para siempre», pensé.

En ese momento recordé las palabras de Adam sobre mi innata capacidad para relacionarme con la gente. Tenía razón. A pesar de que en la fiesta había un sinfín de personas, el mero hecho de estar allí hablando con Thomas en un balancín me hacía sentirme culpable, porque Adam estaba en el otro extremo del país.

—Bueno, en ese caso solo debo esperar a que vuelva la fase del *afloja*.

—¿Qué?

—No te hagas la tonta, me has entendido, Sophie —dijo tocándome la nariz con el índice—; si sucede ya sabes dónde encontrarme.

—No pensaba que eras tan fanfarrón.

Se echó a reír.

—Bromeo, espero que las cosas vayan siempre bien, pero en caso de que…, ya sabes dónde tienes una puerta abierta.

—Vale, gracias —dije riéndome, halagada por su audacia.

—Recuérdalo.

La llegada de Sabrina me sacó del apuro. Entré de nuevo en la casa y me ocupé de los borrachos. A las tres se habían ido todos, así que me metí en la cama y mandé un mensaje a Adam:

Se acabó la fiesta, estoy destrozada, me voy a la cama… Sola y sin ti ☹. Vuelve pronto.

Al día siguiente, después del trabajo, me fui a casa sola, sin mi arisca compañera de piso. Sabrina había ido a cenar a casa de unas amigas con Stephanie. A las ocho Adam me llamó por Skype. El hecho de verlo alivió un poco mi nostalgia.

—¿Vas a salir? —pregunté.

—Sí, tengo una gala de la fundación que patrocina mi madre.

—¿Qué tipo de fundación? —pregunté intrigada.

—Subvenciones para la investigación médica sobre las células estaminales.

—Caramba —murmuré sorprendida.

Adam se rio.

—Es solo una forma de mover el dinero sin pagar impuestos —añadió.

Oí que llamaban a la puerta de su habitación. Vi que Adam se levantaba e iba a abrir. Un segundo después estaba de nuevo delante de la cámara.

—Tengo que irme, te llamo luego.

—De acuerdo.

Antes de que cerrase la comunicación divisé al fondo, al lado de la puerta, a una mujer ataviada con un audaz vestido de noche. No me dio tiempo a preguntarle de quién se trataba.

¿Quién demonios era? Por mi mente solo pasaban estas tres palabras. Le envié enseguida un mensaje con el móvil transcribiéndolas con exactitud. Pero no recibí ninguna respuesta.

Al cabo de cinco minutos decidí llamarlo, pero la voz del contestador me dijo que en ese momento no estaba disponible.

¿Qué podía hacer? Ni que decir tiene que me pasé la noche atormentándome delante de la televisión, llamándolo una y otra vez al móvil. Sabrina y Stephanie volvieron a medianoche. No les confesé que tenía clavado el lacerante cuchillo de los celos desde hacía horas. Me dirigí a mi cuarto y lo seguí llamando durante otra hora más. Hasta que, por fin, respondió. Las únicas palabras que salieron de mi boca fueron:

—¿Quién era esa?

—¡Sophie!

—¿Quién coño era la mujer que fue a recogerte a tu habitación?

—Mi hermana —respondió sin inmutarse—. ¿Qué te pasa?

—¿Y por qué no me has contestado? Me he pasado la noche llamándote y nunca estabas disponible.

—Tenía el móvil descargado, ya sabes que las baterías de estos teléfonos no duran nada.

—Adam, no me estás mintiendo, ¿verdad?

—¿Bromeas, Sophie? No sé si recuerdas que entre los dos el que estaba enfermo de celos era yo... Pero, según veo, tú también vas por buen camino.

—No me tomes el pelo.

—Sophie, era mi hermana Brenda, la más pequeña. Escúchame, estoy aquí, ¿me oyes? Estoy solo, enciende el Skype y me verás.

Cogí el ordenador y un segundo después la cara de Adam apareció en la pantalla.

—Esta es una fotografía de mi hermana —dijo acercando a la cámara una foto del tamaño de un pulgar.

—¿Y yo qué sabía? Solo vi un cuerpo medio desnudo.

Adam soltó una carcajada.

—¿Qué puedo hacer para tranquilizarte?

—Vuelve a casa —contesté.

—Me encantaría. —Suspiró—. Dame tiempo para concluir estos asuntos y vuelvo.

—Te echo de menos.

—Yo también. —Me mandó un beso al aire.

—El viernes por la noche regresaré a casa y lo primero que haré será ir a la librería, así podrás comprobar que sigo siendo todo tuyo.

—Disculpa, no sé qué me ha pasado.

—Yo sí que lo sé, es lo mismo que siento yo cada vez que sales de casa, pero tengo que aprender.

—Me temo que yo también...

—¿Estás más tranquila?

—Sí.

—Bien, entonces, que duermas bien; hablaremos mañana, en cuanto te despiertes. Espero tu llamada.

—De acuerdo, adiós.

Nunca había sido celosa, es cierto, porque nunca había estado locamente enamorada. Pero comprendí lo frustrante que era esa agonía y, por encima de todo, cuánto había sufrido Adam y cuánto seguía sufriendo.

Los días siguientes fueron aburridos, de espera, hasta el miércoles por la noche, cuando, tras salir de la librería, Sabrina y yo nos encontramos con Thomas. Lo saludé con cierta reserva.

—Trabajo aquí enfrente, ¿recuerdas?

Sonreí por la sutil broma.

—Sí, me acuerdo.

—Voy a comer algo a la esquina, estamos cerrando un proyecto y trabajamos también de noche. ¿Me acompañáis?

Sabrina se encogió de hombros.

—¿Por qué no? Stephanie está en casa de su madre.

Nos encaminamos a la pizzería de la esquina. La presencia de Sabrina me tranquilizaba, por eso había accedido a aceptar su propuesta. Por desgracia, justo a mitad de la cena Thomas volvió a sacar el tema del concierto, que se iba a celebrar al día siguiente.

—¿No es el grupo que te gusta? —preguntó Sabrina.

—Sí, lo escucho a todas horas.

—Le pregunté a Sophie si quería venir conmigo, pero está ocupada —dijo Thomas.

Sabrina me miró perpleja.

—Sí, bueno, tenía un compromiso —expliqué haciéndome la loca.

—¿Cuál? ¿Mirar la televisión y esperar a que Adam te llame? —preguntó, pérfida.

—Si queréis, tengo tres entradas, compré varias para unos clientes, pero no pueden venir. ¿Os apetece?

Sabrina me miró de hito en hito, luego soltó algo que jamás habría imaginado que fuera capaz de decir:

—Venga, nos vemos aquí fuera a las ocho.

—¡Fantástico! —respondió Thomas, eufórico.

Acepté a la fuerza.

Tras despedirnos de Thomas y subir a un taxi, me lancé contra Sabrina:

—¿Por qué demonios le has dicho que sí?

—Porque sé que te gustan y que jamás habrías ido sola.

—Ah, bueno.

—¿Qué problema hay? Es un concierto.

—Se ha insinuado conmigo, en el cumpleaños de Stephanie me lo dejó bien claro.

—Pero ¿no le dijiste que tienes novio?

—Por supuesto, y él contestó que esperará hasta que me deje.

—Audaz el chico —comentó divertida.

—¿Qué le digo ahora a Adam? —pregunté, presa del pánico.

—Dile la verdad, que vas a un concierto y que vas conmigo, tu carabina oficial.

Sonreí y me encerré en mí misma.

—¿De qué tienes miedo? —preguntó.

«De mí», pensé.

—De nada, no tengo miedo de nada.

—Perfecto. Solo es un concierto, Sophie.

Cuando lleguemos a casa, se lo conté a Adam. Para mi sorpresa, no se inmutó. Al contrario, parecía distante.

—¿Problemas?

—No, solo estoy cansado de las negociaciones.

—¿Qué tipo de negociaciones son?

No había profundizado en la razón de su viaje, pero tenía la vaga sospecha de que se trataba de una cuestión relacionada con su anterior matrimonio.

—Asuntos de familia. Tratar de poner a todos de acuerdo es frustrante.

No quise hacerle demasiadas preguntas. Prefería esperar a que cerrase los asuntos que tenía pendientes y preguntarle todo cuando regresase.

—No veo la hora de verte, no aguanto más.

—Yo tampoco, Sophie.

Nos despedimos con la promesa de hablar al día siguiente.

Y a la mañana siguiente escuché de nuevo su voz, esta vez más eufórica. El hecho de que solo faltase un día para su regreso era una panacea para los dos.

Tal y como habíamos acordado, a las ocho nos reunimos con Thomas delante de la librería y fuimos al Madison Square Garden en un taxi. Los momentos previos a un concierto siempre son electrizantes, sobre todo si los que tocan son los Sigur Rós. El viaje mental está asegurado. Con las cervezas en la mano, logramos abrirnos paso hasta llegar al centro de la platea. Las luces se apagaron y el azul de los focos introdujo las primeras notas de *Glósóli*. Una atmósfera mágica envolvió a todos los presentes. Nadie osó abrir la boca al oír la voz aguda del mítico Jón Þor Birgisson, todos estábamos suspendidos en la armonía casi onírica que se iba ampliando gradualmente hasta estallar en el *crescendo* épico de la pieza. Solo entonces se oyó el clamor del público. Después de las tres primeras canciones Thomas desapareció y volvió al cabo de unos minutos con tres cervezas más, que apuramos en un tiempo récord.

Otras dos piezas y ya estaba completamente extasiada, encantada por la atmósfera surreal y fascinada por las notas, que suscitaban unas sugestiones etéreas.

Sabrina me indicó con un ademán que iba a comprar más bebida, pero yo apenas le hice caso, estaba demasiado concentrada en la música. En la introducción de *Sæglópur* el público se movió hacia delante y la multitud nos empujó. Frente a nosotros se abrió un hueco, Thomas me cogió de la mano y nos apartamos de la muchedumbre. La gente se movía sinuosa al ritmo de las notas febriles. Llegamos a una zona que estaba menos abarrotada y, sin darme cuenta, de repente me vi en los brazos de Thomas, con sus labios casi pegados a los míos. Su boca se atrevió a rozar la mía. Asombrada, en un primer momento me aparté, pero después, atraída como un imán por esos labios insistentes y transportada por la música, me abandoné a un beso vertiginoso. Como si fuese el último antes de morir, antes de cerrar los ojos para siempre. Saboreaba con avidez esa lengua, tan nueva y condenadamente erótica. Cuando sonaron las notas finales, abrí de nuevo los ojos y me liberé de sus tentáculos. Fui a buscar a Sabrina, a la que por suerte encontré tras una búsqueda enloquecida haciendo cola delante de la barra del vestíbulo.

—Vámonos, Sabrina —dije empujándola.

—Pero ¿te has vuelto loca? Este concierto es una pasada.

—Tengo que marcharme, Sabrina.

Un instante después Thomas estaba a nuestro lado mirándonos con aire grave.

—Yo me ocuparé de las bebidas —dijo—, vosotras volved al concierto.

Ajena a todo, Sabrina se encaminó hacia el pasillo. Thomas me agarró una mano y me arrastró detrás de un pilar.

—¿Qué pasa? —preguntó zarandeándome el brazo—. ¿Te preocupas por tu Adam Scott?

Un cubo de agua fría me abrió por completo los ojos. Entrelacé las pocas informaciones que tenía. Thomas, arquitecto; Elizabeth, arquitecto; construcciones, inmuebles; Tom, diminutivo de Thomas, mejor amigo. Me quedé petrificada ante sus ojos llenos de rabia. No era posible, era una película, el argumento de una novela. Era increíble que estando rodeada de casi ocho millones de personas hubiese acabado en medio de ese triángulo.

—¿Qué quieres? —pregunté.

—Todo lo que quiere Adam —dijo a un palmo de mi cara— y quiero verlo sufrir, quiero verlo morir de dolor.

—Pero ¿qué dices?

—Quiero verle perder todo, como yo lo perdí.

—¿Lo acusas de la muerte de Elizabeth? —pregunté atónita—. Fue una desgracia.

—No, no fue una desgracia. La noche en que murió acababa de ver a Adam y si él no la hubiese agredido... —Me empujó contra la pared.

El hombre que tenía delante estaba desesperado y lleno de rabia. Sentí lástima por él.

—Nadie tiene la culpa, las cosas suceden y ya está.

—Las cosas no suceden y ya está, a cada acción corresponde una reacción.

—Exacto, tienes razón. En vuestro caso no creo que sea adecuado echar la culpa a Adam. Más bien cúlpate a ti mismo y, quizá, a Elizabeth. Si hubierais sido sinceros, si de verdad os hubierais querido, le habrías pedido que se separara de Adam antes de que muriera un niño.

Thomas me miró iracundo.

—Yo no tengo ninguna culpa.

Sabrina vino en mi ayuda y lo apartó de mí.

—¡¿Qué coño haces?! —gritó.

—Ella lo quería a él, siempre, en cualquier caso —aseguró antes de desaparecer.

—¿Qué coño quería? —preguntó Sabrina tirando de mí.

—Vamos a casa, Sabrina, te lo explicaré cuando salgamos de este sitio de mierda —contesté.

Mientras viajábamos en el metro, le conté todo. Absortas en la conversación, llegamos al final de la línea sin darnos cuenta.

—Es la historia más absurda que he oído nunca —dijo mientras esperábamos un taxi—. ¿Sabes cuántas probabilidades tenías de conocerlo? En Nueva York. Una sobre cincuenta millones.

—Pero lo he conocido. Solo falta la esposa difunta.

—Coño, Sophie, parece una película.

—Yo también lo he pensado.

—¿Qué vas a hacer? ¿Se lo dirás a Adam?

—No quiero, pero debo hacerlo.

—¿Te asustan las consecuencias?

—Sí —susurré—, o me deja o me mata.

—¿Quieres que esté presente cuando hables con él? Puedo decirle que fue él quien te importunó.

—Me importunó —murmuré para mis adentros—. No, Sabrina, es mejor que esté sola. En cualquier caso, si mañana a las once no tienes noticias mías, avisa a los investigadores de la NASA, porque seguro que me envía a Saturno.

El trayecto en taxi fue silencioso. No podía quitarme de la cabeza el maldito beso. ¿Qué me había pasado? ¿Por qué lo había hecho? No tenía ninguna justificación. Una vez en casa entré en mi cuarto para leer el mensaje de Adam.

Vuelvo, prepárate.

Adam

«Me prepararé para el juicio final», pensé mientras me deslizaba bajo las sábanas. Y, como no podía ser menos, llegó el día señalado. Stephanie me esperaba para desayunar. Sabrina se lo había contado todo la noche anterior. Sin decirme nada, me abrazó con ternura y me meció durante un minuto delante de la cafetera, de la que ya estaba saliendo el café. Pasé la mañana elaborando un discurso, pero en cuanto ordenaba en la mente los recuerdos de la noche anterior y del estúpido beso, me echaba a llorar. ¿Cómo podía contarle algo así sin partirle el corazón? Pero, por encima de todo, después de que me hubiera contado la verdad aquella noche, ¿qué reacción podía esperarme de Adam?

Llegué a las tres al trabajo, envolví los consabidos paquetes a la vez que miraba con el rabillo del ojo la escalera de la librería. Adam apareció a las cinco con sus andares sexys. Vi que Sabrina se estremecía y se escondía detrás del monitor cuando vio su sonrisa ajena a todo, franca.

—¡He vuelto! —dijo delante de la ventanilla.

Esbocé una sonrisa forzada.

—Salgo un momento, Sabrina.

Sabrina se puso de pie de un salto y me acompañó a la puerta.

—Vas a decírselo ahora? —susurró.

Negué con la cabeza.

Nada más cruzar el umbral Adam me dio un abrazo.

—Qué alegría volver a verte.

—¿Estás cansado?

—Hace un minuto sí, ahora no.

—Solo puedo quedarme unos minutos, tenemos mucho trabajo.

—De acuerdo, paso a recogerte a las ocho, como siempre. ¿Ves? Todavía soy tuyo.

—Sí —murmuré inquieta.

Me dio un beso, pero yo me sentía culpable y me aparté.

—Me pueden ver —susurré.

—De acuerdo, hasta luego, pasaré a las ocho.

—Te espero.

Lo miré con el corazón destrozado mientras se alejaba. ¿Cómo iba a contarle todo? Lo perdería para siempre. Entré de nuevo para acabar los paquetes y me di cuenta de que Sabrina me miraba como si se fuera a echar a llorar de un momento a otro.

—No pongas esa cara.

—Perdona, pero es desgarrador.

—¡A quién se lo vas a decir!

¿Por qué el tiempo es tan cruel? Un tictac tras otro, inexorables. Hay días que parecen interminables y otros, como ese, en los que cuatro horas se transforman en cuatro minutos.

Me despedí de Sabrina delante del coche de Adam.

—No dejes de repetirte que todo irá bien, Sophie, todo bien, todo bien, pase lo que pase puedes contar con nosotras —dijo a la vez que me estrechaba en un abrazo.

Suspiré a duras penas ahogando el nudo que tenía en la garganta. Me habría quedado para siempre entre sus brazos en lugar de enfrentarme a la inminente tormenta.

—Si a las once no tienes noticias mías, preocúpate.

—No lo hagas, no se lo digas —dijo abatida.

Le sonreí y le guiñé un ojo al tiempo que me instalaba en el asiento. Cerré la puerta y la miré mientras el coche se movía.

—¿Va todo bien? —preguntó Adam cogiéndome la mano—. ¿Qué le ocurre a Sabrina? ¿Tiene algún problema? Nunca la había visto tan alterada —dijo.

—No es nada, ha reñido con Stephanie —murmuré haciendo un esfuerzo.

—Espero que no sea nada grave.

—No —contesté—, nada que no tenga remedio.

Me besó la mano con dulzura y me sonrió con franqueza. Traté de imitarlo.

—¿Estás cansada? —preguntó sorprendido, quizá, por mi extraño silencio.

—Un poco.

Por una burla del destino, la radio emitió las notas de *Sæglópur* de los Sigur Rós, que se adueñaron del interior del vehículo y de mi ánimo. Apoyé la cabeza en la ventanilla, perdida en mis pensamientos, mientras avanzábamos como un rayo por las calles de una Nueva York en perenne movimiento. Me imaginé a Sabrina en el metro preocupada por mí, a Stephanie en casa preparando la cena, a mi hermano besando la barriga de Miranda, a mi madre planchando y a Steven y David en el sofá viendo *Anatomía de Grey*. «No es nada, no es nada», pensé apretando la mano de Adam. Entrelacé mis dedos con los suyos con la esperanza de que no fuera la última vez. Estaba segura de que la decepción lo cegaría, tanto que dejaría de quererme, pero lo que me asustaba no era eso, sino el dolor que, por mi culpa, se iba a ver obligado a revivir. Cuando llegamos a casa, vi que la mesa estaba puesta. Nada más quitarme el bolso del hombro, me encontré abrazada a él en el sofá, aturdida por su boca. Me aparté enfadada. Adam se detuvo, asombrado.

—¿Qué te pasa? —preguntó.

Había llegado el momento.

—Tengo que contarte algo —dije apartándome de él. Adam se sentó a mi lado y empezó a juguetear con mi pelo.

Le cogí el rostro con las manos y lo miré un buen rato.

—Yo te quiero, Adam, como nunca he querido a ningún hombre, ¿lo sabes?

—Claro —contestó dándome un beso, al que respondí con frialdad.

—Adam, nunca he querido a nadie como a ti, eres lo único que deseo —insistí.

Sonrió.

—Vale, ¿y qué? —preguntó, exultante.

—No te he contado algunas cosas y… —Empecé a temblar. Respiraba entrecortadamente.

—Sophie —dijo preocupado—, ¿qué…?

Lo interrumpí:

—Yo hablaré, tú limítate a escuchar y, en la medida en que puedas, debes hacerlo atentamente; luego podrás decir y preguntar lo que quieras, no me opondré.

—Me estás asustando, ¿por qué tiemblas? —preguntó deslizando las manos por mis brazos.

—Júralo —dije mirándolo directamente a los ojos.

—Te lo juro.

Inspiré hondo dos veces y empecé a hablar bajo su mirada curiosa.

—¿Recuerdas la noche después de que volvieses conmigo? Fui a cenar a casa de Steven y David. Pues bien, ese día conocí al colega de David, ¿te acuerdas?

—¿El que te acompañó a casa?

—Exacto —contesté—. No volví a verlo después de esa noche.

Su mirada se posó enseguida en mis manos trémulas. Lo sabía, lo intuía, lo sentía. No me miraba porque había empezado a comprender.

—Continúa —dijo en tono indiferente.

—Volví a verlo la noche del cumpleaños de Stephanie, hablamos de esto y lo otro, y luego él se insinuó. Yo le dije que estaba contigo y él se disculpó. Eso fue todo.

La respiración de Adam se iba volviendo cada vez más contenida y fatigosa.

—¿Ha ocurrido algo más? —preguntó, siempre sin mirarme.

Reluctante, tardé unos segundos en contestar.

—¡Vamos, coño! ¡Acaba ya con este preámbulo de mierda! —estalló a la vez que se levantaba—. Dime qué más ha ocurrido para que estés así, al borde de un ataque de pánico.

—Adam... —dije rompiendo a llorar.

Un instante después me había levantado tirándome de un brazo.

—¡Habla, hostia! —dijo a un centímetro de mi cara.

—Es Tom —susurré con un hilo de voz.

Me soltó y dio un paso hacia atrás, tambaleándose.

—Es Tom, Adam —repetí acercándome a él—, y el miércoles, cuando fui al concierto con Sabrina, él también estaba, y, lo siento, Adam...

—¿Qué? —preguntó en un tono extrañamente controlado—. ¿Qué, Sophie? ¿Qué pasó?

—Nos besamos —contesté.

Vi que cerraba los ojos y apretaba los puños dominando el impulso de partirme la cabeza.

—Pero no sucedió nada, lo hizo adrede, me dijo que quiere verte sufrir, que quiere verte morir de dolor por lo que le hiciste a Elizabeth.

Con los ojos cerrados, Adam alzó la cara hacia el techo exhalando un largo suspiro.

—Vete —dijo.

—Adam, se me echó encima.

—Basta, Sophie. Vete, te lo ruego.

—No le permitas que te haga sufrir por nada.

—Vete antes de que te haga daño, Sophie —dijo con los puños apretados.

Traté de acercarme a él, pero cogió un vaso de la repisa y lo lanzó contra la pared.

—¡Vete, coño, desaparece!

—Dime qué estas pensando. Hablemos. —Intenté acercarme a él alargando las manos—. No ocurrió nada, nada irreparable.

—¿Quieres saber lo que pienso? —dijo con una mirada endemoniada—. ¡Te contestaré! Eres una puta, Sophie, como todas las mujeres, no te diferencias en nada de las demás, basta que un hombre se acerque a vosotras con aire seductor para que os ofrezcáis. ¿Me tomas por idiota? «Nos besamos» —dijo imitándome—. Al menos podrías haber dicho: «Intentó besarme», pero tú nunca mientes, Sophie, y cuando lo haces, te sale mal.

—No sé qué me pasó, se me echó encima.

—Basta, Sophie, ese estúpido beso me importa un comino, seguro que bebiste, la música creó la atmósfera apropiada y tú te dejaste llevar. Me he tirado a muchas mujeres, sé lo fácil que es manipularos —dijo escrutándome.

Bajé la mirada abrumada por la culpa, y Adam se rio desdeñoso.

—Lo siento —murmuré—. Yo... Yo te quiero.

Se metió las manos en los bolsillos y esbozó una amarga sonrisa.

—Eso ya me lo han dicho. —Movió la cabeza de un lado a otro—. No lo hagas tú también. —Recogió el bolso del suelo y me lo tendió.

Lo cogí y me dirigí a la puerta con la cabeza inclinada.

—No sé si sirve de algo, Adam, pero yo te esperaré.

—¡Vete! —vociferó.

En el ascensor me aferré al pasamanos con una sensación de náusea. Anduve hasta la calle 110 Este y allí cogí el metro para volver a casa. Sabrina y Stephanie me estaban esperando. Me acogieron en su cama sin decir palabra. Se sentían aliviadas de verme, al menos, sana y salva.

Al día siguiente me despertó Steven, que lamentaba lo que había sucedido. Sabrina lo había llamado la noche anterior y le había contado todo sobre el colega de David. También él quiso hablar conmigo. No sabía nada de la historia. Hice un esfuerzo por mostrarme conciliadora, pese a que me habría gustado estrangular a Sabrina por haberse ido de la lengua.

—Tenía que desahogarme con alguien, que ese asqueroso canalla se entere de que es un pedazo de mierda —dijo para justificarse.

Me encerré en mi cuarto y pasé el día mirando el árbol que había delante de casa y a la señora White arreglar su rosaleda.

Por la noche Stephanie me ofreció un plato de pollo al curry, que permaneció intacto hasta la mañana siguiente. Pasé también el segundo día agonizando y mirando fijamente el árbol.

A los millones de mensajes que mandé a Adam, él solo respondió con uno, categórico:

He dejado la bolsa en el garaje de tu hermano.

Como era de esperar, Fred vino a verme por la noche. Adam le había explicado que habíamos roto y había rescindido el contrato del garaje.

No profundizamos en el asunto y, por una vez, él no pronunció la frase de rigor. En lugar del habitual «Te lo dije», afirmó: «Pasará».

«Pasará»: la palabra que oí repetir sin cesar en los días sucesivos. «Pasará».

No, nunca pasaría, al igual que la muerte de mi padre para mi madre, mi hermano y yo, como un pedazo de tu cuerpo que falta y que no se puede sustituir. Un vacío, una sensación de pérdida, de muerte.

En el trabajo Sabrina hizo todo lo posible para cubrirme, pero al cabo de dos semanas decidí dejarlo. Luego escribí una carta a Adam en la que me disculpaba por todo y en la que le deseaba que siguiese creyendo en el amor. A buen seguro, en algún lugar existía una mujer que no era una miserable y él se merecía conocerla. No sé por qué la escribí, quizá para atenuar mi sentimiento de culpa. En esas semanas pensé en lo que había ocurrido con Thomas. Había sido hábil, un maldito manipulador. Aun en el caso de que Adam me hubiera perdonado mi momento de debilidad, yo no habría podido soportar seguir con él. No era digna de él. Así pues, un día tras otro, poco a poco, seguí respirando hasta que una buena mañana me levanté con muchas ganas de correr. Igual que Forrest Gump. Correr sin pensar. Me puse una camiseta y un par de pantalones cortos, y salí de casa en busca de una emoción que pudiese aliviar mi apatía. Hacía calor, el sol era abrasador. Podría decir que casi me sorprendió, había pasado veinte días aislada, sin darme cuenta de que el verano estaba en pleno fervor. No estaba entrenada, así que solo corrí dos manzanas, caminé otras dos y luego corrí de nuevo. Poco a poco fui adquiriendo el ritmo, de forma que al final fui capaz de correr tres manzanas seguidas. Llegué al zoo del Bronx casi sin darme cuenta. Compré una entrada y fui a ver el oso polar en su hábitat antinatural. Lo observé, parecía encontrarse a gusto. En el fondo, se había adaptado al cautiverio.

«Adaptarse y buscar lo mejor», pensé mientras lo veía jugar con sus cachorros. En ese momento sonó el teléfono. Era mi hermano. Me comunicó gritando que Lenya había nacido. La primera buena noticia en varios días. Volví a casa, me cambié y fui al hospital. En cuanto vi a mi hermano, orgulloso a más no poder de haberse convertido en padre y con el pequeño bulto en las manos, me dije que no podía seguir sufriendo, que tenía muy poco tiempo para ser feliz. La vida seguía su curso, siempre y en cualquier caso.

Cuando regresé a casa, llena de nueva energía, me puse a buscar trabajo seriamente. Recordando las conversaciones con Richardson, elegí el mundo del arte. Busqué todas las galerías de Nueva York y les envié mi currículo. Al cabo de un par de días me respondió una tal señora Bradford desde una anónima galería del West Side. Cuando fui a visitarla, me quedé decepcionada al ver el escaparate. En lugar del ambiente sofisticado y aséptico propio de una auténtica exposición artística, tenía delante una acumulación de objetos viejos y polvorientos. Buscaba un ayudante, porque su marido había muerto hacía unos meses y ella no se las arreglaba sola. El salario era de dos mil dólares al mes. Acepté con la condición de que me dejase tiempo para estudiar y terminar la universidad.

Para celebrar mi nuevo trabajo Fred me invitó a cenar. Miranda aún estaba en el hospital. Como no podía ser menos, el tema de conversación fue Lenya toda la velada. Cuántas veces había mamado, regurgitado, babeado y sonreído. Al final de la cena, mientras mi hermano hablaba por teléfono con Miranda, agotada por la conversación con Fred, me acurruqué en el sofá y dejé que Miga me lamiese la mano. Eché una ojeada al ordenador de mi hermano, que se encontraba sobre la mesa, y reconocí las cámaras del Parking Lether, que estaban activas. Me pareció extraño volver a ver las imágenes que habían acompañado mi regreso a Nueva York.

En ese momento, con gran estupor, asistí al regreso de Alice Truman con su bonito Mercedes rojo. Aún más sorprendente fue ver bajar del lado del conductor a Adam. Salieron del aparcamiento abrazados. Por lo visto seguía dedicándose a lo que mejor sabía hacer: joder. Por una milésima de segundo lamenté ser yo la causa, luego un timbre en la cabeza me despertó... Iluminada...

Pensándolo bien, en el fondo yo no había hecho nada. Me había visto involucrada sin más. Además, solo había sido un estúpido beso. Pero la cuestión no era el episodio en sí. La cuestión era que yo había conseguido ir más allá, me había reconciliado con mi pasado. Y al igual que yo había aprendido a ser consciente de mis límites, él también podía hacerlo y, si no era capaz, desde luego que no era culpa mía.

—Que te den por culo —murmuré.

Miga dio su aprobación con un ladrido. Así que cogí el móvil y le mandé un mensaje:

Folla bien, Adam, goza mucho, pero intenta vivir también.

Salí de casa de mi hermano a las once. Me sentía extrañamente serena, después de mucho tiempo. Como si me hubiese quitado un peso de encima. Lo había eliminado con la conciencia de que yo no tenía ninguna culpa.

Mientras volvía al Bronx, Sabrina me avisó con un SMS de que estaba en el habitual local lesbiano-homosexual en compañía de Steven y de David, pero yo preferí volver a casa. En la cama, mientras navegaba por Internet pasando de una página a otra, un *pop-up* me avisó de que había recibido un nuevo *e-mail*.

De: Adam Scott
A: Sophie Lether
Asunto: Tu mensaje

Querida Sophie:

Lo he intentado, pero todo vuelve a salir a flote y es aún peor. Solo conozco una forma para no tener que soportar la pena que llevo dentro. He aprendido a convivir con ello. Envidio tu capacidad de adaptación. Tú sobrevives a todo, siempre. A mí no me resulta tan fácil. No te acuso de nada, tú no tienes nada que ver, te arrastré a mi mundo pensando que podrías ayudarme. Pero solo yo puedo hacerlo. Por duro que sea, te deseo todo el bien de este mundo, Sophie, un hombre que te quiera sin más y que te haga feliz. Lo siento.

Adam

Releí dos veces el *e-mail* y luego le respondí en mayúsculas en Skype:

¡VETE A TOMAR POR CULO! ¡GILIPOLLAS! Siempre has sabido simular que no entiendes.

Diez segundos más tarde recibí un nuevo mensaje.

¿Qué debo entender?

¡Que eres gilipollas!

Confirmado que soy gilipollas. Repito, ¿qué debo entender?

Que nadie te obliga a sufrir, que eres libre de dejar atrás el pasado.

Me gustaría.

Pues hazlo. Te contaré un secreto. ¿Sabes lo que sucede cuando dejas atrás el pasado? Vives, sin más.

No puedes entenderlo.

¡Por supuesto! ¡No lo entiendo! Solo sé que me violaron y me pegaron de tal forma que no podía reconocerme en el espejo, que pasé un año en un centro psiquiátrico… Si me hubiese cerrado al futuro, no te habría conocido y no habría descubierto que siempre existe una posibilidad.

¿Posibilidad?

¿Lo haces adrede? Me refiero a lo de no entender. Una posibilidad de ser feliz.

Al cabo de un cuarto de hora sin recibir respuesta le mandé un último mensaje:

Adam, hazte esta pregunta: ¿cuál es el momento más feliz que has vivido en los últimos años? ¿Cuándo te has sentido sereno y «satisfecho» después de la muerte de Elizabeth? Si la respuesta se asoma a tu cerebro perezoso, entonces busca esa felicidad, elige esa serenidad. Nadie podrá cambiar lo que ocurrió.

Espero que mis máximas de psicología sencilla, pero, en cualquier caso, práctica, te sean de ayuda. Buenas noches.

Sophie

P. D.: Desde que estoy en el mundo, si he de pensar en un momento en que mi corazón se llenó de felicidad y esperanza, recuerdo varios, y en ellos siempre estabas conmigo. Y si he de pensar en un momento en que mi corazón se partió de dolor y me sentí sumida en la oscuridad, tú también estabas conmigo. Confío en que sirva de algo, yo sigo esperando.

Después apagué todo…, incluido el cerebro.

Sabrina me despertó a las cuatro, a todas luces borracha.

—Despierta, Sophie.

—¿Qué pasa? —pregunté contrariada, molesta porque el aliento le olía a alcohol.

—Creo que Adam está fuera o, al menos, eso me ha parecido. ¿Ese coche es suyo? —preguntó apartando la cortina.

Escruté la calle, reconocí el coche y, de repente, una sonrisa se dibujó en mi cara.

—Sí —dijo Sabrina—. ¡Es el suyo! —añadió gritando.

—Te lo dije —contestó Stephanie desde el salón.

Me puse los zapatos y salí corriendo como una exhalación. Si alguien me hubiera preguntado: «¿Cuál ha sido el momento más hermoso de su vida, señorita Lether?», bueno, sin lugar a dudas era ese. Sentía una felicidad similar a la que, de niña, experimentaba delante de los regalos que estaban debajo del árbol de Navidad. Porque había expresado un deseo y sabía que el paquete contenía lo que más deseaba en este mundo.

Crucé la calle exultante de alegría, frené mi entusiasmo al detenerme a pocos centímetros de su coche y, apoyando las manos en la ventanilla, miré adentro. Y lo vi… Sonreía.

—¿Te has dado una respuesta? —pregunté dominándome para no saltarle encima cuando se bajó del coche.

—¿Te refieres a si soy gilipollas? —preguntó.

—También —contesté riéndome—. ¿Sabes? Este es el momento más bonito de mi vida.

—El mío también —susurró dándome un fuerte abrazo.

El beso que siguió a sus palabras colmó el mes de ausencia.

—¿Quieres entrar? —pregunté apoyando los pies en el suelo sin soltar sus brazos.

Vi que el sentimiento de culpa ensombrecía su semblante.

—Sophie, he intentado olvidarte y si he de ser sincero…

—Lo sé, Adam —murmuré acariciándole una mejilla con los dedos—. No me importa con quién hayas estado, no quiero saber nada.

Adam cerró los ojos, quizá no acababa de creer en mi indulgencia. Pero ¿qué otra cosa podía hacer? Si estaba allí era porque aún me quería, y yo también sentía lo mismo. Podía ser suficiente.

—Comparado contigo, soy un miserable —dijo—, no sé cómo puedes perdonarme otra vez.

—No quiero saber nada, no te pido nada, pero no me vuelvas a dejar fuera.

—No he dejado de pensar en ti, siempre y solo en ti.

Me mordí los labios.

—Adam, estás aquí y eso es suficiente.

Le di un beso suave, que se hizo de fuego en un segundo.

—¿Puedo entrar? —preguntó cogiéndome del brazo.

—Por supuesto —respondí, pegada a él como una niña.

Sabrina y Stephanie nos esperaban sentadas a la mesa de la cocina, concediéndose el habitual capricho de comer pan con crema de chocolate.

—¡Muy bien, Adam! —dijo Sabrina dejando el tarro en la mesa.

Adam movió la cabeza divertido, me cogió una mano y la besó. Unté dos buenas rebanadas, una para él y otra para mí.

En mi mente solo había una imagen: nosotros cuatro alrededor de la mesa; las preocupaciones quedaban fuera, en cualquier otro lugar salvo allí.

Fiesta del horror

Después de esa noche volví a casa de Adam y la vida retomó su habitual ritmo. En los días siguientes estuve muy ocupada con el nuevo trabajo. La señora Bradford me había dado carta blanca para arreglar su almacén-galería-de-objetos-usados y para hacerlo organicé tres días de liquidación que atrajeron a varios compradores. De esta forma nos liberamos de un montón de baratijas y dejamos espacio a las nuevas obras. Naturalmente, la considerable suma que ganamos nos sirvió para pagar parte de las deudas y, sobre todo, para ayudarnos a dar un nuevo estilo a la tienda.

Adam oficializó nuestra reconciliación —por decirlo de alguna forma— presentándome a sus amigos. Seth, el padre infiel que había visto en el bar de Lucas hacía tiempo y su socio comercial; su esposa, Annabelle; John, un amigo de la universidad que lo había seguido siempre en los negocios, y James, un chef. El resto de personas que conocí formaban parte del círculo de hombres de negocios con los que de tanto en tanto se veía obligado a entretenerse en cócteles o en fiestas aburridísimas. Y aquella en la que me encontraba no era muy distinta: música para viejos y ríos de champán.

El hecho de que fuera reconocida como su compañera oficializaba también su condición de hombre comprometido: había dejado de ser un soltero al que echar el lazo. Pese a ello, mi presencia no impedía a las invitadas rodearlo con sus bonitos ojazos y sus cuerpos esculpidos en intensas sesiones de gimnasio o en centros estéticos. No sentía celos, porque Adam no les hacía el menor caso. Como mucho, conversaba educadamente con ellas.

En esas ocasiones Adam se aburría más que yo. A veces, mientras hablaba con un magnate, me lanzaba una mirada de complicidad que me hacía comprender que estaba pensando en algo bien distinto...

La velada transcurría como de costumbre. Yo estaba sentada en un taburete y charlaba sobre esto y aquello, como siempre, con la mujer de Seth, cuando, de repente, sentí que una mano resbalaba por mi espalda. Me aparté enseguida y vi que Thomas, alias Tom, estaba delante de mí.

—Hola, Sophie —dijo dándome un beso en la mejilla.

Bajé del taburete de tres patas y le clavé un tacón en el pie. Thomas no se inmutó, sonrió y lanzó una ojeada a mi compañera de cóctel.

—Hola, Annabelle —dijo Tom.

—Hola, Tom —respondió ella con hostilidad.

Busqué a Adam entre la multitud.

—¿Buscas a Adam? —preguntó—. Está en la galería, no puede verte.

Miré hacia la terraza y lo vi hablando con un gordo mastodóntico. Annabelle se alejó a toda prisa para ir a avisarlo. Nos quedamos solos y Thomas se inclinó para hablar conmigo. No me moví, permanecí impasible.

—Sé que rompisteis después de nuestro intenso encuentro —dijo.

Sonreí desdeñosa.

—Como ves, hemos hecho las paces. Eres patético, Tom.

Me apretó las mejillas con las manos y se acercó a un palmo de mi cara.

—No he dejado de pensar en tu lengua, aún tengo tu sabor en la boca.

—Estás enfermo —dije apartándome.

Di dos pasos hacia atrás. Adam me cogió de la mano y me puso detrás de él.

—Tom —dijo Adam en tono educado.

—Adam —respondió Tom en idéntico tono.

Tratándose de dos hombres de negocios, sabían mantener cierta circunspección mientras los ojos indiscretos de los presentes asistían al encuentro. Nadie habría podido imaginar el odio y la desesperación que afligían nuestras almas en ese momento.

—Cuánto tiempo sin verte —dijo Tom—. He venido a saludar a Sophie…, estaba sola y desconsolada. Veo que sigues teniendo la fea costumbre de dejar solas a las mujeres. Debes tener más cuidado —dijo con arrogancia.

—Me alegro de verte y también de que te acuerdes de Sophie —contestó Adam.

—Sí, la recuerdo perfectamente.

Acto seguido se inclinó hacia Adam y le susurró algo al oído. Si bien no podía oírlos, sabía de sobra lo que le estaba diciendo, cualquier cosa que pudiera encolerizarlo. Adam me apretó la mano de tal forma que poco faltó para que me la rompiera.

—Espero no haber despertado viejos rencores —dijo Tom recuperando la compostura.

Unos segundos después, Seth estaba al lado de Adam. Solo entonces me soltó la mano.

—Lamento interrumpiros, pero unos invitados están buscando a Adam.

—No es molestia, estaba a punto de marcharme. Adiós, Sophie —dijo Tom guiñándome un ojo.

Bajé la mirada. Lo único que deseaba era escapar. Tras quedarnos solos entre la multitud, Adam me dejó en unos silloncitos, bajo la vigilancia de Annabelle y Seth. No me moví de allí durante el resto de la noche mientras él proseguía con sus conversaciones de negocios. Me pasé el tiempo rezando para que la razón prevaleciera en él y no el tormento que le había causado la inesperada aparición de Thomas. Seguro que en casa me montaría una escena, quizá tuviera que sufrir su silencio o rompiéramos de nuevo.

En el coche, una vez solos, me atreví por fin a hablar.

—¿Cómo estás? —le pregunté cogiéndole una mano. Adam la retiró rápidamente.

—Hablaremos en casa.

Miré por la ventanilla suspirando. ¿Qué le había dicho Tom? ¿Qué demonios le había susurrado?

Tras dejar el coche en el aparcamiento, me ordenó que subiera al piso y que lo esperara en la habitación. Me encaminé sola hacia la entrada.

Stewart, el conserje, me abrió la puerta sonriéndome como de costumbre. Adam se quedó con él mientras yo me dirigía al ascensor sin esperarlo. Vi que Adam le daba dinero. Miré el panel del ascensor angustiada. Por alguna extraña razón tenía prisa, prisa por que sucediese lo que debía suceder, para después recuperar a mi dulce y atento Adam.

Tras entrar en casa colgué el abrigo del perchero y fui al dormitorio.

Me desvestí, liberé el pelo de las horquillas y, después de refrescarme un poco, volví a la habitación. Me cambié para pasar la noche y me acerqué a la ventana para esperarlo. Pero no había ni rastro de Adam. Empezaba a preocuparme. Al cabo de un tiempo interminable, me dirigí atemorizada al salón y lo vi tumbado en el sofá con el abrigo aún puesto. Sostenía en las manos un vaso de whisky y jugueteaba con él haciendo tintinear el hielo.

—¿Adam? —dije con voz helada.

—¿Quieres follar, Sophie? —preguntó alzando levemente la mirada hacia mí.

—Si quieres, sí —contesté vacilante.

Dejó el vaso en la mesa, se puso de pie, se quitó el abrigo y lo echó al sofá. Me tendió una mano para que me acercara a él. Nada más llegar a su lado intenté darle un abrazo, pero él me cogió la cabeza y, a la vez que me besaba, me hizo tumbarme en el sofá. Me quitó la camiseta y los pantalones a la velocidad de la luz. Sus manos se movían resueltas, más rápidas de lo habitual. En cuanto sus dedos rozaron mi sexo, detuvo los preliminares y mirándome fijamente me dijo:

—¿Con él también te mojaste tanto?

—Adam —murmuré incrédula.

—¿Te excitó su lengua? —preguntó apretándome el cuello con una mano.

—No —contesté tratando de zafarme de él.

—Lo deseabas, sé que lo deseabas, querías follar con él —dijo rabioso.

No podía moverme, me sujetaba por los hombros y me aplastaba con el peso de su cuerpo.

—No hice nada, ya hablamos de eso.

—¿Cómo puedo creerte? ¡¿Cómo?! —gritó.

—Te lo juro.

Me soltó. Después se puso de pie dándome la espalda.

—Te quiero, Adam, ¿recuerdas? Estoy aquí, estoy contigo, Adam.

Me arrastró con dulzura a la sala de los arneses. Estaba más tranquilo o, al menos, eso parecía. Sacó del armario la cadena con el collar y yo no me opuse. Quizá necesitaba desahogarse, pensé, y lo último que quería era contrariarlo en ese momento tan delicado.

Adam cerró el collar, me enganchó a la viga del techo y me amordazó con la bolita de goma roja. Era lo que más odiaba. Tenía el tabique nasal desviado, de forma que con la bolita en la boca no respiraba bien, y él lo sabía de sobra. Además sabía que, para no ahogarme, me concentraba en la respiración y eso me impedía gozar. Por ese motivo ya no la usaba.

Apretó las correas de cuero a mis tobillos y las encadenó a los ganchos del suelo, obligándome a permanecer con las piernas abiertas e inmóviles.

Si todo iba bien, en una hora se habría acabado. Después de evacuar su esperma, pasaría el resto de la noche mimándome, que era lo que yo más deseaba.

—Ahora verás lo que he tenido que soportar —dijo a un palmo de mi nariz.

Me sujetó la cabeza entre las cadenas, de forma que no pudiese moverla.

No entendía nada, era la primera vez que hacía algo así y su mirada no era en manera alguna tranquilizadora. Jamás lo había visto tan enigmático.

Soplé por la nariz, asustada: era la única manera de darle a entender que estaba aterrorizada.

—Me has humillado, todos lo han visto. —Me dio un latigazo en la barriga—. ¡Querías follar con Tom! —rugió.

Al oír esa frase puse los ojos en blanco con la esperanza de que notara mi contrariedad.

—Coqueteaste como una zorra cualquiera, querías tirártelo —dijo asestándome el segundo latigazo.

Quería mover la cabeza para decirle que no, pero estaba completamente inmovilizada.

—Querías que te follara y él no veía la hora de metértela. —El látigo hirió de nuevo mi piel.

Empezaba a sentirme realmente preocupada, la vehemencia con la que me golpeaba no era la usual. Quería hacerme daño. Tras darme tres latigazos más, me metió el mango en la vagina, que estaba seca. Gruñí dolorida. Intenté moverme con un golpe de riñones.

Adam dio un paso hacia atrás y enseguida me dio un nuevo latigazo, esta vez en la espalda.

—He pasado toda la noche imaginando que él te follaba y que tú gozabas.

Pero ¿qué demonios tenía que ver yo con eso? No había hecho nada. Odiaba a Tom, lo odiaba con todas mis fuerzas.

Después del enésimo golpe dejó caer el látigo al suelo y desapareció en el dormitorio, dejándome a oscuras.

Mientras esperaba, mi respiración se normalizó. Estaba empapada en sudor y me escocían las marcas de los latigazos en la piel. Debía mantener la calma, tarde o temprano él recuperaría el juicio. Estaba segura o, por lo menos, lo esperaba. Me dolían los brazos y estaba cansada de permanecer en esa posición.

Oí correr el agua en la ducha. Probablemente, se estaba relajando para el gran final. Cuando volvió, la habitación se llenó de la fragancia del gel de ducha, lo que me concedió cierto alivio.

Para empezar me liberó la cabeza de las cadenas y los tobillos de las correas. Por último aflojó la cadena central. Exhausta, me tumbé en el suelo dolorida.

—Ven —dijo señalando el banco que había en el centro de la habitación.

Haciendo acopio de las fuerzas que me restaban, me levanté y me tumbé boca abajo en el banco. Su superficie fría fue un alivio para mi piel, inflamada por los latigazos. Me sujetó las manos con las esposas del banco, de forma que tuviera los brazos tendidos hacia delante; luego fijó las correas de los tobillos a las patas del banco a fin de que no pudiera moverme.

Estaba preparada para que me dominara.

Adam no había vuelto a querer relaciones anales desde la primera vez. Quizá el recuerdo no le gustaba. Y, a buen seguro, lo que yo le había contado le había quitado cualquier deseo de repetirlo. En cambio esta vez no se lo pensó dos veces, me penetró por el ano por segunda vez sin la menor dulzura y empujó con ímpetu. Cada vez que se hundía dentro de mí, me golpeaba las nalgas y yo arqueaba la espalda. Lo único que deseaba era que se corriera. Que todo acabara. Luego, de repente, me quitó la mordaza y, por fin, pude respirar.

—Si tienes algo que decir, hazlo ahora —me exhortó con voz gutural.

¿Qué iba a decir? ¿Cómo podía convencerlo de que parara?

—Soy el único que puede follarte y solo pararé si hablas —dijo.

Asentí con los ojos anegados en lágrimas. Dijera lo que dijera, nunca pararía. Adam estaba perdido, perdido en su pasado, perdido en la remota oscuridad que habitaba en su interior.

Cerré los ojos y esperé sumisa a que su esperma brotara y lo liberara. Tardó una eternidad, tanto que a partir de un cierto punto ya no sentía nada, ni su respiración animal ni sus manos, que me apretaban el cuello. Desfallecida, apoyé una mejilla en el banco mojado con mi saliva y cerré los ojos. No recuerdo nada más.

A la mañana siguiente, cuando me desperté, estaba envuelta en las sábanas, bonitas y fragantes, de nuestra cama. Adam estaba sentado en el sillón de al lado, pálido y confuso. En la mesilla había varias medicinas, una palangana y una venda. Intenté moverme y sentí un dolor atroz en las articulaciones. Poco a poco me volví hacia un lado dándole la espalda. En la otra mesilla vi la fotografía en la que aparecíamos los dos, que nos habíamos sacado hacía un mes, durante una excursión de montaña. Nadie que hubiera visto esa foto habría podido imaginar jamás lo que se ocultaba detrás de su sincera sonrisa. Había aceptado a Adam, pero en ese momento me preguntaba qué futuro podía tener una relación de ese tipo. Había creído ingenuamente que podía sanar su malestar. Pero no era así. Yo solo era un paliativo. Adam guardaba todo en su interior y su pasado seguía angustiándolo. Necesitaba ayuda y yo no podía procurársela. Me levanté de la cama poco a poco.

—Te ayudo. —Se acercó a mí premuroso y me ciñó el talle.

No opuse resistencia, porque jamás habría podido levantarme sola. Una vez de pie, paso a paso, me dirigí al cuarto de baño.

—¿Quieres ducharte? —me preguntó ayudándome a sentarme en el taburete.

—Lo haré sola —dije con firmeza—. Vete.

No replicó, se limitó a mirarme lleno de compasión. Era evidente que el sentimiento de culpa lo atormentaba. En el fondo, me parecía bien.

—Sal, por favor —dije.

Adam se marchó.

Tras levantarme de nuevo, me desabroché el camisón y lo dejé caer al suelo evitando a toda costa mirarme al espejo. No quería verme. Me bastaba ver las marcas rojas e inflamadas que tenía en las muñecas y en los tobillos.

Me di una ducha caliente larguísima con la esperanza de atenuar el ardor que sentía en la piel. Me sequé el pelo y permanecí en el baño al menos una hora. No tenía ganas de hacerle frente. Seguro que intentaría que lo perdonase. Con atenciones y dulzura. Con él no había términos medios.

—Sophie —dijo al otro lado de la puerta—, sal, te lo ruego.

Hice acopio de valor. Me quité el albornoz y me miré al espejo observando cada marca que había en mi cuerpo. Sentía asco de mí misma. De nuevo marcada por un hombre. Con el corazón lleno de rabia y un nudo en la garganta, abrí la puerta desnuda para que pudiese ver lo que me había hecho.

A pesar del espectáculo que era en ese momento mi cuerpo magullado, no bajó la mirada. Estábamos a un metro el uno del otro, inmóviles, sin decir palabra. Entré en el vestidor en silencio.

—¿Vas a salir? —preguntó apoyándose en el marco de la puerta.

—Voy a comer con mi madre, como todos los domingos —contesté abrochándome la camisa.

—Debes taparte las marcas —dijo señalando mis muñecas.

Miré los cardenales llena de rabia.

—Sí, sí —contesté sin dignarme siquiera a mirarlo.

El peso de esos monosílabos era insoportable, de manera que Adam prefirió volver al dormitorio dejando que me enfrentara sola al suplicio de vestirme. Cuando estuve lista, metí a toda prisa en la bolsa de la lavandería algo de ropa interior, un par de vaqueros, las primeras dos camisetas que encontré, calcetines y un suéter. Y le hice frente de nuevo.

Adam, de pie delante de la ventana, me lanzó una rápida ojeada y luego volvió a mirar a través del cristal.

—¿Me estás dejando, Sophie? —preguntó.

«Sí», pensé, pero tenía mucho miedo de decírselo. Para empezar, porque me aterrorizaba su reacción y, además, porque la mera idea de que desapareciera de mi vida me desesperaba. Pero no podíamos seguir así. Yo, al menos, no. Todo había vuelto a salir a flote. Albert, Paul, él.

—Háblame, dime lo que piensas —dijo acercándose a mí.

Yo no debía decir nada, en todo caso el que debía hablar era él, pero no era su estilo.

—No pienso nada y no tengo nada que decir —respondí buscando sus ojos.

Quizá mi mirada fue tan elocuente que, por primera vez, lo vi derrotado.

—Perdí la cabeza —dijo con un hilo de voz—. Imaginarte con otro me hizo…

—*Imaginarme* —subrayé—. Solo imaginaste algo que jamás se me pasó por la mente. En cambio, yo tuve que ver. —Estallé en sollozos.

—Sophie —dijo tratando de abrazarme.

—No me toques. —Mi cuerpo dolorido se estremeció—. No me vuelvas a tocar.

Adam cerró los ojos rechinando los dientes.

—¿Me estás dejando, Sophie? —preguntó—. Porque, en ese caso, debes decírmelo mirándome a los ojos.

—¿Qué pretendías conseguir? ¿Querías que viera cómo te sentiste cuando encontraste a Elizabeth con Tom? Porque, si es así, no lo lograste, solo vi rabia, una rabia que desahogaste conmigo —dije llorando—. Podías haber razonado, haberte parado a pensar un segundo. No puedo dejarte, pero así es muy difícil estar contigo.

—En ese caso, Sophie, si no puedes hacerlo, te dejaré yo; no necesito a alguien como tú.

No me lo esperaba, al contrario, esperaba que me suplicase que me quedara, que me dijera que me quería, aunque fuera susurrando, que su voz sellase en el universo esa simple verdad, que diese un motivo a mi obstinación de seguir con él. Aturdida por sus palabras, miré fijamente su boca, incrédula. ¿De verdad era tan frío?

—Vete, eres libre, enviaré tus cosas a casa de tu hermano, si me lo permites.

Confusa, dejé caer al suelo la bolsa de la fuga y me arrodillé sollozando.

—¿Por qué te cierras así? Mírame, sabes quién soy, soy Sophie, ¿me reconoces? —murmuré.

Adam no contestó.

—No me rechaces, no lo hagas, estoy dispuesta a aceptar incluso lo que ocurrió anoche, pero no tengas miedo de estar conmigo —dije. Me enjugué las lágrimas—. Te conozco, te entiendo y sé que necesitas ayuda.

Adam sacudió la cabeza, frustrado.

—Sophie, vete, por favor, solo consigo hacerte daño.

—No me haces daño —dije sollozando—, lo que me hiciste no es nada, no es nada, pero no me obligues a marcharme.

Me acarició el pelo y se arrodilló, me besó con dulzura en los labios, en las mejillas, y luego me abrazó durante unos segundos.

—Vamos, ve a casa de tu madre, te espero aquí.

—No me dejas, ¿verdad? —susurré sintiendo piedad por la mujer en la que me había convertido.

—No, yo no te dejo —dijo besándome con pasión.

Dejé la bolsa en el suelo y salí al rellano. En el portal Stewart me miró y pareció compadecerse. Era muy probable que hubiera abierto el portal a las prostitutas la noche anterior. A saber qué pensaba.

—¿Estás bien, Sophie? —preguntó.

Alcé los ojos.

—Sí, Stewart, gracias, ¿Y tú?

—Todo bien, gracias —contestó abriéndome cortésmente la puerta acristalada.

Fred me esperaba fuera del garaje. Durante el trayecto me habló de las obras del nuevo garaje. La verdad es que me importaba un comino.

—¿Cómo está Adam? —preguntó mi hermano de buenas a primeras.

—Bien.

—¿Y cómo van las cosas? ¿Cuánto tiempo lleváis juntos?

—Un poco —contesté.

—Hum, veo que te has levantado con el pie izquierdo... ¿Habéis reñido?

—No, he dormido mal, eso es todo.

—En cualquier caso, me gusta Adam; ahora te lo puedo decir, estoy muy contento.

—Ah —murmuré.

—Me parece más relajado, se nota que es feliz.

No respondí. Quizá su felicidad se debía a que ahora tenía en casa un juguete disponible las veinticuatro horas del día.

—¿Va todo bien? —preguntó Fred mirándome de reojo.

—Sí, solo estaba pensando.

—¿Propuestas?

—¿Qué? —pregunté.

—¿No habéis hablado?

—¿De qué? —pregunté de nuevo.

—De matrimonio —dijo.

—Anda ya.

¡Como si Adam pensara en el matrimonio! Aún no se había liberado del primero.

Entretanto, habíamos llegado a casa de mi madre. Ya desde el rellano el olor a asado despertó recuerdos de las comidas dominicales. Con cierta sorpresa vi que estaba también Mark, un amigo que había vivido en el piso de enfrente. De niña me había enamorado de él. Había sido el primer chico con el que había hecho el amor. Sucedió una tarde, yo tenía diecisiete años y él veintitrés. Había pasado a despedirse de Fred antes de marcharse para hacer prácticas en Chicago y mientras lo esperaba habíamos visto una película sentados en el sofá. Siempre me había tratado como a una hermana menor, hasta esa tarde. Desde entonces había soñado con él todas las noches hasta que, por fin, lo había olvidado. Había guardado ese secreto durante años.

Me saludó turbado, con una vaga expresión de preocupación que mantuvo durante toda la comida.

Más tarde, mientras Fred iba al supermercado a comprar unas cervezas, salimos a la terraza a charlar un poco. Se había casado hacía cinco años con Brenda, que también era médico y a la que había conocido en Chicago. Después de la especialización había vuelto a Nueva York y hacía unos meses había sustituido a un médico, de quien había heredado todos los pacientes. Ricos y llenos de problemas.

—Unas historias tremendas —me dijo.

—¿Como cuáles? —pregunté curiosa.

Casi con rencor, me miró y dijo entre dientes:

—Como la de tus muñecas. —Al cabo de un minuto de silencio añadió—: Debes usar sulfadiazina de plata.

—¿Qué? —pregunté boquiabierta.

—Es una pomada que alivia la hinchazón —dijo señalando mis muñecas.

Me apresuré a bajarme las mangas para tapármelas. Mark sonrió comprensivo. Habría dado cualquier cosa para que me tragara la tierra.

—Deformación profesional.

Esbocé una sonrisa forzada.

—Gracias —contesté.

—¿Estás bien, Sophie?

—Sí, estoy bien —respondí titubeando.

«¿A qué viene todo este interés?», me pregunté.

—Hago escalada con Adam, a él le gusta, y la última fue dura —expliqué—. Me quedé colgada una hora y las cuerdas me dejaron marcas en las muñecas.

Mark sonrió y bebió un buen sorbo de cerveza.

—Esas marcas no tienen más de cinco horas —dijo mirando al frente.

Me dio la impresión de que sabía más de lo que decía y me levanté irritada.

—¿Tienes algún problema? —pregunté en tono crispado.

Mark abrió los ojos.

—No, no tengo ninguno, pero creo que tú sí.

—¿Cómo dices?

—Sophie, si necesitas ayuda puedes pedírmela; si no quieres involucrar a tu familia, no lo dudes.

—No sé de qué estás hablando.

—Perfecto, mejor así.

Mi hermano volvió con más cervezas poniendo punto final a la conversación. Fui al cuarto de baño. No sabía adónde ir. No me parecía posible volver a casa de Adam y tampoco podía quedarme en la de mi madre ahora que Mark había aparecido de repente en mi vida y que por alguna extraña razón parecía saberlo todo acerca de mis diversiones nocturnas. «Unas historias tremendas», había dicho. Deformación profesional.

Después de despedirme apresuradamente de ellos con la excusa de que tenía un compromiso, vagué por la ciudad. Pasé más de una hora sentada en un banco de un parque público mirando al vacío. No había vuelta atrás, lo sabía de sobra. Volver a casa significaba aceptar para siempre esa relación malsana, pero, al mismo tiempo, la única que me hacía sentirme protegida, más feliz que atormentada.

Mientras pensaba en eso, una niña se cayó al suelo y empezó a llorar desesperada. Su padre se precipitó hacia ella y, entre soplidos y caricias en la nariz, logró hacerla sonreír, de tal manera que volvió al columpio sin recordar lo que le había pasado. La envidié. Ningún soplido en las heridas me haría olvidar. Tampoco el tiempo. Debía dejar a Adam y él lo sabía, era la única forma de forzarlo a que hiciera algo por él mismo. Regresé a casa siendo consciente de ello. Stewart me saludó y me informó de que Adam no estaba, de forma que entré en el piso menos angustiada. El silencio era oprimente. Fui al dormitorio y me eché en la cama.

Al cabo de poco tiempo oí que entraba. El corazón empezó a latirme como nunca me había ocurrido cuando oí retumbar sus pasos en el parqué. No sabía qué hacer, dudaba entre levantarme o quedarme acurrucada. Elegí la segunda posibilidad.

Adam se tumbó a mi lado sin decir palabra y me abrazó con ternura.

—No quiero que te vayas, lo siento —susurró—, pero si quieres dejarme, no haré nada para impedírtelo.

Traté de volverme, pero Adam me obligó a estar quieta.

—Tienes razones más que suficientes para odiarme, creía que no volverías a casa. No te pido que me perdones, porque mi comportamiento es injustificable.

—¿Qué quieres que haga?

—Debes decidirlo tú; sabes lo que debes hacer, Sophie, lo sabes y es lo justo. —Respiraba entrecortadamente.

—¿Me quieres? —pregunté.

—Tanto que te hago daño y eso no está bien.

Pero bastó para maravillarme. No podía dejarlo. Era demasiado difícil. Me volví para abrazarlo con todas mis fuerzas y él hizo lo mismo. Lo besé intensamente, como si quisiera perderme. Cuanto más buscaba sus labios y su lengua, más segura me sentía de que él aún me quería, pese a todo.

Secretos

Después de esa noche horrenda recuperamos a duras penas una cotidianidad normal. Adam ya no me buscaba, se limitaba a mimarme y a abrazarme, me besaba mucho, prolongadamente, pero eso era todo. Al principio pensaba que me estaba dando tiempo hasta que recuperase la confianza en él, pero luego entendí que, en realidad, se le hacía difícil. Sufría por lo que me había hecho, tanto que ya no se excitaba y le daba miedo incluso tocarme. Una noche lo intenté seducir con más insistencia, pero tras darme unos besos se deslizó entre mis muslos y se limitó a lamérmelo. Empecé a temer que tratase de satisfacer sus necesidades en otro sitio.

Al final Fred se decidió a dar el gran paso: casarse por tercera vez, en esta ocasión con Miranda. Mi hermano invitó a sus viejos amigos a la boda y entre ellos estaba Mark Cameron.

Me sorprendió en la mesa del bufé con un beso en la mejilla.

—¿Cómo está la pequeña Sophie? —preguntó.

Aún tenía grabadas en la mente la última conversación con él, así que lo saludé con frialdad.

—Te encuentro bien —dijo lanzando un vistazo casi imperceptible a mis muñecas, que estaban cubiertas de pulseras.

—Sí —contesté con firmeza—. ¿Has venido con tu mujer?

—Sí, está allí —dijo señalando a una mujer sentada a una mesa que hablaba por teléfono—. ¿Cómo van los estudios?

—Bien —contesté.

Un segundo después Adam estaba a mi lado. Apenas sentí su presencia, la inquietud se precipitó sobre nosotros como un meteorito.

—Mark, te presento a Adam.

Se estrecharon la mano, indescifrables y educados.

—Buenos días.

—Buenos días, señor Scott —contestó Mark.

Me apresuré a tranquilizar a Adam.

—Te presento a Mark Cameron, el mejor amigo de mi hermano. Era nuestro vecino de enfrente. En realidad es casi un segundo hermano, me hacían cada trastada…

—Eran otros tiempos —dijo Mark.

Adam esbozó una leve sonrisa, pero tuvo que hacer un esfuerzo y supongo que Mark lo notó.

—Bueno, Sophie, me alegro de verte. Si quieres, ven luego a nuestra mesa, te presentaré a mi mujer, Brenda.

—Por supuesto.

Se alejó a toda prisa, no sin antes lanzar una mirada despectiva a Adam.

—¿Va todo bien, Adam?

Me ciñó la cintura.

—Todo bien, ¿te estás divirtiendo?

—Sí. ¿Y tú? —Sonrió—. Entiendo. Venga, una hora más y volvemos a casa.

—Mejor.

Volvimos juntos a la mesa de mi madre y Adam estuvo como ausente el resto de la comida. Como si su alma hubiese emigrado a otro planeta, a los confines del universo.

Mientras regresábamos a casa en el coche, le pregunté qué le pasaba y me respondió que estaba pensando en el trabajo. Cuando llegamos a casa, desapareció en su estudio, oí que hablaba por teléfono y luego se hizo un silencio sepulcral.

Me cambié de ropa y lo esperé sentada en la cama. Cuando entró en el dormitorio para desnudarse, le di a entender que quería hacer el amor con él.

—No, prefiero ver una película —dijo.

Vimos una película aburrida a más no poder; de hecho, me quedé dormida en la primera mitad.

Al día siguiente fui al garaje. Mi hermano se había ido de luna de miel y me había pedido que me encargara yo dos semanas. Pasaba por la mañana un par de horas y luego, tras salir de la galería, volvía para cerrar. No hacía gran cosa: recibía a los pocos clientes del día y holgazaneaba delante del ordenador. Hasta un viernes en que Mark se presentó de improviso en el despacho.

—Hola, Sophie —dijo, sorprendido de verme—. ¿Qué haces aquí? —me preguntó mirando alrededor.

—Sustituyo a Fred, se ha ido de viaje de novios.

—Sí, lo sé, pero no esperaba verte aquí.

—Pues aquí me tienes. ¿Te apetece una taza de café?

—No, tengo un poco de prisa. En realidad he venido para dejar el coche, tengo un problema con la suspensión. Fred insistió en la boda para que se lo trajese. Me dijo que hablara con Gustav.

—Sí, lo llamo enseguida, acompáñame.

Fuimos a la oficina y Mark se puso de acuerdo con Gustav para la reparación. Luego volvimos al despacho de mi hermano. Con una expresión preocupada, Mark me pidió entonces que no le dijera a Adam que nos habíamos visto.

—¿Por qué no puedo hacerlo?

—¡Lo sabes mejor que yo, Sophie! —contestó contrariado.

—No te entiendo.

—Lo sabes mejor que yo, Sophie, no quiero que sufras por mi causa.

En parte había intuido adónde quería ir a parar, pero quería que me lo dijera con toda claridad.

—¿Lo conoces? —pregunté desconcertada.

Porque era evidente que existía un nexo entre la pomada de sulfadiazina que tenía en la mesilla de noche y lo que me había dicho en casa de mi madre.

Asintió con la cabeza. La situación no podía ser más embarazosa para mí.

—Pero, por favor, Sophie, no le digas que he pasado por aquí.

—¿Puedo saber, al menos, de qué lo conoces? Y, sobre todo, ¿por qué tengo la impresión de que sabes muchas cosas de mí?

—No puedo.

—¿No puedes?

—Secreto profesional —dijo frunciendo el ceño—, pero, Sophie, júrame que no le dirás nada.

—Mark, no puedes pedirme algo así y omitir el resto.

—Oye, cogeré el coche y lo llevaré a otro sitio.

—Pero ¿qué estás diciendo, Mark? Mi hermano se enterará por Gustav y le sentará mal.

—En ese caso, prométeme que esta visita no saldrá de aquí. Escúchame, había visto ya a Adam por motivos profesionales y por eso sé cuáles son sus gustos, por llamarlos de alguna manera. —Le costaba mirarme a los ojos mientras me lo decía.

Yo también bajé de inmediato la mirada.

—¿Has estado en su casa? —susurré haciendo un esfuerzo.

Mark me miró sin contestar.

—No te juzgo, Sophie, no podría, pero no le digas nada, por tu bien.

Al final conseguí tranquilizarlo, pero Mark había despertado mi curiosidad. Para poder abordar el tema debía dar un buen rodeo. Así pues, esa noche decidí introducir la cuestión partiendo de muy lejos.

—He pensado hacerme un reconocimiento ginecológico y una citología —dije mientras poníamos la carne en el plato.

—Me parece una idea excelente.

—¿Dónde te haces tú los análisis? ¿Sigues yendo al doctor Murdoch? —pregunté poniendo los platos en la mesa.

Vi que se ponía en tensión.

—Se jubiló hace unos meses, estoy buscando otro —respondió sentándose en la silla.

—Se me ha ocurrido llamar a Mark, el amigo de mi hermano, te lo presenté en la boda. Quizá conozca a una ginecóloga de confianza. —Observé atentamente su reacción.

Se llevó el tenedor a la boca y me miró fijamente.

—Si lo prefieres, puedo pedir información en uno de los centros a los que voy.

—¿Cuáles son? —pregunté.

—Ahora no me acuerdo, puede que el Memorial, sí, el Memorial es un hospital magnífico, llamaré mañana y te concertaré una cita.

Comí dos bocados y, mirándolo de nuevo a los ojos, esbocé una sonrisa.

—No, creo que llamaré a Mark. Apenas pude hablar con él en la boda, quizá sea una buena ocasión para charlar un poco.

Adam dejó el tenedor en la mesa, se limpió la boca con la servilleta, bebió un sorbo de vino y me escrutó con creciente intensidad.

—Si te pido que no lo hagas, ¿me harás caso?

—Por supuesto —contesté sonriendo.

—Bien —dijo cogiendo de nuevo el tenedor.

—Si me explicas el motivo —añadí.

Cerró los ojos y respiró profundamente. Se tragó el bocado, volvió a apoyar el tenedor en la mesa y se limpió los labios.

—Sophie, ¿te has propuesto hacerme perder la paciencia?

—No.

—Bien, entonces dime por qué me estás pinchando. ¿Adónde quieres llegar?

—¿Estás celoso? —pregunté.

—Siempre, Sophie, ya lo sabes.

—¿Es el único motivo?

Irritado, se levantó de la mesa volcando el vaso de vino sobre el mantel.

Dos segundos después había cerrado la puerta de su estudio.

Quité la mesa, metí el plato de Adam, ya frío, en el horno y fui a llamar a la puerta.

—Estoy ocupado.

—Te he calentado la carne —dije tratando de abrir el picaporte.

—No tengo hambre; deja el plato en la mesa, ya comeré más tarde.

—¿Quieres…? —No pude terminar la frase.

—No quiero nada, Sophie, vete a dormir o a ver la televisión, estoy ocupado.

Lo esperé toda la velada en el sofá, delante de la televisión, y al final me quedé dormida. Me despertó a eso de la una.

—Vamos a la cama.

Lo seguí a la habitación y cuando apagó la luz me acerqué a él para abrazarlo, pero Adam se volvió dándome la espalda por primera vez desde que estábamos juntos.

—Estoy cansado, Sophie, duerme.

Pasé la noche examinando cada centímetro de sus hombros, la nuca, el perfil de sus orejas, preguntándome qué le estaría pasando por la cabeza. ¿Qué cuerda tan sensible había tocado con mi petición?

Al día siguiente me desperté sola. Adam me había dejado una nota sobre la mesa:

He salido antes, nos vemos esta noche.

Solía llamarme a media mañana, pero eran ya más de las dos y no había dado señales de vida, así que lo llamé yo. Me despachó en treinta segundos con la excusa de que tenía una reunión.

A las cuatro lo llamé otra vez para preguntarle qué le apetecía cenar. Ventiló el asunto de nuevo dándome carta blanca.

Al regresar a casa me negué a cocinar y fui al dormitorio. Me desnudé y esperé en bata a que llegara.

Entró a las ocho. Me levanté y dejé caer la bata al suelo. Por lo general me llamaba, pero en esa ocasión oí sus pasos en el pasillo. Me miró unos segundos, parado en el umbral, y luego me tapó.

—¿Qué haces? —preguntó.

—No he preparado la cena —contesté abrazándolo.

—Da igual —dijo a la vez que me acariciaba el pelo.

—¿Pasa algo?

—Estoy preocupado por el trabajo, eso es todo.

—Entonces tócame, Adam. —Me quité la bata, me quedé desnuda delante de él y le cogí una mano—. Tócame, te lo ruego.

Se apartó de mí, cogió la bata y me la echó sobre los hombros.

—Pórtate bien, Sophie. —Me besó en la frente—. Todo va bien, solo estoy un poco preocupado.

Me estaba mintiendo. No me quedaba más remedio que forzarlo. Debía forzarlo. Y solo conocía una manera de hacerlo.

—Debes castigarme, porque te he mentido. —Lo miré con aire despectivo—. No te he dicho que ayer vi a Mark. —Sonreí—. Pasó por el garaje.

Adam apretó las manos alrededor de mis brazos, oprimiéndolos como con unas tenazas.

—¿Qué te dijo? —preguntó zarandeándome.

Su reacción no me sorprendió, era justo lo que sospechaba.

—¿Qué te dijo, Sophie? —repitió.

—Me dijo que aún recordaba cuando me desvirgó.

Adam abrió los ojos desconcertado, como si un martillazo le hubiese ofuscado la mente.

—No te lo he dicho hasta ahora, yo tenía diecisiete años y él veintitrés. Follamos en el sofá de mi madre, el mismo en el que te sientas todos los domingos.

Adam se fue al salón. Lo seguí, aún desnuda.

—¿Sabes cómo fue? Me cogió una mano y se la apoyó en el pene, después me pidió que se lo chupase.

—Para, por favor —dijo tapándome la boca con una mano.

Me zafé y me precipité detrás del sofá para protegerme de él, pero proseguí mi relato. Quería que se derrumbara.

No me importaban las consecuencias que no tardarían en desencadenarse, lo único que pretendía era que se descubriese.

—Luego me quitó los pantalones y las bragas y me desvirgó.

—¡Hostia, Sophie!

Saltó por encima del sofá, se plantó delante de mí y me tiró al suelo.

Abrí las piernas.

—Después entró en mi coño estrecho y seco, me hizo daño, pero luego go…

Adam se quitó el cinturón.

Me levanté y corrí a protegerme detrás de la mesa.

—¡Ven aquí, Sophie! —gritó.

—Al final se corrió en mi espalda, se la cogió con la mano y me pidió que se la chupara.

Adam estaba ya ciego de rabia. Cerré los ojos esperando el huracán. Me cogió del pelo, me obligó a inclinarme sobre la encimera de la cocina y me ató con el cinturón a la barra del portautensilios de cocina.

Me dio una palmada en la nalga derecha y luego en la izquierda. Ahogué el dolor.

—Fóllame, Adam —dije abriendo las piernas—, fóllame como hizo él.

Me tiró del pelo y me apretó las mejillas.

—¿Por qué me obligas a hacer esto? ¿Por qué, Sophie? ¡Me vuelves loco! —vociferó, pero después me desató las manos y, sin decir palabra, fue al baño.

Exhausta, me dejé caer al suelo, donde permanecí hasta que lo oí salir del cuarto de baño. Me levanté y me reuní con él en el dormitorio. Adam estaba sentado en la cama y parecía el fantasma de sí mismo. Me acerqué, le pasé los dedos por el pelo mojado y él me abrazó apoyando la cabeza en mi barriga.

—¿Me dices qué ocurre, Adam? Habla, te lo ruego.

—Se trata de Elizabeth… Cuando nos separamos, hizo de todo para volver conmigo, aparecía todos los días y me imploraba. La noche en que murió vino a buscarme al hotel. Repetía una y otra vez que la niña era nuestra, que me quería, pero yo no la creía. En cualquier caso, esa noche le dije como siempre que se marchase y ella me suplicó que hiciéramos el amor. Yo estaba desesperado, Sophie, y cedí. Estaba furioso y de repente vi delante su cuerpo y la imagen de Tom y ella, y no me di cuenta de que estaba mal.

Me puse de rodillas para cogerle la cara y buscar sus ojos.

—Pero ¿qué le hiciste?

—Nada, fue un ictus traidor y despiadado. Cuando llegó el médico con la policía, lo primero que pensaron fue que yo la había matado. Eso parecía por las marcas que tenía en el cuerpo. —Suspiró y cerró los ojos un instante, pero volvió enseguida a los míos—. Se autolesionaba, era propensa a herirse y desde que nos habíamos separado había empezado de nuevo a torturarse. Para la policía parecía evidente que yo había tenido que ver con lo ocurrido y, en parte, yo también lo pensé... No lo sé. Todo sucedió tan deprisa...

Traté de darle un beso, pero él apartó la cara.

—La autopsia, en cambio, reveló que se había tratado de un ictus; luego llegamos a un acuerdo de confidencialidad con los abogados para poner punto final al asunto.

—¿La niña era tuya?

Negó con la cabeza.

—No, los exámenes de ADN confirmaron la paternidad de Tom, pero no dije nada para no herir a los padres de Elizabeth, todo era ya demasiado deprimente.

—¿Y qué tiene que ver Mark con todo eso? —pregunté.

—Mark Cameron era uno de los médicos que vino esa noche.

—¿Por qué no me lo dijiste?

—No lo sé, por miedo, vergüenza, sentimiento de culpa, elige lo que prefieras, pero es la verdad, Sophie, pregúntaselo a él si quieres; los hechos son esos, fue un accidente —dijo.

—Lo sé, te creo, pero debes ser sincero conmigo, Adam. No puedo provocarte cada vez que quiera que me des una sencilla explicación. Además tienes que encontrar un buen terapeuta. Así no funciona, yo no puedo ayudarte.

—¿Una sencilla explicación? —replicó contrariado—. Sophie, ¿cómo podía contarte algo así con tu pasado?

—Deberías haberlo hecho.

—Sea como sea, el problema no es ese. Cuando el mes pasado te…, cuando… —apretó los puños—, cuando…

—He comprendido.

—Cuando te desmayaste, llamé a mi médico de confianza, el doctor Murdoch, pero me dijeron que se había jubilado, así que me pasaron a su sustituto, que, por lo visto, estaba al corriente del historial de sus pacientes.

—¿Mark? —pregunté estupefacta.

Asintió con la cabeza.

Dios mío. Jamás me lo habría imaginado.

—¿Y después?

—Te examinó nada más llegar. Al principio no te reconoció, pero luego, mientras trataba de reanimarte, me preguntó cómo te llamabas y reaccionó…

—Cielo santo —murmuré llevándome las manos a la boca—. ¿Cómo reaccionó? ¿Llegasteis a las manos?

—Algo parecido, pero luego lo presioné con el secreto profesional.

—¿Qué hizo él?

—¿Qué va a hacer? Es su trabajo, Sophie, te curó meticulosamente. Se quedó contigo hasta por la mañana y se marchó poco antes de que te despertaras.

«Cristo», pensé. Recordé la comida en casa de mi madre y que yo le había asegurado que todo iba bien, cuando él se había visto obligado a asistirme apenas unas horas antes.

—No hablará, Sophie —dijo. Asentí con la cabeza sin poder respirar—. Le pagué bien y, además, me dio su palabra.

Le di un fuerte abrazo, tan fuerte que lo estrujé.

—¿Te he hecho daño? —preguntó mirándome de reojo.

—¿Qué?

—Antes, ¿te he hecho daño? —repitió.

—No —contesté.

Cogió la bata del suelo y me tapó con ella estrechándome entre sus brazos.

—Es mejor que te vayas, Sophie, no te convengo, solo te hago daño.

—Basta, Adam, tienes que afrontar esto, debes empezar a ir a un psicoterapeuta. No me voy a ningún sitio —respondí—. Para mí no ha cambiado nada, sé cómo eres.

—Quiero que te vayas, por favor —dijo con un repentino cambio de humor.

—¿Por qué insistes? He elegido quedarme a tu lado.

—¡Coño, Sophie! ¿Cómo es posible que no lo entiendas? Un día perderé el control y te haré daño, tanto que me odiarás o, quizá, morirás.

—¿Por qué dices eso? No me parece que esté sufriendo, estoy aquí, sana como un roble, y te aseguro que no eres peor que los hombres con los que he estado antes.

Su mirada se hizo aún más despectiva.

—¡Porque me contengo! —gritó—, por eso. Cuando follamos, debo contenerme para no estrangularte, para no ahogarte. A veces, cuando aún te azotaba con el látigo, me habría gustado ver tu cuerpo ensangrentado o arrancarte la carne, para que reaccionases. Te follo y no te siento, Sophie, y no lo aguanto más, tienes que marcharte, quiero que te vayas, por favor.

—¡Adam!

—Déjame en paz. No me contradigas. Me pediste que lo intentara, ¿recuerdas? Pero estar contigo es simplemente irritante, autocontrol sin más, me llenas la cabeza de cosas que no me pertenecen, no quiero unirme a nadie, nunca más, no me interesan los sentimientos, me destrozan, pierdo el juicio.

Frente a esa revelación no supe qué decir. Solo sentí un nudo creciente en la garganta.

—¿No te satisfago? —pregunté.

—No —dijo con frialdad—, no como quiero.

—¿Puedo hacer algo?

—Marcharte. No quiero verte cuando vuelva, Sophie, ya no soporto tu presencia, me resulta desagradable. Por favor, vete mañana por la mañana y deja las llaves al portero.

Se vistió de nuevo. Comprendí que se estaba marchando.

—¿Adónde vas? —pregunté alarmada.

—Dormiré en un hotel. Haz lo que te he dicho, por favor.

Lo detuve justo antes de que alcanzase la puerta.

—¿Es más fácil así? —pregunté.

Me apartó con vehemencia.

—¡Responde! —grité tirándole un zapato.

Adam se detuvo.

—Sí, es más fácil, es la única manera que conozco, la única forma de sobrevivir —dijo sin volverse—. Cada vez que te miro, me siento atormentado, Sophie, no dejas de echarme en cara mis problemas y solo siento piedad por mí mismo.

—No basta, no me conformo con esas justificaciones, dime lo que tengo que oír para querer marcharme, pero dímelo mirándome a los ojos.

Adam no se lo hizo repetir dos veces. Resuelto, se acercó a mí y me empujó contra la puerta acristalada de la habitación.

—Ya no te quiero, ya no siento nada, solo dolor, ya no me excitas, hasta tu olor me molesta —dijo con voz firme.

—Si lo que dices es verdad, la culpa es solo tuya —contesté apartándolo de un empujón.

—No eres la primera que me lo dice —comentó gélido con una sonrisa de desprecio.

Al oír esas palabras no pude contener por más tiempo la rabia.

—¡Yo no soy Elizabeth! —grité—. ¡Gilipollas! —Cogí la ropa del sillón bajo sus ojos vítreos—. No te molestes en ir a un hotel, quédate en tu casa de mierda con tus fantasmas de mierda, será mejor que me vaya antes de que me dé un ictus de la hostia.

Adam me dio una sonora bofetada que me aturdió durante unos segundos.

—Eso es, muy bien, pégame si quieres, tú tampoco eres el primero. —Cogí el bolso y me precipité a la salida—. No eres el primero, pero una cosa es cierta: ¡serás el último!

Abrí la puerta con toda la fuerza que tenía y la cerré con la esperanza de que se saliese de quicio y se desintegrase. En lugar de coger el ascensor, bajé a pie como una exhalación los doce pisos. No me creía una sola palabra, pero si lo que quería era que me alejase, estaba dispuesta a aceptarlo. Yo ya no podía hacer nada. Realmente nada. Mientras caminaba, me di cuenta de que tenía la tarjeta de visita de Mark y decidí llamarlo. Me dijo que estaba en el hospital haciendo el turno de noche, que pasase por allí.

Cuando llegué, tardó un segundo en comprender cómo estaba yo. Me invitó a sentarme en su consulta y me ofreció un té caliente.

—Según parece, has hablado con Adam.

Asentí con la cabeza.

—Me ha dejado —dije.

—Mejor —afirmó convencido.

Me eché a llorar.

—No entiendes nada, Mark —dije sollozando.

—No, Sophie, eres tú la que no lo entiendes: Adam Scott es un asesino, mató a su mujer, que estaba embarazada.

—¡Tuvo un ictus! —grité—. Fue un maldito accidente.

—Su mujer murió en brazos de él. Poco importa que fuera un ictus o no, el caso es que ella ya no está —sentenció con voz firme.

—Habría sucedido de todas formas —murmuré mirando por la ventana—, podía haber sido agachándose a recoger una moneda del suelo.

—Oye, Sophie —dijo en tono compasivo—, no eres capaz de comprender ni de ver la verdad, pero créeme: es mucho mejor así, es un hombre peligroso. Puede que te hayas enamorado de él, pero sería capaz de matarte simplemente para satisfacer un deseo.

—Ya no me quiere —masculié con la voz quebrada—, dice que...

—¡Basta, Sophie! —gritó Mark.

¿Qué sabía él del alma de Adam?

—¿Dónde te instalarás ahora? —preguntó en un tono más condescendiente.

—No lo sé, volveré al Bronx, a casa de Sabrina y Stephanie.

—No, ni hablar, debes ir a un sitio que él no conozca.

—No vendrá a buscarme, no te preocupes.

—Debes alejarte de él.

—No quiero alejarme. ¿De qué tienes miedo? ¿Crees que si apareciese ahora me arrojaría en sus brazos? ¿Tan estúpida me consideras? Adam tiene serios problemas y yo ya no puedo ayudarlo, a estas alturas los encarno todos.

Mark me acarició los brazos.

—Mírame, Sophie —dijo—. Mírame. —Alcé los ojos lentamente—. Si vuelves a casa de Sabrina, seguirás estando involucrada, debes marcharte el tiempo necesario para ver la situación con claridad. Sé que no me entiendes, pero debes hacerlo, al menos una semana, para recuperarte. Ven con Brenda y conmigo.

—No lo sé, prefiero volver a casa de Sabrina, además ya estoy involucrada.

—Solo será una semana, Sophie, hasta que vuelva Fred.

—¿De qué tienes miedo, Mark? ¿De que venga mañana a buscarme? —Asintió con la cabeza—. No lo hará, puedes estar tranquilo, no lo hará hasta que resuelva sus problemas.

—¿Estás segura?

—Más que segura, lo conozco.

El timbre de su buscapersonas sonó.

—Como prefieras, pero esta noche dormirás aquí. En el hospital hay una habitación para los empleados. Ven, te acompaño.

Me costó conciliar el sueño, estaba inquieta y, además, el cuarto apestaba. A las siete Mark me despertó. Compramos un par de cafés y unos *muffins* y salimos a pasear por Central Park.

—¿Estás segura de que quieres volver a casa? He hablado con Brenda y está de acuerdo con que pases unos días con nosotros.

Saqué el móvil para que viera que no había recibido ningún mensaje ni ninguna llamada.

—No me buscará más —dije.

Mark sacudió la cabeza.

—Oye, explícame qué tipo de relación existe entre un dominador y una sumisa.

—Es una relación como otra cualquiera; además, la nuestra ya es muy distinta —contesté.

—Sí…, claro… —masculló, pero al ver mi expresión contrariada se disculpó.

—Es una relación de confianza recíproca, total y profunda. Además, las relaciones no siempre son de ese tipo. Es un juego de roles, él domina, decide las formas, y la mujer recibe pasivamente.

—Pero ¿no es humillante?

—Lo es si no sigues el juego, si no confías en quien te domina.

—¿Tampoco los latigazos? Sophie, te vi esa noche, y eso es humillante.

Bajé la mirada y la posé en el café.

—Para mí no. Los latigazos, que desde tu punto de vista yo no merecía, eran algo muy distinto, una expresión del…

—¿Expresión de qué? De una perversión, Sophie.

—De Adam —murmuré.

—Eso es absurdo, Sophie, es una pura expresión de violencia.

—No es cierto —murmuré.

—Gilipolleces, Sophie, nos pertenecemos con la mente, con el corazón, tú solo puedes pertenecerme mirándome a los ojos.

Lo miré sorprendida por la afirmación, extrañamente romántica.

—No logro entenderlo, pero ¿él ha sido el primero? —preguntó.

Resoplé.

—¿A qué vienen todas estas preguntas, Mark?

—Estoy pasmado. En Nueva York todos parecen vivir en un mundo subterráneo, ¿sabes que hay clubes en los que la regla es la perversión?

—Sí, lo sé —murmuré riéndome con amargura—. En cualquier caso, es el primero, aunque por alguna razón los hombres con los que he estado antes me han llevado a él —añadí—. Soy un imán, Mark.

Sonrió revolviéndome el pelo.

—Imán —resopló divertido—. Cuántas gilipolleces dices, Sophie.

—Oye, Mark, todos los hombres son dominadores por el mero hecho de que vosotros dais y nosotras recibimos. Pura cuestión anatómica, vosotros la metéis y nosotras la recibimos. Tú también, Mark. ¿Acaso no gozas cuando tu mujer te recibe?

Mark miró alrededor desconcertado.

—¿Atar a una mujer y tirárosla no es, quizá, una de vuestras fantasías recurrentes? Tener su cuerpo en vuestras manos sin que pueda moverse con la única obligación de gozar.

—Creo que será mejor que cambiemos de tema, Sophie —dijo apurando el café de un sorbo.

—Sí, así es.

Mordisqueé el *muffin* de chocolate y le sonreí.

—Pero ¿y los latigazos, Sophie? Acepto el sexo extremo, pero ¿los latigazos? Eres demasiado guapa para dejar que nadie ofenda tu cuerpo. —Me acarició el pelo—. Y demasiado dulce para envenenarte con la amargura de un látigo.

—Eso no me consuela.

Tras acabar el desayuno nos trasladamos a un banco junto a un parque de juegos infantil para charlar.

—¿No debes volver a casa? —pregunté.

—No, Brenda y yo nos estamos separando, así que cuanto menos estoy en casa, mejor me siento —dijo.

—¿Y tú querías que fuera a tu casa, con ese bonito ambiente?

Sonrió.

—No hay problemas entre nosotros, es de mutuo acuerdo.

—Lo siento —dije.

—Yo no.

—¿Por eso me has interrogado sobre el *bondage*? ¿Te gustaría tener experiencias extremas? —le pregunté irónica. Le acaricié la barbilla con los dedos—. ¿Quieres que te enseñe algo?

—No me provoques, Sophie, eres la hermana de mi mejor amigo —dijo abrazándome.

—Bueno, en el pasado no tuviste muchos escrúpulos.

De repente su expresión se volvió seria y melancólica.

—Perdóname, Sophie, no sé qué me sucedió ese día, eras tan guapa, te estabas convirtiendo en una mujer y yo era un idiota.

—A mí me gustó —dije encogiéndome de hombros.

Nos quedamos sentados mirando la ciudad en movimiento ante nosotros. Había pasado un día y otro estaba por llegar, y así sucedería siempre. La vida seguía adelante, en cualquier caso.

Agonía

Por suerte el trabajo en la tienda de Sally me mantenía ocupada lo suficiente como para no pensar en él. Como había imaginado, Adam no había vuelto a dar señales de vida. Había intentado llamarlo una sola vez y entre un sollozo y otro le había pedido que nos viéramos. Me respondió con un no tajante. Me dijo que había dejado mis cosas en el garaje y me pidió que no volviera a llamarlo. Repitió que ya no me quería y en mi estómago se abrió una vorágine.

Al volver de la luna de miel, Fred corrió a mi lado. Me contó que había visto a Adam y que le había pedido explicaciones. Él le había contestado sin más que la relación había terminado por incompatibilidad de caracteres. Esas palabras me partieron el corazón. Era evidente que seguía adelante sin ningún problema, como si nada hubiera ocurrido.

Había leído en el periódico que habían inaugurado una nueva exposición en el MoMA financiada por la sociedad de Adam. En una foto aparecía él sonriendo al lado del comisario.

Así que entre llantos ahogados y pensamientos tristes pasaron cuatro semanas. La sensación de vacío iba disminuyendo poco a poco. O, mejor dicho, las nuevas costumbres colmaron la ausencia, como siempre. Quizá fuera esa mi mejor cualidad: sobrevivir bajo cualquier circunstancia. Todo en mi vida se echaba a perder, pero al final siempre lograba levantarme de nuevo.

De forma que, con el humor fluctuante, seguí respirando hasta el día en que me desperté con una sensación de náusea oprimente. Corrí a la tienda de Sally y llegué justo a tiempo para abrir. Había cruzado la ciudad sin dejar de sentir angustia, maldiciendo el mejunje con curry que había preparado Sabrina la noche anterior. En la tienda despaché unas cuantas facturas y algo más tarde, mientras ensalzaba un jarrón chino a una clienta, la náusea volvió con mayor intensidad. Tras dejar el jarrón en manos de Sally, corrí al baño a vomitar.

—¿Te encuentras bien, Sophie? —preguntó Sally desde el otro lado de la puerta.

—Sí, debo de haber comido algo que me ha sentado mal, creo que fue el curry de anoche.

Pero mientras vomitaba, entre una respiración y otra, hice dos rápidos cálculos. ¿Cuándo me había puesto la última inyección? Ya no me acordaba. Dadas las veces que habíamos roto y hecho las paces, al final había perdido la noción del tiempo. Así que… ¿cuándo había vuelto con él? En agosto. ¿Y antes? Mayo. «Coño —pensé—. Coño». No encontraba una palabra que expresara mejor el pánico que se estaba apoderando de mí. Volví a vomitar. Cuando salí del baño, Sally me esperaba con una toalla en la mano y una sonrisa afectuosa en la cara.

—Dime que es lo que pienso, Sophie —murmuró.

—No lo sé. —Me dejé caer en la silla, toda sudada y pálida.

—Voy un momento a la farmacia, cariño, espérame aquí.

Me miré al espejo rococó: era pequeña y estaba asustada, por primera vez en mi vida. No, no podía. Ahora no, yo no.

¿Qué clase de hijo podíamos engendrar Adam y yo? Un niño que maldeciría con el primer gemido haber venido al mundo cargado de problemas.

Sally volvió con cuatro cajas de diferentes marcas.

—Ten, no sabía cuál era mejor, haz los cuatro y ya veremos.

Fui al cuarto de baño y seguí el procedimiento con la mente paralizada. Luego puse los cuatro tests en la repisa del baño y esperé.

«Por favor, que no sea, que no sea, que no sea... Te lo ruego, que no sea». Al cabo de un minuto miré los cuatro y me quedó claro que estaba embarazada. Claro al cien por cien.

—¿Y bien? —me preguntó Sally cuando me aproximé a su escritorio.

—Embarazada —contesté.

—Oh, cariño, ¡qué buena noticia!

En fin, sobre eso se podía discutir, pero preferí no hacerlo con ella.

—Debes decírselo enseguida a Adam —dijo.

Como ella vivía un momento de gran fragilidad tras la muerte de su marido, no había querido aumentar su dolor con nuestra ruptura, así que no le había dicho nada.

—Vamos, debes decírselo. —Cogió mi bolso y mi chaqueta y me empujó hacia la puerta—. Yo me ocuparé de la tienda.

Caminé un poco sin rumbo. ¿Desde hacía cuánto tiempo? Me levanté la camiseta y me observé la barriga. Plana, no se notaba nada. Subí al primer autobús que pasó. Recordé las palabras de Mark. Me apeé al final de la línea y eché de nuevo a andar. No sabía realmente qué hacer. Entré en un bar y pasé una hora mirando la taza de café. Analizando todas las posibilidades. Y todas me empujaban a la única elección posible: abortar. No podía permitirme tener un hijo en ese momento;

además, el niño me habría mantenido unida a él. Mejor dicho, lo habría obligado a mantenerse unido a mí y los espectros de su pasado habrían convertido mi vida en un infierno. No obstante, al mismo tiempo pensaba que era un auténtico milagro. Quizá la noticia lo liberaría de sus demonios. Así que, al cabo de una hora de reflexiones, decidí decírselo. Así vería cuál era su reacción y decidiría en consecuencia. Al llegar a la puerta de su oficina una arcada me obligó a inclinarme sobre el cubo de la basura. «No me ayudas», pensé apoyando una mano en la barriga. Crucé el vestíbulo y pregunté en la recepción si podía hablar con Adam Scott. La joven repitió mi nombre por teléfono y luego colgó. Treinta segundos más tarde recibió una llamada que me autorizaba a subir al trigésimo piso.

Con una tarjeta en la mano entré en el ascensor. En esa jaula hermética miré cómo se iban encendiendo, uno tras otro, los números de los pisos y, a medida que la progresión aumentaba, la náusea era cada vez mayor. Cuando la puerta se abrió, la arcada me descompuso el estómago. Pregunté a la joven que había detrás del mostrador de recepción si había un servicio cerca. Me señaló una puerta a la derecha y me precipité literalmente hacia ella.

No acababa de tener muy claro si la náusea era debida a la gestación o al inminente encuentro con el hombre al que quería. Mientras intentaba recuperarme, alguien entró en el baño; permanecí en silencio en mi sitio.

—¿Entonces? —dijo una voz femenina—. ¿Cómo fue?

—Ese hombre es una máquina del sexo —afirmó una segunda voz femenina.

—Te lo dije —corroboró la primera—. ¿Adónde te llevó?

—Salimos a cenar a ese local del Upper Side.

—Ah, sí, es bonito y se come bien, he ido con mi marido.

—Sí, en cualquier caso fue amable, es un hombre de pocas palabras. Al principio estaba cortada, tengo que reconocer que te inquieta. Hablamos de arte y al final de la cena me dio a entender que quería acostarse conmigo; enseguida me dejó bien claro que él solo ofrece una posibilidad.

—Así es.

—Una sola vez, luego nunca más.

—En todo caso, ¿te folló bien? —preguntó la otra.

—Desde luego; hacía meses que no me acostaba con nadie, así que me dio un buen revolcón.

Oí que se reía sonoramente. Ya sabía de quién estaban hablando.

—Pero ¿no estaba con una que trabajaba en un anticuario?

—Sí, pero ya no sale con ella.

—¿Por qué?

—No lo sé, se lo pregunté, pero su respuesta fue muy vaga, creo que no quiere hablar del tema; sea como sea, qué más da, ahora por fin está disponible. Jamás había estado tan activo; hace un mes que no para...

Se rieron. «Como imaginaba», pensé. No conocía más que una manera de resolver sus problemas. Joder.

—En cualquier caso, sabe lo que se trae entre manos; folla de maravilla, volví a casa a las cinco.

—Guau.

—Sé que la de administración del tercer piso sale con él esta noche.

—Menuda suerte.

Alguien entró en el servicio y las dos mujeres salieron dejándome sola. Aguardé unos minutos y salí yo también. Estaba destrozada. Empapada en sudor y con la cara tan pálida que apenas pude reconocerme en el espejo. Me enjuagué la cara, traté de recomponerme y luego me observé.

«¿Qué estás haciendo, Sophie? ¿Qué quieres hacer? ¿Qué quieres decirle? Te explicó con toda claridad que eres un tormento, que tu presencia lo angustia. Si ahora le dices que estás embarazada, seguro que pensará que lo has hecho adrede para atarlo o, peor aún, que el hijo no es suyo..., por culpa de su maldito pasado. ¿De verdad quieres hundirlo aún más en su drama? ¿Podría ayudarlo? ¿Podría detener de una vez por todas el depravado instinto de borrarlo todo? Quizá...». Una mujer entró devolviéndome a la realidad.

Salí y me dirigí dando pequeños pasos a la recepcionista. Me sentía como si flotara. Movía las piernas sin notar la gravedad. Alrededor de mí desfilaban empleadas elegantes, vestidas a la moda, cuidadas en todos los detalles, y al observarlas me pregunté a cuántas se habría tirado. Pensarlo era desmoralizante.

Pasé por delante de la joven del mostrador de recepción con la cabeza gacha en dirección al ascensor. Lo llamé y esperé.

—¿Sophie Lether? —preguntó la joven.

Me volví y la miré.

—¿Es usted Sophie Lether? Adam Scott la está esperando —dijo señalando un gran vestíbulo a su derecha.

Con el rabillo del ojo vi a Adam de espaldas con las manos en los bolsillos, mirando inmóvil por la ventana.

—No, no soy yo —sonreí—, me he equivocado de piso; disculpe que haya usado su baño.

—No hay problema —dijo la joven con una expresión indiferente. Acto seguido se concentró de nuevo en sus tareas.

Miré por última vez a Adam pensando: «Si el destino quiere que estemos juntos, se volverá antes de que se abran las puertas; si, por el contrario, no lo hace, la puerta automática decidirá por nosotros». La puerta del ascensor de la derecha se abrió y yo seguí la propuesta del destino.

En la planta baja dejé la tarjeta de visitante en la recepción y abandoné el edificio, más serena. Ya no sentía un peso en mi espalda. Por suerte no lo había visto. Alcé los ojos al cielo azul de Nueva York, capaz de aliviar cualquier dolor. ¿Adónde debía ir? Solo se me ocurrió un lugar.

Al cabo de cierto tiempo

T e gusta? —preguntó mi madre.

—Es una niña, mamá —contesté cubriendo con el gorrito de lana verde fluorescente mi puño cerrado.

—Así la verás enseguida —replicó.

No pude por menos que echarme a reír.

—Desde luego.

—Incluso con niebla —observó Sabrina.

Me arrellané en el sofá apoyando las piernas en la mesita, mi madre se sentó a mi lado y se puso a hacer punto.

Relajada, miraba a Sabrina y Stephanie jugando en la alfombra con Lenya, que las seguía gateando risueña e inagotable. A la derecha, a la izquierda, luego de nuevo hacia atrás y hacia delante. Cada vez que se encontraba a un palmo de una de las dos, extendía su bracito y se caía de bruces. Pero luego se volvía a poner a gatas y empezaba de nuevo con una sonrisa.

Seguro que había heredado el gen de la supervivencia de los Lether. Nunca lloraba, como mucho, se enfurruñaba, pero después sonreía siempre. A saber si el mismo gen estaba modelando la criatura que en unos meses haría su aparición en este mundo. Lo deseaba de verdad, por su bien.

Mientras tanto, Ester y su marido ponían la mesa para la comida de Navidad, y Fred y Miranda, en compañía de su madre, que era italiana, trajinaban en la cocina. En el aire flotaba un aroma a fiestas navideñas, y una pequeña emergencia llamada Lenya.

—Yo la cambiaré —dije poniéndome de pie—, así practico un poco; vosotros seguid.

Cogí a mi sobrinita, *la novilla,* y fui a la habitación de mi madre. Saqué el pañal y las toallitas de la bolsa de Miranda. ¿Me acostumbraría un día a esa masa verdosa?

Le besé las manos, la barriga, los piececitos y luego la volví a vestir. Era bonita y, a decir verdad, no veía la hora de tener la mía. En cierta forma, sería una parte de él.

Mientras salía de la habitación, mi mirada se posó en el periódico que estaba sobre el aparador. Leí a toda prisa el titular y me detuve intrigada. Era una crónica de Nueva York y la foto en la que aparecía Adam cortando la cinta que inauguraba una exposición era demasiado grande para un artículo tan corto. A su lado había una mujer que le apoyaba una mano en el hombro. Era una mujer atractiva y el gesto demostraba una gran dulzura y cierta intimidad. Quizá al final había encontrado a la mujer adecuada y esta lo había ayudado a superar sus fantasmas.

—¡Está listo! —gritó Miranda desde el salón.

Cerré el periódico, puse a mi sobrinita en la trona y me senté en la silla de mi padre con mis cinco kilos de más.

—Felicidades —dijo Fred alzando su copa—, brindo por los días felices.

—Por los días felices —respondimos al unísono.

Comimos charlando alegremente y después abrimos los regalos. Como era de esperar, la mayor parte eran para mi sobrina. Unos chismes ruidosos que trató de tocar toda la tarde como una endemoniada.

En cambio, yo recibí la consabida bufanda de mi madre, un *kit* de Fred y Miranda para dar de comer al bebé, y dos vestidos premamá, un libro de nombres y uno de puericultura de parte de Sabrina y Stephanie. Ester me regaló un grupo variopinto de *muñecas quitapenas**, unas muñequitas a las que se podían confiar los secretos más oscuros, y Sally Bradford, un jarrón de cristal.

—Trae suerte —me dijo—, pero no debes meter nada dentro.

—Gracias, Sally.

Desde que estaba embarazada se había convertido en mi segunda madre. También ella me hacía regalos inútiles, pero en cualquier caso mejores que la canastilla de mi madre.

—¿Tienes ya una lista de nombres? —preguntó Fred.

—No sé, lo decidiré cuando nazca.

—¿El nombre de tu abuela? —preguntó Sabrina.

—¡No, por favor! ¡Se llamaba Gertrud!

—A mí me gusta Kristen —dijo Stephanie.

—No está mal, lo añadiré a la lista.

—Pero ¿de verdad no has pensado en ningún nombre? —preguntó Fred.

—No lo sé, hace unos días se me ocurrió uno.

—¿Cuál? —preguntó Miranda.

Me mordí los labios, avergonzada; era ridículo, pero a mí me gustaba. Había crecido siguiendo la saga de *La guerra de las galaxias* y el nombre de Leia, la princesa de los mundos, me gustaba.

—Vamos, dilo —me animó Fred—. Si pones esa cara, es porque ya has pensado alguno.

---

* En español en el original. *[N. de la T.]*

—Leia —murmuré.

La expresión de los presentes me dio a entender que les gustaba.

—Es bonito —dijo mi madre.

—Sí. De todas formas, lo decidiré el día que la vea —dije mordiendo un trozo de tarta.

—¿Y si fuera niño? —preguntó Stephanie.

—Pero ¿no has visto la ecografía? —dijo Sabrina irritada—. ¡Es una niña seguro al cien por cien!

—La he visto, la he visto, pero ya sabes cuántas veces se equivocan —precisó Stephanie irritada—. ¿No? —preguntó mirando al grupo.

—Bueno, si es niño, solo tengo un nombre, no lo dudaría un segundo. —Todos me miraron aterrorizados—. Robert —dije divertida—. Podéis estar tranquilos… Nunca le pondré ese nombre.

—Oh, Sophie —farfulló mi madre echándose a llorar.

—¿A qué viene tanta certeza, si siempre estás dudando? —preguntó Sabrina.

—Mi padre se llamaba así.

Mi madre se escapó a su habitación seguida de la madre de Miranda. «Mejor así», pensé.

—En cualquier caso, será niña, de forma que no tendremos ese problema.

—Leia Scott —dijo Sally—, suena bien.

Noté que los presentes la fulminaban de inmediato con la mirada.

—Leia Lether —rectificó.

—Suena mejor —dije riéndome para aliviar la tensión.

El tema de Adam se había vuelto tabú tres días después de que me enterase de que estaba embarazada. Annabelle me había llamado y me había dicho que Adam había dejado la empresa y que había puesto a la venta su casa con la intención de mudarse. No había logrado sonsacar nada más a su marido, que estaba muy alterado por la decisión de su amigo. Le había dado las gracias, pero le había dicho que prefería no volver a hablar con ella, que no quería tener contacto con las personas de su entorno. Le había sentado mal, pero en el fondo lo había comprendido.

Si bien la noticia me turbó, pensé que, a fin de cuentas, podía ser beneficioso para mí. De hecho, ese mismo día anuncié a mi familia que estaba embarazada. Les dije que él no quería saber nada del niño y que me había ofrecido una sustanciosa suma de dinero a cambio de mi silencio. Les dije que se había marchado a causa de mi embarazo. Mi hermano se había encolerizado al enterarse. Para calmarlo le había dicho que no podía decir nada a nadie y que, si se llegaba a saber algo, me vería obligada a pagar una cuantiosa multa de seis ceros. Solo Sabrina y Stephanie sabían la verdad y, desde luego, no tenían la menor intención de divulgar la noticia.

—Sí, Lether suena mejor —terció Stephanie, a quien le agradecí la ayuda guiñándole un ojo. Eso aplacó los ánimos de todos.

—Te acompaño a casa, Sophie —dijo mi hermano cuando me disponía a salir.

El ofrecimiento me extrañó tanto que lo miré sorprendida.

—Si me llevas a casa, luego tardarás un siglo en volver.

Ya no vivía en el Bronx, hacía tres meses había alquilado una pequeña casa en Long Island que daba al mar. El hecho de acompañarme le supondría al menos un viaje de dos horas entre la ida y la vuelta.

—No quiero que vayas en metro.

—Lo cojo todos los días y, además, la mitad del trayecto lo hago con ellas —dije mirando a Sabrina y a Stephanie.

—Dado tu estado, prefiero acompañarte —insistió Fred.

Miranda intervino también:

—Vamos, Sophie, te llevaremos, así llegarás antes.

No sabía por qué, pero tenía la extraña sensación de que ese gesto desinteresado obedecía, en realidad, a otra razón. Quizá querían preguntarme de nuevo por qué no había querido ir a vivir cerca de ellos, motivo por el que me atormentaban cada vez que nos veíamos.

Al final di mi brazo a torcer.

—Como queráis.

Tras salir de casa de mi madre me senté en el asiento posterior con Lenya, que iba atada a su sillita. Al igual que ella, me dormí en la segunda curva. Cuando me desperté, mi hermano estaba aparcando delante de mi casa.

Al bajarme del coche noté que Fred estaba nervioso.

—Feliz Navidad, Sophie —dijo con los ojos brillantes.

—¿Qué te ocurre? —pregunté dándole un abrazo.

—Nada, ya sabes que me preocupo siempre por ti y que me gustaría verte feliz.

—Lo soy, moderadamente, pero lo soy. Vamos, Fred, ya soy mayor, no debes preocuparte por mí.

—No me preocupo, sé mejor que nadie que siempre sales adelante, lo único que siento es que debas enfrentarte sola a todo esto.

—Mejor sola que mal acompañada.

Fred asintió con la cabeza.

—Hasta pronto.

Una vez en casa, dejé la bolsa con los regalos sobre la mesa de la cocina y decidí ir al restaurante de Mildred y Arthur. El día que había decidido dejar a Adam atrás había cogido el metro y había ido a la playa. Allí me había encontrado con Mildred. Apenas había pronunciado dos palabras cuando me derrumbé en sus brazos llorando. Le había contado todo sobre nuestra absurda relación y sobre la mente enferma de Adam. Mildred se había mostrado amable y comprensiva, incluso se había ofrecido a alojarme. Así que había decidido instalarme allí. Gracias a ellos había conseguido alquilar la pequeña casa que daba a la playa a un precio adecuado al salario que me pagaba Sally.

—¿Qué haces aquí? —me preguntó Mildred apenas me vio entrar.

—He pasado a felicitaros —dije abatida al ver su expresión de inquietud.

—Tienes que irte a casa —dijo Arthur a su espalda.

—¿Cómo dices? —pregunté riéndome, vacilante.

—Sí, estamos muy ocupados.

—Ah, bueno, ¿queréis pasar después por casa? Así os daré los regalos. —Eché un vistazo a la sala. Estaba casi vacía, solo había una pareja y un trío que apenas podía ver.

—Vete a casa. —Mildred me arrastró hasta la salida.

—De acuerdo —murmuré, incrédula—. Nos vemos más tarde. Pasaréis, ¿verdad?

—Por supuesto, iremos a saludarte cuando cerremos.

Me puse de nuevo la chaqueta y salí del local con la extraña sensación de que, en realidad, me habían echado de mala manera.

De un coche bajó un grupo de jóvenes visiblemente animados. Se dirigían a la playa. Me entraron ganas de llorar. Odiaba tener las hormonas enloquecidas. Desde que estaba embarazada ni siquiera podía ver la televisión sin romper a llorar, cada melodía publicitaria desencadenaba en mí un río de lágrimas. En lugar de volver enseguida a casa decidí ir al paseo marítimo para curiosear las hogueras. Si de algo me arrepentía en esta vida era de no haber pasado nunca una noche en la playa cantando alrededor del fuego. A unos veinte metros de una de ellas me paré a escuchar a un grupo de jóvenes que estaban cantando *Home,* de Edward Sharpe & The Magnetic Zeros. Esa canción me volvía loca, por no hablar del estribillo.

Ah home, let me go home
Home is wherever I'm with you.
Ah home, let me go home
Home is where I'm alone with you.
Home. Let me come home
Home is wherever I'm with you.
Ah home. Yes I am home.
Home is when I'm alone with you.

Tras la enésima dosis de lágrimas me encaminé a casa y, cuando estaba ya bastante cerca, divisé a tres personas en el porche. Me aproximé titubeando, tratando de averiguar quiénes eran.

—Hola —dije.

Los tres se volvieron al mismo tiempo. Me quedé de piedra. Era Adam, en compañía de un hombre y una mujer. La reconocí enseguida, era la misma que aparecía con él en la fotografía del diario que había visto hacía unas horas.

—¿Sophie? —dijo Adam asombrado.

—Adam… —susurré petrificada a los pies de la escalera.

Me puse enseguida el bolso que llevaba en bandolera delante de la pequeña pasajera fluctuante. Los tres bajaron la escalera y se acercaron a mí.

—Te presento a mi hermana Susan y a su marido, Donald —dijo Adam.

Me presenté, presa de una turbación desconcertante.

—Encantada —dije observando los ojos de la hermana de Adam, tan parecidos a los de él, y vi que sus labios se curvaban en una amable sonrisa. En persona parecía aún más dulce.

—¿Qué haces aquí? —me preguntó Adam en tono severo.

—¿Qué haces tú aquí?

—Mildred y Arthur me dijeron que debía venir a esta casa como fuera, porque querían enseñarme algo.

—Ah, ah —dije conteniendo la rabia—. Bueno, esta es su casa, pero creo que aún están en el restaurante.

—Sí, hemos cenado allí —comentó.

—¿Vives aquí? —preguntó Susan apoyando una mano en el hombro de su marido.

—No —me apresuré a responder—. Vivo en un piso que está a varias manzanas de aquí; he salido a dar un paseo y os he visto. Se me ha ocurrido acercarme para ver si necesitabais algo.

Susan frunció el ceño, perpleja.

—¿Te has mudado? —preguntó Adam.

—Sí. —Estaba empapada en sudor y la lana basta del gorro que me había hecho mi madre me picaba a más no poder—. Bueno, tengo que marcharme. —Di un paso hacia atrás—. Me están esperando. Ha sido un placer conoceros —dije estrechando la mano de Donald y Susan.

Lo miré fugazmente y me alejé a paso firme, dominando las ganas de echar a correr. Solo tenía un pensamiento en la mente: ir al restaurante y quemarlo. Poner una cacerola sobre las cabezas de Mildred y de Arthur y golpearla implacable con un cucharón. Alterada por el encuentro, pero, sobre todo, enfadada, telefoneé a Mildred para avisarla de que estaba llegando y que me encontraba furibunda.

—¿Cómo demonios se te ha ocurrido? ¿Cómo has podido mandarlo a mi casa, Mildred?

—Tiene derecho a saber que estás esperando una niña. No seas cabezota, debe saberlo.

—Ahora vas a buscarlos y finges que vives allí. Les invitas a una botella de vino y lo envías de vuelta a casa. Yo no puedo más y, por si fuera poco, tengo que ir al baño.

—Ten valor, Sophie.

—Mildred, ya te lo he dicho, no se trata de tener valor, es mejor así, no es capaz de aceptar nada.

Arthur se puso al teléfono.

—Sophie, debes decirle la verdad.

—Pero bueno, ¡Arthur! ¿Qué os pasa a los dos? ¡Soy yo la que decide!

Mildred recuperó el teléfono.

—No aguanto más, Sophie, si no se lo dices tú, voy ahora mismo allí y se lo digo yo.

—Dios mío, basta ya, estoy llegando al…

—¿Estás embarazada? —La voz de Adam me paralizó al instante. Me volví a mirarlo, desorientada. ¿Desde cuándo me estaba siguiendo?—. ¿Estás embarazada? —repitió con la cara lívida—. Mi hermana se ha dado cuenta.

Dio un paso hacia mí. Yo retrocedí dos.

—Oh, Arthur, se ha dado cuenta… —oí decir a Mildred por el teléfono. Colgué, trastornada y nerviosa.

—¿De cuántos meses? —preguntó, a todas luces turbado.

—Pocos, Adam. —Hasta mirarlo me resultaba difícil. A saber lo que estaría pasando por su mente retorcida.

—¿Cuántos, Sophie? —preguntó en tono crispado.

—Pocos —repetí nerviosa, luego miré al suelo.

—¿De quién es? —preguntó.

Vaya pregunta. No había pensado ni por un momento en la remota posibilidad de que fuera suyo. Habría podido preguntarlo, pero, en cambio…, daba por descontado que era de otro.

—Del Espíritu Santo —contesté sarcástica— y ahora disculpa, debo marcharme a casa, necesito ir al cuarto de baño. Yo vivo en esa casa, me habéis pillado por sorpresa y he mentido.

Lo dejé paralizado, como una estatua de hielo, y di la vuelta. En la entrada de casa me encontré de nuevo con la hermana de Adam y su marido, que estaban ateridos. No quería dejarles entrar, así que pasé a su lado sin mirarlos. Pero cuando estaba metiendo la llave en la cerradura Susan se acercó a mí.

—¿Podemos pasar? —preguntó.

—Preferiría que no. Os lo ruego, no os ofendáis, pero estoy cansada.

Susan me acarició la espalda.

—Déjanos entrar, Sophie, solo serán unos minutos, mi hermano tardará un poco en reponerse.

Sonreí y accedí. Les pedí que se pusieran cómodos y corrí a mi cuarto para ponerme el suéter más ancho que tenía, luego entré por fin en el baño y vacié la vejiga, que no me daba tregua desde que estaba embarazada. Cuando por fin volví a la cocina, encontré a Susan y a Donald sentados a la mesa hojeando el libro de los nombres, que se había caído de la bolsa de los regalos. Cogí la bolsa, la escondí detrás de la puerta y me atrincheré cerca de la nevera, sintiéndome indefensa.

—¿De cuántos meses estás? —preguntó Susan—. De cuatro, ¿verdad?

—Más o menos —contesté.

—Soy cirujana neonatal, tengo ojo para estas cosas —dijo—. ¿Sabes ya el sexo?

—Es una niña —respondí, lacónica.

Donald esbozó una sonrisa.

—En la familia Scott siempre son niñas —comentó.

—Nosotros tenemos dos hijas, de tres y cinco años: Meredith y Ambra —explicó Susan.

Miré las ecografías que estaban pegadas a la nevera. Quería que se marcharan, lo único que quería era que se marcharan todos.

—Son unos nombres preciosos.

—Y tú ¿has pensado ya en alguno? —preguntó Donald.

—Por el momento, Leia.

—Qué bonito, la princesa interestelar —dijo Susan—, pero siéntate, Sophie, en el estado en el que te encuentras estas emociones te agotan.

—No me estoy muriendo —repliqué desabrida— y prefiero estar de pie, me siento mejor así.

—Entiendo.

Al cabo de unos minutos la puerta se abrió y apareció el fantasma de Adam. Silencioso y sin apenas mirarme, se sentó a la mesa al lado de su hermana.

—Es una niña —susurró ella complacida.

Adam alzó la mirada hacia mí hundiéndome en el océano de los sentimientos de culpa.

—¿Es mía? —preguntó ligeramente agitado. Su hermana le cogió una mano para tranquilizarlo—. ¿Es mía, Sophie? —preguntó en tono más sosegado.

No lograba articular palabra.

—Sophie, te estoy preguntando si es mía —repitió alzando la voz.

Me sobresalté, asustada, y le respondí en el mismo tono:

—Sí, es tuya, pero no te voy a pedir nada.

Adam me miró incrédulo.

—¿Qué significa eso? ¿Qué pretendías hacer? ¿Traerla al mundo sin decírmelo? ¿Criarla sin que yo supiese nada? ¿Qué coño se te ha pasado por la cabeza? —Se levantó de un salto de la silla.

—Calma, Adam —lo reprendió su hermana.

Alterado, se sentó de nuevo, se acodó a la mesa y se tapó la cara con las manos. Sentí que me moría de vergüenza, de culpa, de miedo, de todo. Me habría gustado llorar, pero la cólera que me produjo su reacción me contuvo. Seguro que si cuatro meses antes hubiera entrado en su despacho, ahora no estaría allí con Leia creciendo en mis entrañas.

—Sophie —dijo Susan dirigiéndose a mí como si fuera una niña—, ¿por qué no se lo has dicho a Adam?

—Porque... —murmuré titubeante—, porque no se habría creído que era suyo... —susurré.

Adam bajó las manos apoyándolas en las rodillas y se rio con amargura.

—Te habría creído —murmuró—. ¿Con quién otro has estado? Con nadie, y... te habría creído.

Susan y Donald se levantaron.

—Vamos a dar una vuelta por el paseo marítimo.

—Hace frío —dije para no tener que quedarme sola con él. Adam me fulminó con la mirada. Aturdida, los acompañé a la puerta con él a mi espalda.

—Hasta luego —dijo Donald acariciándome un brazo.

Susan dio un beso en la mejilla a Adam y lo acarició.

—Feliz Navidad, hermanote.

Tras cerrar la puerta de casa, me quedé mirando el picaporte mientras trataba de encontrar la fuerza para volverme y hablar con él. Me sentía tan frágil como el día que había descubierto que estaba embarazada. La mano de Adam se deslizó por mi espalda despertando en mí unas sensaciones que creía adormecidas.

—¿Viniste al despacho para decírmelo, en septiembre? —preguntó en tono afable.

Asentí con la cabeza y apoyé la frente en el marco de la puerta, jadeando.

—No te pido nada, nada, no te pido que estés conmigo, necesitas a todas, salvo a mí.

—Pero tú ahora me necesitas.

—Puedo arreglármelas sola.

—Lo sé, pero es mejor si lo haces conmigo. Vuélvete, Sophie. —Trató de cogerme una mano, pero la aparté.

—Si no puedo tenerte... Si no puedo hacerte feliz, no puedo estar a tu lado, ni siquiera a un radio de un metro.

Haciendo una ligera presión en mis hombros me convenció para que me volviera.

—Ese día —dijo—, cuando viniste al despacho, vi que te marchabas y te seguí. Caminé detrás de ti dos manzanas y luego te dejé marchar. Comprendí que, si no arreglaba las cosas, tan solo repetiría mis errores y tú sufrirías por ello. —Me puso un mechón de pelo detrás de la oreja y yo naufragué recordando sus manos sobre mi cuerpo.

—Dejé Nueva York y volví a Filadelfia. Hablé con mi familia, les conté todo, y lo mismo hice con la de Elizabeth. He pasado estos últimos meses en un centro de rehabilitación. Volví hace unos días… Y sigo adelante…

—Muy bien —murmuré.

—Iba a buscarte, Sophie, solo esperaba hasta sentirme preparado para ti, capaz de amarte y de ser sincero.

Apoyé la frente en su pecho y él me abrazó.

—¿Y cuánto pensabas tardar en hacerlo?

Oí que se reía. Me dio un beso en el pelo y me abrazó con más fuerza.

—No mucho, justo esta noche Mildred me preguntó por ti y yo le dije que pronto te llevaría allí a comer ostras.

—Ahora no puedo comer ostras —murmuré.

Me levantó la barbilla para que lo mirase a la cara.

—¿Y si ya no hubiese estado disponible?

Adam me cogió la cara con las manos y me miró con ternura.

—Eso era imposible, tú esperas siempre y yo confiaba en eso.

Hundí la cara en la cavidad de su cuello, embriagándome con su olor.

—¿Con cuántas mujeres has estado mientras esperabas redimirte?

—Solo con una, solo he pensado en ti, siempre.

Le rodeé el cuello con los brazos e inundé su suéter de lágrimas.

—Son las hormonas —murmuré sorbiendo por la nariz—, últimamente lloro por nada.

Adam deslizó las manos hacia abajo y acarició la barriga que se escondía debajo del suéter.

—¿Así que es una niña?

—Sí.

—Cuéntame algo más.

—Está bien, mide lo justo y tiene un corazón enloquecido, se ven las manos, los pies y los ojos.

—¿Tienes una ecografía? —preguntó.

—Están pegadas en la puerta de la nevera.

Volvimos a la cocina y Adam miró todas con atención. Con una expresión serena en la cara, inaudita. Me pareció aún más atractivo que antes.

—Están bien, llevan la fecha, esta es de hace dos días —expliqué señalando la última.

—Es preciosa —murmuró—. ¿Puedo ver? —preguntó luego levantando levemente el borde de mi suéter.

Me lo quité avergonzada y le mostré la barriga que se escondía bajo la camiseta ceñida.

Adam se sentó en una silla y cogiéndome las manos me atrajo hacia él. Miró largo rato mi barriga y luego la descubrió alzando la camiseta. Apoyó en ella la frente y las dos manos, y sentí que su respiración, cálida, se fatigaba y entrecortaba. Le acaricié la cabeza y permanecimos así un buen rato.

—Me gustaría llamarla Leia —dije al cabo de un tiempo.

Sentí el resoplido de su risa en mi piel.

—Me gusta —dijo alzando la mirada hacia mí—. Leia Scott es un nombre precioso —añadió con unos ojos tan lánguidos que habrían derretido un iceberg.

Me bajé la camiseta, me senté en sus piernas y lo abracé como si quisiera triturarlo y de nuevo, después de una eternidad, sus labios volvieron a los míos borrando cualquier tormento pasado.

Sobrevivir de verdad
Primera parte

E spero, espero, espero, espero. Ya sabes que espero. ¿Me oyes? Espero, Adam.

—Respira, Sophie, te lo ruego, respira.

Te oigo tan lejos... Veo que tienes la cara morada de miedo. Me falla la respiración.

—¡Llamad a una ambulancia, os lo suplico!

Espero, espero, lo sabes, ¿verdad? Te espero siempre.

—Sophie, Sophie, quédate conmigo, mírame.

Oh, sí, te miro, Adam, nunca dejaré de hacerlo. ¿Recuerdas la primera vez que te dije que eras guapo? Escapaste como alma que lleva el diablo. Te asusté. Pero no tanto como tú me asustaste a mí.

—La ambulancia está en camino, nos ayudarán.

Lo siento, no sabes cuánto siento verte así, me gustaría poder sonreír, aliviar el miedo, pero solo puedo respirar.

—Por favor, por favor, deme esa toalla.

Oh, amor mío, mírame, concéntrate en mis ojos, haz que este último momento sea perfecto. No creo que sobreviva esta vez. Siento que me estoy marchando y esta vez seré yo la que te deje. Las cosas han ido así. Mírame, te lo ruego, acércate, tengo muchas cosas que decirte, pero una en especial. Mírame.

—Sophie, ha llegado la ambulancia, resiste.

Tienes las manos frías, amor mío, es la primera vez que las noto tan gélidas.

—Te lo ruego, te lo ruego, te lo ruego, te lo ruego, no me dejes, ahora no, quédate conmigo.

Sobrevive, Adam. ¿Me has oído? Sobrevive, Adam.

—Yo no quiero sobrevivir, yo quiero vivir contigo, respira, haz solo eso, tú respira, sigue haciéndolo, amor mío, no pares, ayúdenla, por favor, está embarazada...
—Ocho meses...
—Le han disparado.
—No lo sé, creo que fueron cuatro disparos, no me acuerdo, sucedió todo tan deprisa..., ayúdenla, por favor, está embarazada, oh, Dios mío... Sophie...

Ya no te veo, ya no te siento, hace un calor extraño, tengo la impresión de estar en la playa en agosto, pero todo es más silencioso, las olas no quiebran el sonido de la naturaleza.

—¿Por qué lloras, Sophie? ¿Te has hecho daño?

—Fred me ha dado un pellizco.

—¿Dónde? Enséñamelo, ¿aquí?

—Sí.

—No es nada, cariño, con la magia de un soplido se te pasará todo. Cierra los ojos y cuenta hasta tres, Sophie.

—Uno..., dos..., tres...

—¿Aún te duele?

—No.

—¿Has visto, Sophie? Con la magia de un soplido siempre se pasa todo.

—¿Eres un papá mago?

—Por supuesto, soy tu papá mago.

Tu risa, papá...

—Te echo de menos.

—Yo también, pequeña. Ahora contemos hasta tres, juntos.

—Uno..., dos..., tres...

Sobrevivir de verdad
Segunda parte

Papá?

—Sophie, cariño. —Es la voz de Adam.

—¿Papá?

—Está llamando a tu padre, Fred.

—Tranquila, mamá, se está despertando, silencio.

—Estamos todos aquí, cariño, abre los ojos, ¿no quieres vernos?

—Sí.

—Haz un pequeño esfuerzo, cuenta hasta tres conmigo.

—Uno…, dos…, tres…

La primera persona que veo es a mi hermano, a los pies de la cama; mi madre está a su lado, hecha un mar de lágrimas. Él sonríe.

—He visto a papá…, he visto a papá, Fred —mascullo.

—¿Has visto a papá? —pregunta asintiendo con la cabeza y los ojos anegados en lágrimas.

—Al papá mago —mascullo de nuevo.

Fred se echa a reír y a la vez a llorar de alegría abrazando a mi madre, que está deshecha.

—¿El mago del soplido?

—Sí, el mago del soplido.

La mano de Adam está anclada a la mía; me acaricia el pelo.

Alcanzo sus ojos.

—¿Has sobrevivido?

—Como siempre.

—Eres estupenda, Sophie, magnífica.

Me cuesta tener los ojos abiertos. Siento los labios de Adam en los míos.

—Tenemos que salir, Sophie, van a entrar los médicos. Vuelvo enseguida. Me esperas, ¿verdad?

—Siempre.

—Eres magnífica.

Diagnóstico: pulmón perforado, estómago perforado, trauma cardíaco, cesárea.

Resultado: positivo, han sobrevivido las dos.

El 23 de abril, ese día trágico, a las diez de la mañana, nació Leia Scott, dos kilos y doscientos cincuenta gramos. En mi opinión, tan guapa como su padre; en la de él, tan guapa como su madre. La mía me regaló una canastilla multicolor fluorescente y Fred, la primera mirada serena desde hacía años. Sabrina y Stephanie se autoproclamaron tías. La señora Bradford, segunda abuela. Hasta vinieron a vernos al hospital los padres de Elizabeth para felicitarnos. Para Adam fue un gesto importante que le permitió exorcizar los últimos demonios del pasado.

Tom fue arrestado y procesado de inmediato. Acusado de tentativa de homicidio, no opuso resistencia cuando lo detuvieron y permaneció sentado en un banco, no muy lejos de nuestra casa de Long Island. Preferí presentarme como parte civil y pedí para él asistencia psiquiátrica, la única que podía ayudarlo.

Como era de esperar, el nacimiento de Leia inauguró un nuevo estilo de vida que sustituyó al que habíamos llevado hasta ese momento. Y el punto seis de mi lista de objetivos quedó definitivamente tachado un sábado por la mañana del mes de junio.

Quedaba el punto siete. Pero para ese aún quedaba mucho, mucho tiempo…

Agradecimientos

Aquí estoy para dar las gracias y no sé por dónde empezar...

Si este libro ha llegado a las librerías y, de una forma u otra, ha desencadenado un huracán, se lo debo sobre todo a las apasionadas lectoras que a lo largo de este año han portado el Santo Grial del boca a boca. Este es *su libro*. Salvo escribirlo, no he hecho realmente nada, y su cadena de entusiasmo ha sido, como mínimo, arrolladora. Inexplicable, pero esto es lo bonito que tiene la web 2.0. Dicho esto, solo puedo darles las gracias, citándolas una a una, con la esperanza de no olvidar a nadie.

Krizia Greggio, Silvia Perrotta, Stellina (Deborah), Monica, Ireale «niki», Bambola, Valexy, Mirella popa «kendra», Désirée, Elena, Alessia, Barbara xompero, Pepe65, Valentina, Girasolina18, Giorgia, Claudia, Eli, Alyssaa, Sox, Stellina 81, ele_g, eppola, Ale, Morgana, Donald, M.C.C. «M.Cristina», Heidi «Squirrel», Stefania Turchi, Viola, Moky61, Elena Serboli «Elena Strega Serboli», Catuni76, ielelucegrace, Ireb, Kiarand,

Green_72, Katia, nooscin, Alessandra Faggion, Afrodite, Sabrina (Como), Morena, Pel, vale, Donatella, Chiara, Tataiana Gasparella, S., giulia, Samanta Bertolotti, Silvia, Vali, Plstkmeout, eleonora, Sabina, Ale, Mariano, francesca, Marina, Anna Daloiso, Olivia Marel, Dertima, Ily, CriCra, Paola (Tirano (SO)), Luana, Caterina, Michi, Elisa, CRIS, Katiuscia d'amico; Arianna lizbennet, Fede, jo, Annamaria, Doralena-Fly, monalisa di pietro, Anto «Leone», Milù, morena, Veronica, pamela, Dondaine, Laila_72, Adrianna Munno, Giota Papadimakopoulou, True90, Kristina Georgieva Vasileva, Maharet, Carmela, Tittimilano, Liveathousandlives, Karen zi, Angie, Ermione Pickwick, Lunaj, Luz Nolazco, Roxanne Harmony, Daniela Bonci, Melanie, Barbara Pitanti, Deealyn C., Elisabeth, Contessa, Sara, Martina, Samy, Miki58, Mara Tognon, Francesca Piredda, Elena Savona, Manola Simoni, Maria De Rosa, Alessandra Silveri, Silvia Zuliani, Clizia Anna Dell'Aquila, Roberta Riga, Silvia Tita Altomiri, Mariarosaria Esposito, Margherita Cicciulla, Irene Pastorelli, Sally Ferrari, Emma Mondani, Alix Cool, Martina Minetti, Federica Da Campo, Leti Zia, Nadia Laura Z., Benedetta G. Vito S., Veronica Salvioni, Sara Ottaviano, Monica Balsamo, Simona Carena, Cecilia Rossi, Nelsy Dalledonne, Luana Meini, Ilenia Vampy, Alda Gasparini, Bellina Rossi, Pippi Pu', Mariana Grimani, Veronica Patella, Alessia Vallorani, Fulvia Bicocchi, Valentina Di Martino, Rosaria Lazzaro, Grazia Manciavillano, Cristina Solla, Daniela Gherardi, Missing Monica Altobelli Sun, Anna Maria Cigolani, Simonetta Saba, Sara Piersanti, Tessile Tarfer, Rebecca Verona, Gabry Donno, Lidia Catanzaro, Mariateresa Carone, Annalisa Cima, Alessa La Mattina, Rossella Nicolini, Nicoletta Perego, Elisa Gentile, Annalisa Stirati, Sherazade Angels Efp, Giovanni Alongi, Federica Smimmo, Ilaria Gabrielli, Linda D'Amico, Eleonora Cavallo, Reny Minati, Valeria Lopez, Francesca Schintu, Rosanna E Ambrogio, Cettina Ciancio, Paola Quarato, Tania Gatto, Annarita

Lovaglio, Anna Gessi, Eleonora Colli, Marzia Pasqualetto, Nico Nico, Carla Buscema, Cristina Peretti, Flavia Zannotti, Silvia Luisa Tasca, Lidia Scavo, Erica Bartoccetti, Anna Strano, Roberta De Stefani, Fabyana Faby, Francesca Salvestrini, Laura Ellen Ferrara, Greta BookLovers, Carrie Autieri, Morgana Coniman, Tatiana Barbieri, Ales Sandra, Maria Grazia, Lorenza Amaranta Rosini, Giuly Ungaro, Paola Santini, Rita Gargaglione, Emilia Ippolito, Simona Natale, Caterina Sordini, Maria Bianchi, Patrizia Patty Esposito, Silvia Michelangeli, Flavia Clari, Mikela Miky Saitti, Francesca Pirotto, Laila Secci, Claudia Serpi, Sara Costantino, Laura Praturlon, Emanuela Manu, Keihra Palevi, Annamaria Piscitelli, Mara Tognon, Rosita Cantone, Jessica Latorre, Marzia Castorina, Antonella Bagnato, Tonia Agozzino, Lavinia Appollonio, Ilaria, Maria Costabile, Serena Versari, Jenny Eve Bagatin, Bruny Doci Rizzo, Giulia Abbate, Ella Gai, Anna Loveangel, Nella Marinelli, Valentina Abbr, Glinda Izabel, Karin Locci, Claudia Baldini Nicoletta Martin, Ale Romànce, Giunia Parrish Fagiolini, Iris Stella, Katy Policante, Sutus Settantanove, Buffy Victoria Selly, Stella Shine, Francesca Franca Baldacci, Damiana Melani, Francesca Cani, L'angelo Vendicatore, Lorenza Stroppa, Michela Muzzi, Désirée Pedrinelli, Valentina Goletto, Lucia Costantini, Malia Romance, Laurie Michelle Joyce, Brianna Teller, Alessandra Pucciarini, Rossella Nicolini, Federica Trevisan, Emily Hunter, Bonny Moody, Cristina Peretti, Ketty Deagostini, Carmeluccia Cordovana, Anita Blake Mercatino Libriusati, Anita Sessa, Paola Rosati Biancomare, Federica Lardera, Silvia Bonizzi, Stefania Auci, Marika Lopa, Stefania Brivido, Caterina Sordini, Francine Senna, Livia Giordani, Gabika Novels, Federica Pinna, Sonia Ena, Hilary Spisso, Eva Mangas, Giorgia Russo, Ramona Bottoli, Mon Ella, Anita Blake MercatinodeilibriFantasy, Milly del blog Romancebook.it, fra px, Sabina Ferrari, Guido Poerio, Franz Pali, Dora Vanelli, Antonietta Sisto, Michela, Angelo Rito,

Buriana Donner, Letizia Strocchia, Tanara zm, Flavia Clari, Idee D'Argento, Susanna Barillà, Roberto Pergameno, Michela, Barbara Dal Bo', Maria Gentile, Annalisa A. Cima, Tiziana Crisafulli, Barbara Papa. A quienes han puesto una estrella en Anobi y Goodreads y a todas las chicas que cuidan y siguen con pasión el blog CrazyForRomance *(crazyforromance.blogspot.com)*, Il Profumo delle Pergamene *(ilprofumodellepergamene.blogspot. com)*, Greta Book Lovers *(gretabooklovers.blogspot.com)*, La Mia Biblioteca Romantica *(bibliotecaromantica.blogspot.com)*, Isn't it Romantic? *(http://www.romancebooks.it/)*, Insaziabili Letture *(http://insaziabililetture.blogspot.it)*, y luego quedan los demás y, a buen seguro, un buen número de lectoras que he pasado por alto, pero ya no puedo más… Si me he olvidado de alguna de vosotras, os pido perdón, habéis sido muchas. En la medida en que he podido, en estos meses he intentado contestaros a todas. Si me he dejado a alguna por el camino, os ruego que me disculpéis. Y lo repito: ¡esto es mérito vuestro! ¡Solo vuestro!

Por último, quisiera dar también las gracias a todos mis amigos, amigas, familiares y animales. Os pido perdón por haberos revelado esta historia solo al final. Preferí teneros como espectadores ignaros en esta epopeya editorial, si bien cada uno de vosotros forma también parte de este libro. Pero ya sabéis cómo soy, así que podéis imaginaros lo que pienso y lo que os dedico. Os quiero mucho.

Naturalmente, un sentido agradecimiento a Amazon y al servicio de Self-Publishing, que permitió que este libro se difundiese en la red. Eres grande, Jeffrey Bezos, partiendo de una idea sencilla estás cambiando todas las reglas.

Y como no podía ser menos, gracias asimismo a la Newton Compton Editori, en la persona de Martina Donati, quien se leyó *Tantas razones para decirte que no* en una noche y creyó en ella de inmediato. Alessandra Penna, sabia editora a la que he molestado con mis dudas perennes y, con frecuencia, hasta demasiado sencillas. A Gabriele Anniballi, a quien he atormentado con mis inseguridades contractuales. A Raffaello Avanzini, por haber creído e invertido en un proyecto audaz, y a todos los que, entre bastidores en la editorial, trabajan cada día para crear libros que nos hagan soñar.

Así pues, en pocas palabras, por enésima vez digo: gracias, gracias, infinitas gracias.

Ad maiora!

Sara Tessa

Impreso en Talleres Gráficos
LIBERDÚPLEX,
Pol. Ind. Torrentfondo
Ctra. Gelida BV-2249 Km. 7,4
08791 Sant Llorenç d'Hortons (Barcelona)